# 清史演義

## 從捻軍流竄到清祚告終

蔡東藩 著

ROMANCE OF QING HISTORY

聯軍入境、革命軍義舉、總統選舉、設立議會……

清自天命建號至遜帝退位近三百年帝國，至此終了！

# 目錄

# 目錄

# 目 錄

# 山東圈剿悍酋成擒　河北解嚴渠魁自盡

卻說捻眾自任柱死後，推賴文洸為首領，文洸激勵眾捻，為任柱復仇，自贛榆縣奔至海州，收拾餘燼，再圖大舉。會清軍營內又添了一員郭松林，郭向隸李督麾下，平蘇常有功，應七十二回。任福建陸路提督，前時因病乞假，此番病癒來營，由李鴻章派撥馬步二十營，交他統帶，令赴前敵。松林與劉銘傳是老同寅，自然竭力幫助，會潘鼎新至海州，擊敗賴文洸於上莊鎮，降捻黨五營頭目李宗詩，復追入山東諸城縣境，途次遇邊馬遊弋，亟飭將士前進，步步為營；行不數里，果見捻眾數百騎，如飛而至，被鼎軍一陣痛擊，都拍馬逃去。鼎新向步軍各統領道：「這是捻匪慣技，明明誘我，使我中伏，我恰偏要追去，汝等須步步留意，倘或伏賊齊來，不要驚惶，只教立定腳跟，靜待號令。」捻匪慣技，已被清將瞧破，這叫做鼯鼠技窮，安能不斃？諸將齊聲答應，鼎新即自率馬隊，分東西兩路追入，步軍隨後徐進，一聲胡哨，捻眾從岡嶺三路壓下，好像風捲潮湧，颼忽而來，鼎新恰從容指揮，令前後馬步兩隊，各自嚴列，用槍對敵，不得妄動，違令者斬。此令一出，各軍士屹立不動，憑捻眾如何衝突，只用槍彈對付，捻眾無法可施，所有銳氣，已自不戰而挫。鼎新見捻眾已怠，嗚鼓進軍，前馬隊，後步兵，縱橫馳突，銳不可當，殺得捻眾叫苦連天，一霎時跑得精光。

自是賴文洸一籌莫展，只向壽光、昌邑、濰三縣交界處，往來盤旋，到濰縣東北安堌地方，又想抄襲陳文，從海灘竄渡內地。突見清軍大隊，搖旗而來，旗上都大書一劉字，不是舊日的王心安。文洸到此，逃已不及，倉皇整隊，迎拒銘軍。方交戰間，但聞四面八方，都是清軍殺到，口口聲聲的呼殺賴賊，文洸不免慌張，忙衝開血路，向東狂奔，一口氣馳至杞城，旗靡轍亂，毫無紀律。驀聞前面有炮聲槍聲，振響空中，清軍隨聲而出，當頭攔截，為首一員大將，紅頂花翎，躍馬突入。這位大將是誰？就是郭軍門松林。文洸尚不知他厲害，呼眾迎戰，被郭松林手刃數人，方曉得不是等閒，正思回走原路，誰知銘軍又復趕到。文洸勢成死地，不得不力戰求生，遂令步隊居中，馬隊分兩翼，翕張凶焰，惡狠狠地相撲，究竟弱不敵強，被銘、松各軍，追至河曲，群捻自相殘踏，屍橫狼藉，後路的捻眾多鳧水逃去，賴文洸也總算幸脫。想還有幾日好活。

各官軍復跟蹤追剿，直至膠州縣的小南溝，趁他未備，又盡力掩殺一陣，只剩了幾個老捻子及七八千殘眾隨著賴酋，竄至壽光縣界。官軍四路相逼，蹙至海隅，圈入南北洋河巨彌河中間，河水甚深，捻眾背水死戰，松林、鼎勳兩軍，從東面攻入，銘傳率大軍從西面攻入，把捻眾衝得四分五裂。文洸死鬥一日，看看支撐不住，索性把馬匹輜重，盡行棄掉，輕騎東奔。銘軍令兵士不得妄取，專力追趕，由洋河追至彌河，捻眾已零星四散，文洸還想衝突運防，奔至沭陽，遇著皖軍程文炳，略戰數合，當即折回，復至淮安，有李昭慶、劉秉璋、黃翼升水陸各軍駐紮，眼見得不能過去，再竄揚州。適道員吳毓蘭，奉李督檄，統帶淮勇防戍，聞捻徒突至，出隊迎擊，文洸不敢戀戰，仍且戰且奔，追殺至瓦窯鋪，天大風雨，昏黑莫辨，戰至五鼓，斃捻數百名。此時文洸已入圍中，無路可竄，竟縱火焚毀民屋，想藉此搖惑官軍，以便漏網。毓蘭正防這一著，麾軍冒火搜剿，但見火光中有一巨酋，騎著黃馬，手執黃旗，指揮殘捻，料知是賴文洸，疊發數槍，擊中文洸馬首，文洸隨馬仆地，毓蘭急督親卒突進，生生的將他擒住。審訊是實，就地正法，餘捻不過數百人，擒斬殆盡，就使有幾個逃出，也被各軍搜殺無遺。

東捻各股，一律蕩平，朝達捷書，夕頒賞典。李鴻章蒙賞加一騎都尉世職，提督劉銘傳以下，均沐厚賚，曾國藩籌餉有功，已升授體仁閣大學士，至此亦加一雲騎尉世職。清廷待遇功臣，也算不薄了。紅頂子都從人血染出。就中一位勾通捻匪的張七先生，占踞山東省肥城縣的黃崖山，也被官軍入山窮剿，殺得一個不留。這位張七先生名叫積中，本江南儀徵縣人，少時曾讀過詩書，應試不售，他窮極思遷，竟去投贄周星垣門下，拜他為師。周稱太谷先生，素講修煉採補術，門徒頗盛。積中學了五六年，盡得師承。太谷被江督百齡，拿去正法，門徒統行逃匿，積中也避至山東，尋聞禁緝漸寬，遂借傳教為名，不論男女，盡行收錄。有時占候風角，推測晴雨，頗覺有驗，因是被惑的人，日多一日；連一班莫名其妙的官僚，也有些將信將疑，遠近遂稱他為張聖人。不知是文聖人，是武聖人。事有湊巧，捻匪騷擾山東，他恰託詞籌防，占住黃崖山，疊石為砦，依山作壘，引誘愚民，說是北方將亂，只此間可以避兵。鄉民越加信從，趨之若鶩。他偏裝腔作勢，不輕易見人，平日講授教旨，無非叫他高徒趙偉堂、劉耀東等，作為代表，他自己只同兩個女弟子，深居密室，也不知研究什麼經典。大約是閨門祕術戲圖之類。這兩個女弟子的芳名，一名素馨，相傳是太谷孫婦；一名蓉裳，係一個吳家新孀。山中每月必設祭一二次，每祭必在深夜，香煙繚繞，滿室皆馨。積中仗劍居中，兩女盛裝夾侍，莊嚴得了不得。非教中人，不能入窺，鄉里都稱為張聖人夜祭。誰知後來竟約會捻徒，揭竿起事。捻徒失敗，一座孤危的黃崖山，哪裡還保得住？被官軍一陣亂殺，覆巢下無完卵，不特積中就戮，連素馨、蓉裳兩女侍，也沒有著落，大約不是逃，就是死，一場好因緣，都化作劫灰了。死則同穴，可以無恨。

話分兩頭，且說東捻失勢的時候，正西捻蔓延的日子。西捻首領張總愚，自河南竄入陝西，適值叛回騷擾陝甘，遂與他聯繫一氣。陝回的頭目，叫做白彥虎，甘回的頭目，叫做馬化隆。他因發捻肇亂，亦乘機擾清，清廷曾赦勝保舊罪，令他往討，師久無功，逮問賜死，應第七十一回。更調多隆阿往代。多隆阿迭破回砦，嗣後亦傷重身亡，再命楊岳斌督師，又因病乞歸。西警頻聞，惱了這位恪靖伯左宗棠，自請往討，為國效力。兩宮太后，欣然批准，立命移督陝甘。

宗棠到了陝西，聞捻、回勾結，上疏剿捻宜急，剿回宜緩，朝旨自然照辦。宗棠即令提督劉松山及總兵郭寶昌、劉厚基等，率軍驅捻，不令捻、回合勢。張總愚遂自秦入晉，自晉入豫，自豫入燕，直擾保定、深州等處，京畿戒嚴。盛京將軍都興阿，奉命赴天津，嚴行防堵；並調李鴻章督師北上，會剿西捻。鴻章不敢遲慢，即檄各路兵馬，啟程前進。唯劉銘傳創疾驟發，不能乘騎，乞假養痾，因此未與。

鴻章既到畿南，以河北平原曠野，無險可守，只得堅壁清野，令捻徒無處掠食，然後再用兜剿的法子。於是勸令就地紳民，趕築圩寨，一遇寇警，即收糧草牲畜入寨內，免為匪掠。紳民倒也遵諭籌辦，無如張捻已四處竄突，連築堡也來不及。第一次接仗，郭松林、潘鼎勳各軍，破張捻於安平城下；第二次接仗，河南陝西各軍亦到，與郭松林等會合，躡捻至饒陽縣境，襲斬捻黨邱德才、張五孩；第三次接仗，捻偷渡滹沱河，松林、鼎勳兼程追到，陝軍統領劉松山，豫軍統領張曜、宋慶，亦先後踵至，各路截擊、渡河，各捻殺斃甚眾，張捻向南竄逸；第四次接仗，捻自直隸竄河南，復自河南迴直隸，各軍截剿於滑縣的大伾山，又獲大勝；第五次接仗，仍在滑縣，捻用誘敵計引誘官軍，記名提督陳振邦陣亡，其餘各軍，也傷失不少。討東捻用詳敘，討西捻用簡述，並非詳東略西，實因東西捻之情勢，大略相同，為避重複計，不得不爾。朝旨遂易寬為嚴，左宗棠先已被譴，至是李鴻章亦罣吏議，連直隸總督官文，及河南巡撫李鶴年，統革職留任。

左宗棠向負盛氣，督軍前敵，親至畿聲，與李鴻章會商軍務，決議嚴守運防，蹙賊海東。統是抄襲曾文。規劃方定，張捻已直走天津，虧得郭松林等冒雨忍飢，日夜馳數百里，抄出敵前，擊敗張捻，捻始折回。從前張捻的計策，很是厲害，他從陝西到京畿，飈疾異常，本擬馬到成功，立奪津沽，不期淮勇亦倍道來援，日夕爭逐，未能逞志。他又故意竄至河南，牽掣淮軍南下，然後疾捲回犯津沽，出人不意，掠奪奧區。偏這郭松林等，與捻眾角逐已久，熟悉狡謀，防他回襲，與之並趨而北，且比他趕向上風。一場酣鬥，竟得勝仗，自此敵謀乃沮，折入運東。總敘數語，申明上文。

李鴻章遂力主防運，擬先扼西北運河，聯築長牆，絕捻出路。適郭松林等追捻南下，道出滄州，滄州南有捷地壩，在運河東岸，當減河口，以時啟閉，蓄洩濟運，減河水深，足限敵騎竄津之路。鴻章飛飭郭松林，騰出潘鼎新、楊鼎勳兩軍，築減河長牆八十餘里，分兵扼守，津防以固。再調淮直豫陝皖楚各軍，各守運河泛地，運防亦因是告成。鴻章又親率周盛波行隊，由德州沿運河，察勘形勢，尚未回轅。張捻果率眾撲減河長牆，見淮軍整隊出迎，料不可敵，不戰即走；至鹽山附近，突遇兩支大軍，一支是湘軍劉松山，一支是豫軍張朧、宋慶，由陝督左宗棠統率前來。兩下對壘，張捻大吃其虧，由鹽山遁去，走入茌平高唐境內。嗣是捻中無一步隊，專恃馬軍，每人備馬三四，倏忽易騎，勢如飄風疾雨，遇敵即奔，追亦難及。鴻章只飭各軍添築長牆，一層緊一層，一步緊一步，圈地益蹙，捻勢亦益衰。嗣至沙河左近，被松林等探悉行蹤，乘雨潛襲，列陣而進，行十餘里，渡過沙河。捻方起隊欲走，行列未定，驀見官軍突至，不覺大驚，急思策馬前奔，怎奈泥淖載途，騎不能聘，此時前有松林，後有鼎新，前後夾擊，馬步連環迭進，無不以一當百，槍丸如雨而下，呼聲雷動。捻眾大衄，官軍乘勢壓追，直抵商河城下。自沙河至商河三十里，沿途伏屍，頂趾相接，張總愚尚親率黑旗隊，回戰數次，被官軍排槍齊放，著了彈子數粒，墜落馬下。旁有騎卒數十名，忙將總愚扶起，翼之而遁。這一場大戰，斃捻徒二三千名，生擒千餘名，還有五千餘騎，向東馳脫。

鴻章復奏調劉銘傳赴軍，聯繫各路，逼捻入山東省，至濟陽境內，斬尾捻二百餘級，生獲捻黨鄭文起，餘捻折向南遁，竄入黃河沿岸的老海窪，見水狂奔。各官軍亦見水進逼，由水登陸，把捻中最悍頭目程二老坎、程三老坎、張錦泗、周六等，統共殺死。張捻輾轉至德州，連番搶渡運河，都由炮船民團擊潰。著名悍捻張正邦、張正位、張可師、張九臨、尹湯成、李老懷、邱痲子等，率舊夥繳械乞降。張總愚再竄商河，已零零落落，不能成隊。劉銘傳等復率隊來追，迫總愚於黃河運河間，八面圍攻，生擒總愚愛子張葵兒及其兄宗道、弟宗先、姪正江，並悍目程四老坎、馬老三、樊大等，統就陣前梟首。總愚於亂軍逸出，東北走至徒駭河濱，顧手下只有八騎，不禁涕泗橫流，下馬與八人永訣，投水而逝。全屍而死，還是張捻之幸，看官莫以項羽相比。及官軍追至，六騎死矛刃下，兩騎被擒，西捻亦就此肅清。當由六百里馳驛奏捷，李鴻章、左宗棠等，自然官還原職，其餘得力將弁，亦獎敘有差。軍機大臣恭親王奕訢，暨文祥、寶鋆、沈桂芬諸人，也因贊襄機務，旰夕慎勤，得邀特賞。就是親郡王貝勒貝子公，及內外文武，大小臣工，概蒙賞加一級。撥開雲霧，重睹承平，又是一番好景象了。語中有刺。

只陝甘叛回，尚未平靖，由左宗棠入覲，奏稱五年以後，定可報績。兩宮太后非常欣慰，令他即日還陝。宗棠受命，風馳電掣而去。左公好大喜功，言下自見。還有雲南一帶，亦有叛回滋擾，雲貴總督潘鐸，被叛回馬榮殺死，虧得代理藩司岑毓英，密撫回酋馬如龍，合擊馬榮，一鼓殲除。毓英本粵西諸生，帶勇入滇，累著戰功，潘鐸死後，朝命勞崇光繼任。崇光一見毓英，大加賞識，遂將雲貴軍事，委任毓英。會黔苗陶新春兄弟，無端倡亂，毓英又出省討平。師出未歸，迤西回酋杜文秀，聚眾數十萬，連陷二十餘城，直犯省會。勞制軍急檄毓英回援，毓英倍道返省，戈矛耀日，旌旆迎風，叛回聞他威名，先已股慄，待至交戰，岑軍果個個勇猛，大小回壘數十，被岑軍一一踹破。文秀回踞大理府，毓英遂晉升雲南巡撫。兩宮皇太后及同治皇上，料知陝甘雲貴一帶，不日可以蕩平，遂將平日宵旰憂勞的心思，改作安閒自在的態度。慈安太后素性貞淑，倒也沒甚變態，獨這花容月貌、聰明伶俐的慈禧后，未免放蕩起來，寵了一個安得海，鬧出一場招搖撞騙的笑話。正是：

安者危之機，逸者欲之漸；
宵小伏宮闈，怪象從此現。

欲知安得海招搖情形，待下回再行表明。

東西捻同一性質，所以制東捻者在圈地，則制西捻應亦如之。本回敘東捻事較詳，述西捻事少略，為省繁避復起見，細評中已言及之，閱者應自默會也。或謂洪氏子有帝王思想，與著書人寓意不同，故特加貶筆，東西捻則來去飈忽，未嘗踞一城、占一地，似較洪氏為可原。不知洪氏為大盜，東西捻為流寇，大盜不可恕，流寇其可恕乎?同一病國，同一殃民，何分之有?著書人仍深斥之，所以遏亂萌，防流弊也。張積中言只行詭，惡似較淺，而心更可誅，故特附入篇中，以垂炯戒。

# 戮權閹丁撫守法　辦教案曾侯遭譏

卻說慈禧太后在宮無事，靜極思動，未免要想出消遣的法子。她生平最喜看戲，內監安得海，先意承志，替太后造了一座戲園，招集梨園子弟，日夕演戲。安得海亦侍著太后，日夕往觀，彷彿唐宮，只慈禧厚福，恰比楊玉環要加十倍。因此安太監愈得太后歡心。安太監於兩宮垂簾時，曾有參贊祕謀的功績，至此權力越大，除兩宮太后外，沒一個敢違忤他，就是同治皇帝，也要讓他三分。宮中稱他小安子，都奉他如太后一般。慈禧后有時高興，連咸豐帝遺下的龍衣，也賞與小安子。直視小安子如咸豐帝，比武后寵張昌宗何如？當時有個御史賈鐸，素性鯁直，聞得小安子擅權，專導慈禧后看戲，每演一日，賞費不下千金，他心中憤懣得很，竟切切實實地上了一本，奏中不便指斥慈禧，只說是「太監妄為，請飭速行禁止，方可杜漸防微」等語。慈禧太后覽奏，卻下了一道懿旨，責成總管太監，認真嚴察。如太監有不法等情，應由總管太監舉發，否則定將總管太監革退，還要從重治罪。內外臣工，見了此旨，都稱太后從諫如流，歌頌得了不得。其實慈禧是藉此沽名，宮中仍按日演戲，且令小安子為總管，權柄日盛一日。

適值粵捻蕩平，海內無事，小安子活不耐煩，想出京遊賞一番；恰巧同治皇上，年逾成童，兩宮欲替他納后，派恭親王等，會同內務府及禮工二部，豫備大婚典禮。小安子乘機密請，擬親往江南，督製龍衣。慈禧太后道：「我朝祖制，不准內監出京，看來你還是不去的好。」小安子道：「太后有旨，安敢不遵？但江南織造，向來進呈的衣服，多不合式，現在皇上將要大婚，這龍衣總要講究一點，不能由他隨便了事。而且太后常用的衣服，依奴才看來，也多是不合用的，所以奴才想自去督辦，完完全全的製成幾件，方好復旨。」慈禧后素愛裝扮，聽小安子一番說話，竟心動起來。只是想到祖制一層，又不便隨口答應，當下狐疑未決。究竟是個女流。小安子窺透微意，便道：「太后究竟慈明，連採辦龍衣一件事，都要遵照祖制，其實太后要怎麼辦，便怎麼辦，若被『祖制』二字，隨事束縛，連太后都不得自由呢。」慈禧后性又高傲，被這話一激，不禁發語道：「你要去便去，只這事須要祕密，倘被王大臣得知，又要上疏奏劾，連我也不便保護。」小安子聞慈禧應允，喜得叩首謝恩。慈禧又囑他沿途小心，小安子雖口稱遵旨，心中恰不以為然。隨即辭了太后，束裝就道，於同治八年六月出京，乘坐太平船二隻，聲勢勱赫，船頭懸著大旗一面，中繪一個太陽，太陽中間，又繪著三足烏一隻。這是何意？大約是天子當陽的意義。兩旁插著龍鳳旗幟，隨風飄揚。船內載男女多人，前有變童，後有妙女。安得海是個閹人，要變童妙女何用？我卻不解。品竹調絲，悠揚不絕。

道出直隸，地方官吏，差人探問，答稱奉旨差遣，織辦龍衣。看官！你想這班地方官，多是趨炎附羶的朋友，聽得欽差過境，自然前去奉承。況又是赫赫有名的小安子，慈禧太后以下，就算是他，哪個敢不唯命是從？小安子要一千金，便給他一千金，小安子要一萬金，也只得如數給他。安得海喜氣洋洋，由直隸南下山東，總道是一路順風，從心所欲，不意惡貫滿盈，偏偏碰著一個大對頭。這大對頭姓丁，名寶楨，貴州省平遠州人，問起他的官職，便是當時現任的山東巡撫。剿捻寇時，曾隨李鴻章等，防堵有功，連級超擢。生平廉剛有威，不喜趨奉。一日，在簽押房親閱公牘，忽接到德州詳文，報稱欽差安得海過境，責令地方供張，應否照辦？寶楨私訝道：「這安得海是個太監，如何敢出都門？莫非朝廷忘了祖訓麼？」當即親擬奏稿，委幕友趕緊抄就，立差得力人員，囑他由六百里馳驛到京，先至恭王邸報告，託他代遞奏章。

原來恭王奕訢，見安得海威權太重，素不滿意，接著丁撫奏摺，立刻入宮去見太后。可巧慈禧后在園觀劇，不及與聞，也是安得海該死。恭王便稟知慈安太后，遞上丁寶楨密奏，由慈安后展閱一周，便道：「小安子應該正法，但須與西太后商議。」恭王忙奏道：「安得海違背祖制，擅出都門，罪在不赦，應即飭丁寶楨拿捕正法為是。」慈安太后尚在沉吟，半晌才道：「西太后最愛小安子，若由我下旨嚴辦，將來西太后必要恨我，所以我不便專主。」慈安懦弱。恭王道：「西太后麼？以祖制論，西太后也不能違背。有祖制，無安得海，還請太后速即裁奪。若西太后有異言，奴才等當力持正論。」慈安後道：「既如此，且令軍機擬旨，頒發山東。」恭王道：「太后旨意已定，奴才即可謹擬。」當下命內監取過筆墨，匆匆寫了數行，大致說：「安太監擅自出都，若不從嚴懲辦，何以肅宮禁而儆效尤？著直隸、山東、江蘇各督撫速派幹員，嚴密拿捕，拿到即就地正法，毋庸再行請旨」等語。擬定後，即請慈安太后蓋印。慈安竟將印蓋上，由恭王取出，不欲宣布，即交原人兼程帶回。

直隸、山東，本是毗連的省分，不到三天，已至濟南。丁撫接讀密諭，立飭總兵王正起，率兵追捕，馳至泰安縣地方，方追著安太監坐船。王總兵喝令截住，船上水手毫不在意，仍順風前進，忙在河邊僱了民船數隻，飛棹追上，齊躍上安太監船中。安得海方才聞知，大聲喝道：「哪裡來的強盜，敢向我船胡鬧？」王總兵道：「奉旨拿安得海，你就是安得海麼？」安得海卻冷笑道：「我們是奉旨南下，督辦龍衣，沿途並沒有犯法，哪有拿捕的道理，你有什麼廷寄，敢來拿我！」王總兵道：「你不要倔強，朝旨豈可捏造麼？」便令兵弁鎖拿安得海。安得海竟發怒道：「當今皇帝也不敢拿我，你等無法無天，妄向太歲頭上動土，難道尋死不成？」兵弁被他一嚇，統是不敢上前，氣得王總兵兩目圓睜，親自動手，先揮去安得海的藍翎大帽，然後將安得海一把扯倒，令兵弁取過鐵鏈，把他鎖住。兵弁見主將下手，不敢不從，當將安得海捆縛停當，餘外一班人眾，統行拿下。隨令水手回駛濟南。

丁撫正靜候消息，過了兩天，王總兵已到，立即傳見，接談之下，知安得海已經拿到，即傳集兩旁侍役，出坐大堂。兵弁帶上安得海，便喝問：「安得海就是你麼？」安得海道：「丁寶楨！你還連安老爺都不認得，作什麼混帳撫臺？」丁撫也不與辯駁，便離了座，宣讀密諭，讀至「就地正法」四字，安得海才有些膽怯，也只有這點膽量。徐徐道：「我是奉慈禧太后懿旨，出來督辦龍衣的。丁撫臺！你敢是欺我麼？」漸漸口軟。丁撫道：「這是何事，敢來欺你！」安得海道：「朝旨莫非弄錯，還求你老人家復奏一本，然後安某死也甘心。」丁撫道：「朝命已說是毋庸再請，難道你未聽見？」安得海還想哀求，遲了。怎奈丁撫臺鐵面無情，竟飭劊子手將他綁出，一聲號炮，安得海的頭顱，應刃而落，其餘一干人犯，暫羈獄中，候再請旨發落。

復奏到京，又由恭王稟報慈安太后，一不做，二不休，索性令將隨從太監，一併絞決。還有一道嚴飭總管的諭旨，聯翩而下。丁撫自然遵旨辦理，將安得海隨從陳玉麟、李平安等，訊繫太監，立即處絞。此外男女多名，充戍的充戍，釋放的釋放，總算完案。

這件事情，慈禧后竟未曾得知，直至案情已了，方傳到李蓮英耳中，急忙轉告慈禧。李蓮英是什麼人物？也是一個極漂亮的太監。安得海在時，蓮英已蒙慈禧寵幸，只勢力不及安得海。此時安得海已死，蓮英心中，恰很快活，因巴結慈禧要緊，便去詳報。慈禧后大驚道：「有這件事麼！為何東太后全未提起？想系是外面謠傳，不足憑信。」蓮英道：「聞得密諭已降了數道，當不至是謠言。」慈禧后道：「你恰去探明確鑿，即來稟報。」蓮英得了懿旨，徑往恭邸探問。恭王無從隱諱，只好實告。蓮英道：「慈禧太后的性子，王爺也應曉得，此番水落石出，恐怕慈禧太后是不應許呢。」恭王道：「遵照祖制，應該這樣辦法。」蓮英微笑道：「講到祖制兩字，兩宮垂簾，也是祖制所沒有，如何你老人家卻也贊成？」以矛攻盾，煞是厲害！恭王被他駁倒，一時回答不出。蓮英便要告辭，做作得妙。恭王未免著急，順手扯著蓮英，到了內廳，求他設法。蓮英方才獻策道：「大公主在內，很得太后歡心，可以從中轉圜。若再不得請，奴才也可替王爺緩頰。」恭王喜道：「這卻全仗……」蓮英不待說完，即接口道：「奴才將來要靠王爺照拂時候，恰很多哩！區區微效，何足掛齒？」隨又請恭王繳出密諭稿底，恭王即檢付一紙，那是東后的諭旨，臨別時還叮嚀囑託。蓮英一肩擔任，連說：「王爺放心，總在奴才身上。」內侍母后，外結親王，蓮英開手，便比安得海高一著。當下別了恭王，匆匆回宮，將密諭呈上。由慈禧后瞧閱道：

本月初三日，丁寶楨奏，據德州知州趙新稟稱，有安姓太監乘坐大船，捏稱欽差，織辦龍衣，船旁插有龍鳳旗幟，攜帶男女多人，沿途招搖煽惑，居民驚駭等情。當經諭令直隸山東各督撫，派員查拿，即行正法。茲按丁寶楨奏，已於泰安縣地方，將該犯安得海拿獲，遵旨正法。

慈禧后閱到此語，不禁花容變色，幾乎要墮下淚來。隨又閱下道：

其隨從人等，本日已諭令丁寶楨分別嚴行懲辦。我朝家法相承，整飭宮寺，有犯必懲，綱紀至嚴。每遇有在外招搖生事者，無不立治其罪。乃該太監安得海，竟敢如此膽大妄為，種種不法，實屬罪有應得。經此次嚴懲後，各太監自當益加儆慎，仍著總管太監等，嗣後務將所管太監，嚴加約束，俾各勤慎當差。如有不安本分，出外滋事者，除將本犯照例治罪外，定將該管太監一併懲辦。並通諭直省各督撫，嚴飭所屬，遇有太監冒稱奉差等事，無論已未犯法，立即鎖拿奏明懲治，毋稍寬縱！欽此。

慈禧后閱罷，把底稿撕得粉碎，大怒道：「東太后瞞得我好，我向來道她辦事和平，不料她亦如此狠心，我與她絕不干休。」說著，便命李蓮英隨往東宮。蓮英道：「這事也不是東太后一人專主。」索性和盤托出，免得後來枝節。慈禧后道：「此外還有何人，除非是奕訢了？可恨可恨！」蓮英道：「太后一身關係社稷，不應為了安總管，氣壞玉體。」隨即替慈禧捶背。言動皆善於迎合。約半小時，見慈禧氣喘少息，隨道：「安總管也太招搖，聞他一出都門，口口聲聲，說奉太后密旨，令各督撫州縣報效鉅款，所以鬧出這樁案情。」歸罪安得海，便好開脫恭王。慈禧后道：「有這等事麼？他亦該死！但東太后等不應瞞我。」

正絮語間，忽由宮監來報，榮壽公主求見。這榮壽公主，便是恭王女兒，宮中稱她大公主，她為文宗所寵愛，文宗崩後，慈禧后因自己無女，就認她為乾女兒，入侍宮中，封她為榮壽公主，蓮英與恭王密談，說起大公主，就是指她。回宮後，即密遞消息，叫她前來懇求。慈禧正欲發洩怒意，便道：「叫她進來！」榮壽公主入見，請過了安。慈禧后道：「你父親做得好事！」公主佯作不解，蓮英從旁插口道：「就是安總管的事情，大公主應亦好曉得了。」公主忙向慈禧跪下，叩頭道：

「臣女在宮侍奉，未悉外情，今日方有宮人傳說，臣女即回謁臣父，據稱安總管招搖太甚，東撫丁寶楨，飛遞密奏，剛值聖母觀劇，恐觸聖怒，不敢稟白，所以僅奏明慈安太后，遵照祖制辦理。」慈禧后道：「你總是為父回護。」公主再碰頭乞恩，慈禧后道：「這次姑開恩饒免，你去回報你父，下次瞞我，不可道我無情。」公主謝恩趨出。慈禧后還欲往東宮，蓮英道：「太后聖度汪洋，恭王爺處尚且恩釋，難道還要與東太后爭論麼？有心不遲，不如從長計議。」慈禧后見蓮英伶俐，語語中意，遂起了桃僵李代的意思，把他擢為總管。蓮英感太后厚恩，鞠躬盡瘁，不消細說。

光陰如箭，又過一年，天津地方，鬧出一場教案，險些兒又開戰釁，總算由曾國藩等委曲調停，方免戰禍。原來中外互市以後，英法俄美諸商民，紛紛來華，時有交涉。天津和約，復訂保護傳教的條約，通商以後，又來了許多教士，更未免與華民齟齬。清廷特建總理各國衙門，並在各口岸設通商大臣專管外交。嗣是德意志、丹麥、荷蘭、西班牙、比利時、義大利、奧大利、日本、秘魯等國，各請互市，均由總理衙門與訂條約。曾國藩、李鴻章等，留心外事，自愧不如，乃迭請剏辦新政，改習洋務。廷臣又據了用夏變夷的古訓，先後奏駁。滿首相倭仁，尤為頑固，事事梗議。夏蟲不可語冰。幸兩宮太后信用曾、李，次第准行。同治二年，在京師立同文館；三年，遣同知容閎出洋，採辦機器；四年，命兩江總督，兼充南洋大臣，設江南製造局於上海；五年，置福建船政局；七年，派欽差大臣志剛、孫家穀，偕美人蒲安臣，遊歷西洋，與美國訂互派領事，優待遊學等約；九年，命直隸總督兼充北洋大臣，增設天津機器局。在清廷方面，也算是破除成例，格局一新，其實還是洋務的皮毛，只好作為外面粉飾。評論的確。而且辦事的人，統是敷衍塞責，毫無實心。內地的百姓，又是風氣不通，視洋人如眼中釘。適值天津有匪徒武蘭珍迷拐人口，被知府張光藻、知縣劉傑緝獲，當堂審訊，搜出迷藥，供稱係教民王三給與。民間遂喧傳天主教堂，遣人迷拐幼孩，挖目剖心，充作藥料。當時一傳十，十傳百，以訛傳訛，並將義塚內露出的枯骨，均為教堂棄擲；人情洶洶，都要與教堂反對。通商大臣崇厚，及天津道周家勳，往會法國領事豐大業，要他交出教民王三，帶回署中，與蘭珍對質。蘭珍又翻掉原供，語多支離，無可定讞。崇厚飭役送王三回教堂，一出署門，百姓爭罵王三，並拾起磚石，向王三拋擊，弄得王三皮破血流。王三哀訴教士，教士轉訴豐大業，豐大業不問情由，一直跑到崇厚署，咆哮辱詈。崇厚用好言勸慰，他卻不從，竟向袋中取出手槍，擊射崇厚。崇厚忙避入內室，一擊不中，憤憤出署。途中遇著知縣劉傑，正在勸解百姓，他又用手槍亂擊，誤傷傑僕。百姓動了公憤，萬眥齊裂，頓時一擁而上，把他推倒，你一拳，我一腳，不到半刻，竟將這聲勢赫奕的豐大業，毆斃道旁。豐大業固由自取，百姓亦屬無謂。隨即鳴鑼聚眾，闖入教堂，看見洋人及教民，便贈他一頓老拳。至若器具什物等件，盡行搗毀。百姓忿尚未洩，索性放一把火，將教堂燒得精光，眼見得鬧成大禍了。

是時曾國藩已調任直隸總督，方因頭暈請假，朝命力疾赴津，與崇厚會同辦理。曾侯到津，主張和平解決，不欲重開兵端，蹈道咸年間的覆轍。又因崇厚就職多年，久習洋務，凡事多虛心聽從。怎奈崇厚非常畏縮，見了法使羅淑亞，竟不能據理與辯。羅淑亞要求四事：一是賠修教堂，二是安葬領事，三是懲辦地方官，四是嚴究凶手。崇厚含糊答應，為了含糊二字，貽誤交涉不少。報知曾侯。曾侯擬允他兩三條，獨懲辦地方官一事，因與主權有礙，不肯照允。法使羅淑亞，得步進步，反來一照會，竟欲將府縣官，及提督陳國瑞抵償豐大業性命，否則有兵戎相見等語。曾侯到此，也未免躊躇起來。崇厚又從旁攛掇，似乎非允他照辦，不能了事。於是奏劾府縣官的彈章，即日拜發。有旨「逮知府張光藻、知縣劉傑，交部治罪。」這旨一下，天津紳民大嘩，爭詈崇厚及曾國藩。曾侯因亦自悔。那崇厚還欲巴結外人，力主府縣議抵，並昌言洋人兵堅炮利，不許即將發難。惹得曾侯懊惱，當即發言道：「洋人道我沒有防備，特別怕死麼？我已密調隊伍若干、糧餉若干，暗中設防。就使事情決裂，也管不得許多。況我自募勇剿賊以來，此身早已許國，幸賴朝廷洪福，將帥用命，得以掃盡狂氛。目下舊勳名將，雖止十存四五，然還有左宗棠、李鴻章、楊岳斌、彭玉麟諸人，志切時艱，心存君國，且久經戰陣，才力勝我十倍。我年過花甲，有渠等在，共匡帝室，我雖死亦可瞑目了。」崇厚撞了一鼻子灰，嘿然退出，單銜獨奏。略說「法國勢將決裂，曾國藩病勢甚重，請由京另派重臣來津辦理。」曾侯亦因諭旨垂詢，據實復奏道：

查津民焚毀教堂之日，眾目昭彰，若有人眼人心等物，豈崇厚一人所能消滅？其為訛傳，已不待辨。至迷拐人口，實難保其必無。臣前奏請明諭，力辨洋人之誣，而於迷拐一節，言之不實不盡，誠恐有礙和局。現在焚毀各處，已委員興修。教民王三，由該使堅索，已經釋放。查拿凶犯一節，已飭新任道府，拿獲九名，拷訊黨羽。唯羅淑亞欲將三人議抵，實難再允所求。府縣本無大過，送交刑部，已屬情輕法重，彼若不擬構釁，則我所不能允者，當可徐徐自轉。彼若立意決裂，雖百請百從，仍難保其無事。諭旨所示，弭釁仍以起釁，確中事理，且佩且悚。外國論強弱，不論是非，若中國有備，和議或稍易定。竊臣自帶兵以來，早矢效命疆場之志。今事雖急，病雖深，此心毫無顧畏，不過因外國要挾，盡變常度。

區區微忱，伏乞聖鑑。

奏上，清廷派兵部尚書毛昶熙等，到津會辦教案。一面調湖廣總督李鴻章，及在籍提督劉銘傳，到京督師，防衛近畿。毛昶熙隨員陳欽，素有膽略，到津後，與法使侃侃力辨。法使不能詰，只固執前說，徑行回京。崇厚奉旨出使法國，即由陳欽署理通商大臣。曾侯遂與陳欽會奏羅淑亞回京緣由，請中外一體堅持定見，並將連日會議情形，具報總理衙門。當由總理衙門轉奏，奉諭著李鴻章馳赴天津，會同曾國藩等迅速緝凶，詳議嚴辦，及早擬結。曾、李乃分別定擬，把滋事人民十五人正法，軍流四人，徒刑十七人。朝旨又命將張光藻、劉傑充戍黑龍江，教案才結。

一事甫了，一事又起，兩江總督馬新貽，被刺客張汶祥刺斃，凶信到京，這老成練達的曾侯爺，又要奉旨調動了。小子有詩詠曾侯云：

天為清廷降藎臣，百端盡付宰官身。
從知輿論難全信，後世如曾有幾人？

欲知曾侯調動情形，且待下回再敘。

安得海之伏法，予服丁寶楨，予尤佩慈安太后。丁寶楨不畏疆御，勇於彈劾，其膽量誠有過人之處。慈安太后遇事溫厚，獨於安得海一案，經恭王慫恿，即密令拿捕正法，此為慈安太后一生明斷，迄今都人士，稱頌不衰。至若天津教案，曾國藩辦理少柔，致遭非議，實則當時有不得不柔之勢。粵捻初平，西陲未靖，海內傷痍，方資休養，豈尚可輕開邊釁，蹈昔時旋戰旋和之失耶？予讀此回，於前半見丁撫之能剛，於後半見曾侯之能柔，且以見兩宮垂簾之時，廷旨多滿人意，不可謂非慈安之力，誰謂慈安非賢后哉？

# 大婚禮成坤闈正位　撤簾議決乾德當陽

卻說天津教案，甫行辦竣，江督馬新貽被戕，有旨授李鴻章總督直隸，調曾國藩回督兩江。是年適當國藩六十壽辰，御賜「勳高柱石」匾額一面、福壽字各一方、梵佛銅像一尊、玉如意一柄、蟒袍一襲，還有吉綢線縐等件。國藩入朝謝恩，當由慈禧太后問他天津情形，並令他速赴江南。國藩一一應答，隨即退出，於同治九年十月出都，沿途無事，直至江寧督署接印視事。清廷以前督被刺，事關重大，並命欽差鄭敦謹南下，會同審問，傳集中軍官、旗牌官、巡捕官、王命司、護印司、護勅司、刀斧手、捆綁手、劊子手、洋槍隊、馬刀隊、鋼叉隊，排得密密層層，異常威赫。曾侯爺與鄭欽使，同升公座，喝令帶上張逆犯。當由兩旁兵役，一聲吆喝，推上張汶祥當面。曾、鄭兩公，先用威嚇，後用刑訊。這張汶祥毫無實供，只說是刺死馬新貽，可以洩忿，大事已了，願即受死。曾侯又問他是何人主使，他卻大聲道：「要刺馬新貽是我，刺殺馬新貽也是我，好漢做事一身當，憑你如何處治便了。」鄭欽差還想設詞誘騙，他索性說主使的人，便是你們。弄得曾、鄭二公無法可施，只得奏稱該犯實無主使，應處極刑。廷旨准奏，即著凌遲處死。

列位看到此處，應該問作書的人，究竟這張汶祥，為著何事，去刺馬新貽？小子也無從實考，只聽得故老相傳，馬新貽未顯達時，曾與一個結義兄弟非常莫逆。嗣因義兄弟娶了一位妻房，生得柳腰杏臉，嫵媚過人，他就覷在眼中，豔羨得了不得。一時不便勾搭，日思夜想，幾乎害成一種單思病。冶容誨淫。但他在宦途中，是個鑽營的能手，由縣丞起馬，不數年連升總督。看官！你想中國有幾個總督大員，一朝權在手，就把事來行。他外面裝出一副義重情深的形狀，把義兄弟立刻提拔，差他出外辦公，又令他把家眷搬入衙門，說是便於照管，叫他放心前去。他義兄弟感謝不盡，即將家眷安頓督署內，奉委就道。這馬新貽已擺好迷陣，不怕他妻房不上勾當，他妻房究係女流，那裡曉得這種圈套？一入署中，即被他灌得爛醉，扯入寢室，寬衣解帶，無所不至。等到醒來，悔已無及。馬新貽又拿出溫存手段，婦人家總帶三分勢利，暗想馬新貽是現任總督，比自己的丈夫要尊貴數倍；又兼性情相貌，都比丈夫勝過幾籌，事已如此，索性由他擺弄，自己也樂得快活。總是馬新貽不好。後來馬新貽越加寵愛，她也越加柔媚，鶼鶼比翼，合力同心，只願地久天長，諧成眷屬，單怕她丈夫回來。一年復一年，她丈夫惹動兒女情腸，屢次申文請假，馬新貽不但不准，且下了一角密札，給他辦事地方的長官，說他勾通大盜，證據確鑿，不必審訊，飭即密捕正法。這義兄弟茫無頭緒，冤冤枉枉的拿去斬首。密報到省，喜得馬新貽手舞足蹈，總道是大患已除，可以安心取樂，誰料他義兄弟竟有好友，聞知這事，動起義憤，竟到兩江督署左右，專等馬新貽出門，託詞攔輿訴冤。三腳兩步的走到輿前，手持利刃，刺入新貽胸膛。隨役連忙拿住，新貽已不省人事，抬回署內，見他情婦模模糊糊地說了「我害你，你害我」兩語，兩眼一翻，雙足一蹬，竟嗚呼哀哉了。那時情婦一想，為了自己一人，害死兩條性命，天良發現，也懸梁自盡。嗣經臬司審問刺客，只答稱「好漢張汶祥，刺死馬新貽」，餘外全無實供。後經曾、鄭二大員覆審，供語已見上文，不必重敘。俠客做事，往往不欲宣布，這事可見一斑。近來說張汶祥也是革命人物，如徐錫麟刺恩銘相同，恐怕未必確實。將來清史告成，或有真傳，也未可知，小子只好藉此了案，再敘別事。

且說同治帝即位後，悠悠忽忽，過了十年。同治帝的年紀，已十七歲了。尋常百姓人家，也要替他授室，何況是至尊無上的天子？滿蒙王公，有幾個待字的女兒，哪一個不想嫁入宮中，做個椒房貴戚？只慈禧太后單生了這個兒子，哪得不細心擇婦，成就一對佳偶？自八年間起，籌備大婚典禮，已是留意調查，直到十年冬季，方才挑選了幾個淑媛。一個是狀元及第，現任翰林院侍講崇綺的女兒，係是阿魯特氏；一個是現任員外郎鳳秀的女兒，係是富察氏；一個是舊任知府崇齡的女兒，係是赫舍哩氏；一個是前任都統賽尚阿的女兒，也係阿魯特氏，才貌統是差不多。慈禧后已經選定，免不得與慈安后商量。慈安后道：「女子以德為主，才貌倒還是第二層，未知這四女中，那個德性最好，堪配中宮？」的確是正論。慈禧后道：「聞得這四個女子，崇女年紀最大，今年已十九歲，鳳女年紀最輕，今年才十四歲。」慈安後即接口道：「皇后母儀天下，總是年長的老成一點。」慈禧后呆了一呆，隨道：「鳳女雖是年輕，聞她很是賢淑。」慈安後道：「皇后冊定，妃嬪也不可少，這等女孩子，都選作妃嬪便了。」慈禧后道：「且去傳奕訢進來，叫他一酌。」慈安點頭，即命宮監去召恭王。不一時，恭王入見，向兩太后行禮畢，慈禧后就說起立后情事，恭王也主張年長。名正言順，說得慈禧不好不依，後來嘉順不終，伏線在此。隨於次年仲春降諭道：

欽奉慈安皇太后、慈禧皇太后懿旨，皇帝衝齡踐阼，於今十有一年，允宜擇賢作配，正位中宮，以輔君德，而襄內治。茲選得翰林院侍講之女阿魯特氏，淑慎端莊，著立為皇后，已著欽天監諏吉，於本年九月舉行。所有納采大徵，及一切事宜，著派恭親王奕訢，戶部尚書寶鋆，會同各該衙門詳核典章，敬謹辦理！特諭。

這諭一下，恭親王等揣摹慈禧后性情，很愛奢華，所定典制，比往時繁縟數倍。正在預備的時候，忽由江蘇巡撫奏報，兩江總督曾國藩出缺，恭親王也吃了一驚，急忙入奏兩宮太后。兩宮太后很為嘆息，命同治帝輟朝三日，即下諭追贈太傅，照大學士例賜恤，予諡文正，入祀京師昭忠祠、賢良祠；並於湖南原籍，江寧省城，建立專祠；生平政績，宣付史館。一等侯爵，著伊子曾紀澤承襲，次子附貢生曾紀鴻，長孫曾廣鈞，均著賞給舉人。還有曾廣鈞、曾廣銓一班孫兒，亦賞給員外郎主事等職銜。並派穆騰阿等，接連往祭。有御賜祭文碑文等，都是翰苑手筆，小子錄不勝錄，但抄述兩篇如下：

御賜祭文曰：朕唯功懋懋賞，信圭表延世之勳，思贊贊襄，雕俎厚飾終之典。爰申畀奠，用賁絲綸。爾原任大學士兩江總督一等毅勇侯贈太傅曾國藩，賦性忠誠，砥躬清正，起家詞館，屢持節而淪才，洊陟卿曹，輒上書而陳善。值皇華之載賦，聞風木而遄歸。忽鄉鄰有門之頻驚，潢池盜弄，懍戰陣無勇之非孝，墨絰師興。奇功歷著於江淮，大名永光於玉帛。俾正鈞衡之位，仍兼軍府之尊。一等酬庸，錫侯封於帶礪；雙輪曳羽，飄翠影於雲霄。重鎖鑰而任北門，百僚是式；還徹戒而惠南國，萬眾騰懽。方期碩輔之延年，豈意遺章之入告？老成忽謝，震悼良深！須厚賻於帑金，遺重臣而奠醊。特易名於上諡，贈太傅之崇階。列祀典於昭忠賢良，建專祠於金陵湘渚。彝章載考，祭典特頒。天不憖遺一老，永懷翊贊於元臣，人可贖兮百身，用寄咨嗟於典冊。靈其不昧，尚克欽承。

又御賜碑文曰：

朕唯臺衡績懋，樹峻望於三公，鐘鼎勳垂，播芳徽於百世。寵頒紫綍，色煥丹珉。爾原任大學士兩江總督一等毅勇侯贈太傅曾國藩，秉性忠純，持躬剛正，闡程朱之精蘊，學茂儒宗；儲方召之勳猷，器推公輔。登木天而奏賦，清表風規；歷芸館而遷資，誠孚日講。屢持使節，兼校春闈，薦擢卿班，允諧宗伯。溯建言之直節，荷殊遇於先朝。凡茲靖獻之丹忱，早具忠誠之素志。乃突來夫粵匪，俾訓練夫楚軍。拔岳郡而克武昌，功成破竹；靖章江而平皖水，威振援枹。兩江尊總制之權，九伐重元戎之命，朕丕承基緒，眷唸成勞，榮銜特畀以青宮，峻望更登諸黃閣。辭節制於三省四省，彌見寅恭；精調度於湘軍淮軍，務嚴申令。聯蘇杭為犄角，堅壘同摧；倚昆季為爪牙，逆巢早搗。金陵奏凱，慰皇考知人善用之明；玉詔酬庸，褒元老決勝運籌之略。既析圭而列爵，亦壘翠以飄纓。既而畿輔量移，因之闕廷展覲。汲黯近戇，實推社稷之臣；楊震厚遺，無慚清白之吏。唯是瘡痍未復，每廑念夫天南，鎖鑰攸司，仍遄歸於江左。方謂功資坐鎮，何期疾遽淪殂？贈太傅而階崇，祀賢良而譽永。專祠遍祭，世賞優頒。易名以表初終，核實允乎文正。於戲！松楸在望，倍懷麟閣之遺型；金石不磨，長荷鸞綸之錫寵。欽茲巽命，峙爾豐碑！

從此這效忠清室的曾侯爺，長辭人世，其生也榮，其死也哀，也算是千古不朽了。此老係清代偉人，所以敘述獨詳。曾侯出缺，繼任的便是肅毅伯李鴻章，倒也不在話下。

日月如梭，已屆同治帝大婚吉期，先封皇后父崇綺為三等承恩公，母宗室氏瓜爾佳氏均為公妻一品夫人。九月十二日甲午，因大婚期邇，遣官祭告天地太廟。次日乙未，同治帝御太和殿，閱視皇后冊寶，遣惇親王奕誴為正使，貝勒奕劻為副使，持奉冊寶詣皇后邸，冊封阿魯特氏為皇后。又遣大學士文祥為正使，禮部尚書靈桂為副使，齎冊印至員外郎鳳秀第，封富察氏為慧妃。是夕，覆命惇親王奕誴，及貝子載容，行奉迎皇后禮。越日子刻，皇后在邸中拜辭祖先，出升鳳輿，前陳鼓樂，後擁儀衛，由大清中門行御道，至乾清宮降輿。皇上穿好禮服，在坤寧宮等著。宮眷引進皇后，行合巹禮。皇后奉觴，皇上賜盞，兩旁細樂悠揚，笙簫迭奏。又越日丁酉，皇上率皇后詣壽皇殿行禮，詣慈安皇太后、慈禧皇太后前行禮。禮畢，上御乾清宮。適慧妃亦送入宮中，由皇后帶領朝賀。又越日戊戌，皇后朝兩太后於慈寧宮，盥饋醴饗如儀。嗣是上兩宮徽號，受群臣慶賀，賜皇后親屬，暨滿漢王大臣及蒙古外藩使臣等宴，並賞賚辦事諸臣有差。知府崇齡女赫舍哩氏及副都統賽尚阿女阿魯特氏，亦次第入宮。崇齡女受封瑜嬪，賽尚阿女受封珣嬪，少年天子，左抱右擁，今夕到這邊，明夕到那邊，皇恩浩蕩，雨露普施，愉快得莫可言喻。這一段文字，統為嘉順皇后敘寫。

隔了數天，內閣復傳出上諭道：

欽奉兩宮皇太后懿旨，前因皇帝衝齡踐阼，時事多艱，諸王大臣等不能無所稟承，姑允廷臣垂簾之請，權宜辦理。皇帝典學有成，當春秋鼎盛之時，正宜親統萬幾，與中外大臣共求治理，宏濟艱難，以仰副文宗顯皇帝付託之重。著欽天監於明年正月內選擇吉期，舉行皇帝親政典禮，一切應行事宜，及應復舊制之處，著軍機大臣大學士會同六部九卿，敬謹妥議具奏！欽此。

看官！這慈禧太后，本是個貪攬大權的英雌，為什麼即肯歸政呢？大約發生此議，總由慈安后主張。慈安后本不願垂簾，被慈禧后抬上此座，這時皇后已經冊立，皇帝已值成年，慈安后意欲息肩，遂倡議歸政。慈禧后不便辯駁，又想同治帝是親生兒子，將來如有大政，總要稟白母后，暗中仍可攬權。當即隨聲附和，下了懿旨。欽天監遵旨擇吉，定於次年正月二十六日舉行，禮部衙門又要敬謹籌備起來。部曹不患沒飯吃。事有湊巧，皇上親政的日子，甫行頒布，雲南督撫的捷報，陸續奏聞。是時雲貴總督勞崇光，在任病歿，以前任滇撫劉岳昭升任總督，與巡撫岑毓英合剿回匪。岳昭坐鎮省中，仍委岑毓英出省剿辦。回酋杜文秀，占踞大理府城，僭擬王制，附近各郡縣，多被吞併。岑毓英既撫回酋馬如龍，薦任提督，令他招降群回，又聯結雲南苗酋，協攻杜文秀。文秀漸漸窮蹙，所據各郡縣，次第失去，只剩大理一城，孤危得很。岑軍復四面兜圍，百計攻撲，文秀自知無幸，把子女分寄大司衡楊榮、大經略蔡廷棟家中，託他照顧，自己與妻妾數人，服毒自盡。部下見他將死，舁出城外，投降岑軍。毓英先驗明杜酋正身，梟首示眾，隨問城中情形，知回眾尚有數萬，恐他後來反覆，傳令三日內齊繳軍械，回眾以半年為期，毓英佯為應諾，密令部將楊玉科，選死士數百，同太和縣官入城受降。城外恰嚴布重兵，掘了大坑，專等回眾出迎，玉科入城後，驅回眾出城，可憐回眾無知無識，個個陷入重圍，跌下坑內，被岑軍活活埋死。毓英彷彿李鴻章，玉科彷彿程學啟。楊榮、蔡廷棟，統由岑軍擒住，一律磔死。只有文秀女兒秋娘，與母何氏，逃出城外，孤身隻影，流落天涯，就使有志報仇，究竟是一個女孩子，哪個肯去幫助？延了數年，老母何氏先死，秋娘也玉碎香沉，同歸於盡。只留有一封書信，相傳是秋娘遺墨，小子還約略記得其詞云：

妾，家亡國破之人也。先君子早年，惆滿人之虐，因眾志，倡義旗，保固一方，以待清宴。外抗邊夷，內靜狂寇，比於竇融張軌，豈遑多讓？妾生長深宮，略諳詩禮，亦儼然金枝玉葉也。昊天不弔，苗賊助凶，四十萬人，一齊解甲。先君既抱恨臯路，弱女遂零落天涯。嗟乎！覆巢之下，豈有完卵？所含辛茹苦，苟且偷生者，希冀手屠苗賊之脰，以復不共之仇也。不意薄命人，命薄於紙，輾轉風塵，所遭輒不如意，豈以平生志節猶存，不甘屈下之故耶？秣陵倉猝，滬瀆流離，蹉跎之痛，遂及老母。閒關來粤，乃復逢君。欲述苦衷，難於傾吐。疇昔一夕話，君憶之否？蓋改弦易轍之志，於此決矣。果也雛兒淺躁，入我彀中，不幸詬起禧閨，事機不遂，老賊狡猾，遂動猜疑。記先君子方盛之時，苗賊親來納款，當時妾侍於側，賊遽以奏簫為請，先君愛妾，不欲委之虎口，以少長相遠為詞。彼乃憤怒，中夜斬關而出。釁起於妾，遂致覆祀滅宗。嗟乎！此恥則西江不濯，此恨則萬世不復，哀哉！天下丈夫，唯君尚能垂憐薄命，用敢略述腹心，使君知區區清白身，非甘心作河間婦者也。計書達時，妾魂當散為輕塵，淹為蟲沙久矣。天長地久，蒙恥飲恨，痛如之何！

魂與筆銷，無多贅述！

據這書看來，秋娘的大仇，實是苗酋。苗酋本與杜文秀相聯，因欲求秋娘為妾，被文秀所拒，遂降服岑毓英，滅了文秀。秋娘逃出後，委身柳巷，留意英雄，得了一個如意郎君，仍不能替她報仇，秋娘自己亦不能成事，終至齎志以歿，其間曲折，苦無信史可據，只剩了一鱗一爪，遺傳後世，說來也甚可憐。唯清廷得這捷音，說聖天子洪福齊天，才擬親政，就有雲南肅清的好消息，兩宮太后也非常歡悅。轉瞬間過了殘臘，又是新年，八方昇平，四海無事，宮廷內外，喜氣洋洋，免不得照例慶賀，又有一番忙碌。到了二十日外，又降了上諭數行道：

欽奉慈安端裕皇太后、慈禧端佑皇太后諭旨：皇帝寅紹丕基，於今十有二載，春秋鼎盛，典學有成，茲於本月二十六日，躬親大政。欣慰之餘，倍深兢惕。因念我朝列聖相承，無不以敬天法祖之心，為勤政愛民之治。況數年來東南各省，雖經底定，民生尚未乂安。滇隴邊境，及西北路軍用未藏，國用不足，時事方艱。皇帝日理萬機，敬念唯天唯祖宗所以託付一人者，至重且巨。只承家法，夕惕朝乾，於一切用人行政，孳孳講求，不敢稍涉怠忽。視朝之暇，仍略討論經史，深求古今治亂之源。克儉克勤，勵精圖治，此則垂簾聽政之初心，所夙夜跂望而不能或釋者也。在廷王大臣等，允宜公忠共矢，勿避怨嫌，本日召見時，業已諄諄面諭。其餘中外大小臣工，亦當恪恭盡職，痛戒因循，宏濟艱難，弼成上理，有厚望焉。欽此。

到了二十六日，兩宮撤簾，同治帝親政，王大臣們，又有一番歌功頌德的賀表。看似挖苦，實是真相。兩宮太后，又加上徽號。東太后加了「康慶」二字，西太后加了「康頤」二字。親政數月，陝甘總督左宗棠，又收降靖邊縣土匪董福祥，迭復各城，逐陝回叛酋白彥虎，擒甘回叛酋馬化隆，奏報關內肅清，有旨賞給左宗棠一等輕車都尉世職。將軍金順、提督徐占彪以下，俱邀升敘。並飭左宗棠督師出關，征撫西域，當下龍心大悅，遂想出及時行樂的念頭來。正是：

人逢喜事精神爽，時際承平逸欲多。

未知同治帝如何行樂，請看下回便知。

本回敘事，以立后歸政為大綱。有清十數傳，立后事多矣，是書獨於順治立后、同治立后，敘述較詳，因順治后無故被廢，同治后不得令終故也。悲於終，不得不詳於始。治國之道，本自齊家，家不齊，國能治乎？至若歸政之舉，所以志兩宮垂簾，初次告蕆。慈安太后秉性沖和，倡言歸政，無可譏議；慈禧太后猶在試驗之期，一切用人行政，皆幾經審慎，故稱頌者多而譭謗者少。訓政十年，東南戡定，西北漸平，兩宮之力居多焉。然曾侯歿而清廷少一偉人，已有人亡政息之慨，左岑效績邊陲，反以釀九重之縱慾，外寧必有內憂，朕兆其已見乎？故本回事略，作清廷之過渡時代觀可也。

# 因歡成病忽報彌留　以弟繼兄旁延統緒

卻說同治帝親裁國政，一年以內，倒也不敢怠忽，悉心辦理。只是性格剛強，頗與慈禧太后相似。慈禧太后雖已歸政，遇有軍國大事，仍著內監密行查探，探悉以後，即傳同治帝訓飭，責他如何不來稟白。偏這同治帝也是倔強，自思母后既已歸政，為什麼還來干涉？母后要他稟報，他卻越加隱瞞，因此母子之間，反生意見。獨慈安太后靜養深宮，凡事不去過問，且當同治帝進謁時候，總是和容愉色，並沒有一毫怒意。同治帝因她和藹可親，所以時去省視，反把本生母后，撇諸腦後。慈禧太后愈滋不悅，有時且把皇后傳入宮內，叫她從中勸諫。皇后雖是唯唯遵命，心中恰與皇帝意旨相合。花前月下，私語喁喁，竟將太后所說的言語，和盤托出，反激動皇帝懊惱。背後言語，總有疏虞，傳到慈禧太后耳中，索性遷怒皇后，啣恨切骨。

同治帝亦很是懊悵。內侍文喜、桂寶等，想替主子解憂，多方迎合，便慫恿同治帝，重建圓明園。這條計畫，正中同治帝下懷，自然准奏，即飭總管內務府擇日興工。諭中大旨卻說是備兩宮皇太后燕憩之用，所以資頤養，遂孝思，其實暗中用意，看官自能明白，不煩小子絮述。含蓄語，尤耐意味。唯恭親王奕訢，留心大局，暗想國家財政，支絀得很，如何興辦土木？便進諫同治帝，請他中阻。同治帝一番高興，被這老頭兒出來絮聒，心中很不自在。那奕訢反嘮嘮叨叨，把古今以來的君德，如何勤，如何儉，說個不休，惹得同治帝暴躁起來，便道：「修造圓明園，無非為兩宮頤養起見。我記得孟子說過：『尊親之至，莫大乎以天下養。』」恭王要把古訓規勸，所以同治帝也引古語回駁。「現擬造個小園子，還不好算得養親，皇叔反說有許多窒礙，我卻不信。」奕訢還想再諫，同治帝怒形於色，拂袖起身，踱入裡邊去了，奕訢只得退出。

冤冤相湊，奕訢退出宮門，他兒子載澂，卻入宮來見同治帝，原來載澂曾在宏德殿伴讀，自小與同治帝相狎，到同治帝親政，退朝餘暇，常令載澂自由入宮，談笑解悶。這日載澂求見，內侍即入內奏聞，偏偏同治帝不令進謁。載澂莫名其妙，仍舊照往時玩笑的樣子，說道：「皇上平日非常豁達，為什麼今天擺起架子來？」說畢，揚長而去。內侍未免多事，竟將載澂的說話，一一奏明。同治帝大怒道：「他的老子剛來饒舌，不料他又來胡鬧。他說我擺架子，我就擺與他看。」便宣召軍機大臣大學士文祥進見，文祥奉旨趨入，同治帝道：「恭王奕訢，對朕無禮，他兒子載澂，更加不法，朕意將他父子賜死，叫你進來擬旨。」文祥不聽猶可，聽了此諭，連忙跪下，只是磕頭。同治帝道：「你做什麼？」文祥道：「恭、恭親王奕、奕訢，勤勞素著，就使他犯了罪，也求皇恩特赦！」同治帝冷笑道：「朕曉得了！你等都是他的黨羽，所以事事回護。」文祥又磕了幾個頭，隨答道：「奴才不、不敢。」同治帝又道：「賜死太重，革爵便了。」文祥到此，不敢違旨，只好草草擬就，捧呈御覽。同治帝閱畢，點了點頭，便道：「你將這稿底取去，明日就照此頒布罷！」文祥領旨退出，也不回府，一直跑到恭王邸中，密報恭王。恭王也是著急，忙邀幾個知己商議。三個臭皮匠，比個諸葛亮，一面由文祥飛稟慈禧太后，一面由御史沈淮、姚百川出頭，擬定奏摺，內稱：「聖上飭造圓明園，頤養聖母，實是以孝治天下之盛德，但圓明園被焚毀後，一切景緻，盡付銷沉，不如三海名勝，近在宮掖，飭工修築，易於觀成」等語。巧於措詞。折才擬就，文祥已自宮中出來，回報恭王。據說：「草定諭旨，已由西太后取去，諒可擱置。」恭王才稍稍放心，次日沈、姚兩御史，又把奏摺呈上，同治帝閱到「易於觀成」一語，方有些迴心轉意，當命內閣擬詔，即日宣布道：

前降旨諭令總管內務府大臣，將圓明園工程，擇要興工，原以備兩宮皇太后燕憩，用資頤養而遂孝思。本年開工後，聞工程浩大，非剋期所能蕆功，現在物力艱難，經費支絀，軍務未甚平安，各省時有偏災，朕仰體慈懷，不欲以土木之工，重勞民力，所有圓明園一切工程，均著即行停止，俟將來邊境乂安、庫款充裕，再行興修。因念三海近在宮掖，殿宇完固，量加修理，工作不致過繁。著該管大臣查勘三海地方，酌度情形，將如何修葺之處，奏請辦理！欽此。

過了數日，同治帝視朝，巧值恭王奕訢隨班朝見，由同治帝瞧著，翎頂依然照舊，不由得詫異起來。退朝後，立召文祥入見，問前次諭旨，已將奕訢革去親王，何故翎頂照常？文祥無可辯說，只推在西太后一人身上。奏稱：「聖母聞知，飭收成命，所以恭王爵銜照舊。」同治帝怒道：「朕既親政，你等須遵朕諭旨，難道知有母后，不知有朕麼？」隨將文祥斥罵一頓，叱令滾出，立刻提起硃筆，寫了數行，令內侍張示王大臣道：

傳諭在廷諸王大臣等，朕自去歲正月二十六日親政以來，每逢召對恭親王時，語言之間，諸多失儀，著革去親王，世襲罔替，降為郡王，仍在軍機大臣上行走。並載澂革去貝勒郡王銜，以示薄懲。

這諭才行宣布，不到數時，西太后處已由奕訢、文祥二人進去泣訴。當蒙西太后勸慰，令他退出，即傳同治帝入內，嚴詞訓責，令給還恭王父子爵銜。氣得同治帝啞口無言，只好出命內閣，於次日再行降旨道：

朕奉慈安端裕康慶皇太后、慈禧端祐康頤皇太后懿旨，昨經降旨將恭親王革去親王世襲罔替，降為郡王，並載澂革去貝勒郡王銜，在恭親王於召對時，言語失儀，原為咎有應得，唯念該親王自輔政以來，不無勞勳足錄，著加恩賞還親王，世襲罔替。載澂貝勒郡王銜，一併賞還。該親王仰體朝廷訓誡之意，嗣後益加儆慎，宏濟艱難，用副委任！欽此。

自有這番手續，同治帝連日怏怏。文喜、桂寶二人，又想出法子，導同治帝微行，為這一著，要把十三年的青春皇帝，斷送在他兩人手中了。宵小可畏。

京師內南城一帶，向是娼寮聚居的地方，酒地花天，金吾不禁。同治帝聽了文喜、桂寶的說話，帶了兩人，微服出遊，到了秦樓楚館，嘗試溫柔滋味，與宮中大不相同。滿眼嬌娃，個個妖豔，眉挑目語，無非賣弄風騷，淺透輕顰，隨處生人憐惜。開瓊筵以坐花，飛羽觴而醉月。燈紅酒綠，玉軟香溫。既而玉山半頹，海棠欲睡，羅襦半解，薌澤先融，衣鈕輕鬆，柔情慾醉。描不盡的媚態，說不完的綢繆，倒鳳顛鸞，為問漢宮誰似？尤雲殢雨，錯疑神女相逢。從此巫峰遍歷，帝澤皆春，願此生長老是鄉，除斯地都非樂境。

春光漏洩，諫草上呈，當時內務府中，有一個忠心為主的滿員，名叫桂慶，因帝少年好色，恐不永年，請將蠱惑的內侍，一併驅逐。至若禍首罪魁，應立誅無赦。且請皇太后保護聖躬，毋令沉溺。真是語語剴切，言言沉摯。有此諫官，還是滿廷餘澤。同治帝原是厭聞，西太后恰也不懌。西太后是何用心？想是左袒內監的緣故。桂慶即辭職回籍。以道事君，不可則止，桂慶頗有古大臣風度。嗣是同治帝每夕出遊，追歡取樂，到了次晨，王大臣齊集朝房，御駕尚未返闕。恭親王以下，統已聞知，因鑑前時圓明園事情，不敢犯顏直諫，只暗中略報西太后，西太后恰也訓戒數次。嗣因同治帝置諸不聞，忤了慈容，索性任他遊蕩，唯朝廷大事，叫恭親王等特別留心。同治帝越加愜意，適西太后四旬萬壽，總算在宮中住了兩天，照例慶賀。

是年沒甚要政，只與中國通商的日本國，有小田縣民及琉球國漁人，航行海外，遇風漂至臺灣，被生番劫殺，日本遣使詰責，清廷答稱生番列在化外，向未過問。明明臺灣百姓，如何說是化外？日本遂派中將西鄉從道，率兵至臺，攻擊生番。閩省船政大臣沈葆楨及藩司潘蔚，往臺查辦，又說臺灣係中國屬地，日本不得稱兵。語多矛盾，煞是可笑！西鄉從道哪裡肯允，且言琉球是他保護國，所有被殺的漁人，統要中國賠償。葆楨遂函商直督李鴻章，令奏撥十三營，赴臺防邊。日本見臺防漸固，又遣專使大久保利通至京，與總理衙門交涉。當由英使威妥瑪居間調停，令中國出撫卹銀十萬兩、軍費賠款銀四十萬兩，才算了事，日兵乃退出臺灣。其實琉球亦是中國藩屬，並非日本保護國，清廷辦理外交的大員，單叫臺灣沒有日兵，便是僥倖萬分，哪裡還要去問琉球？琉球已失去了。

同治帝一意尋花，連什麼臺灣，什麼琉球，一概不管。朝朝暮暮，我我卿卿，不意樂極悲生，受了淫毒，起初還可支持，延到十月，連頭面上都發現出來。宮廷裡面，盛稱皇上生了天花，真也奇怪。御醫未識受病的緣由，只將不痛不癢的藥味，搪塞過去，庸醫殺人。因此蘊毒愈深，受病愈重。十一月初，御體竟不能動彈，冬至祀天，遣醇親王奕譞恭代行禮，所有內外各衙門章奏，都呈兩宮皇太后披覽裁定。王大臣等，總道是皇上染了痘症，沒有什麼厲害，況且年未弱冠，血氣方剛，也不至禁受不起，大家不過循例請安，斷不料變生意外，帝疾竟至大漸，到十二月初五日，崩於養心殿東暖閣。慈禧太后飛調李鴻章淮軍入都，自己與慈安太后，同御養心殿，立傳惇親王奕誴、恭親王奕訢、孚郡王奕譓、惠郡王奕詳、貝勒載治、載澂、一等公奕謨、御前大臣伯彥訥、謨祜、軍機大臣寶鋆、沈桂芬、李鴻藻、總管內務府大臣英桂、崇綸、魁齡、榮祿、明善、桂寶、文錫、弘德殿行走徐桐、翁同龢、王慶祺、南書房行走黃鈺、潘祖蔭、孫貽經、徐郙、張家驤等入見。親王以下，尚未悉皇帝賓天情事，但見宮門內外，侍衛森列，宮中一帶，又是排滿太監，布置嚴密，大異往日狀態，不禁個個驚訝；行至養心殿內，兩宮太后已對面坐定，略帶愁慘面色。王大臣等不暇細想，各按班次請安，跪聆慈訓。慈禧后先開口道：「皇上病勢，看來要不起了，聞皇后雖已有孕，不知是男是女，亦不知何日誕生，應預先議立皇嗣，免得臨時局促。」諸王大臣叩頭道：「皇上春秋鼎盛，即有不豫，自能漸漸康泰，皇嗣一節，似可緩議。」慈禧后道：「我也不妨實告，皇帝今日已晏駕了。」這語一傳，王大臣等，哭又不好，不哭又不好，有幾個忍不住淚，似乎要垂下來形狀。其實都是做作，但此時倒也為難。慈禧后道：「此處非哭臨地方，須速決嗣主為要。」諸王大臣不敢發議，只有恭王奕訢，仗著老成，便抗言道：「皇后誕生之期，想亦不遠，不如祕不發喪。如生皇子，自當嗣立，如所生為女，再議立新帝未遲。」慈禧后大聲道：「國不可一日無君，何能長守祕密？一經發覺，恐轉要動搖國本了。」軍機大臣李鴻藻、弘德殿行走徐桐、南書房行走潘祖蔭，都碰頭道：「太后明見，臣等不勝欽佩。」慈安太后也插口道：「據我意見，恭親王的兒子，可以入承大統。」恭王聞言，連稱不敢，隨奏道：「按照承襲次序，應立溥倫為大行皇帝嗣子。」慈禧后又不以為然，便道：「溥倫族系，究竟太遠，不應嗣立。」原來溥倫係過繼宣宗長子奕譓，血統上稍差一層，所以被慈禧后駁去。恭王尚要啟奏，慈禧后畢竟機警，便對慈安后道：「據我看來，醇王奕譞子載湉可以繼立，應即決定，不可耽延時候。」恭王心中，很不贊成，連我也不贊成，無怪恭王。即向奕譞道：「立長一層，好全然不顧麼？」不特立長而已，且置大行皇帝於何地？奕譞便叩頭力辭，慈禧后道：「可由王大臣投票為定。」慈安太后沒有異言，當由慈禧后命眾人起立，記名投票。投訖發閱，只醇王等投溥倫，有三人投恭王子，其餘皆如慈禧意，投醇王子，於是大位遂決。不必運動，而眾大臣多投醇王子，慈禧之權力可知。看官！你道慈禧太后，何故定要立醇王子？第一層意思，是立了溥字輩為嗣，便是入繼同治帝，同治帝有了嗣子，同治后將尊為太后，自己反退處無權，因此決意不願；第二層意思，醇王福晉，便是慈禧后的妹子，慈禧入宮，作為媒妁，她想親上加親，必無他虞。兼且醇王子年僅四齡，不能親政，自己可以重執大權，所以不顧公論，獨斷獨行。眾大臣竭力逢迎，才成了這樣局面。這時候已當夜間九句鐘，狂風怒號，沙土飛揚，天氣極冷，慈禧后即派兵一隊，往西城醇王邸中，迎載湉入宮，又派恭親王留守東暖閣，不是親他，實是防他。宮內外統用禁旅嚴衛，督隊的便是步軍統領榮祿。隨即頒布遺詔道：

朕蒙皇考文宗顯皇帝覆育隆恩，付畀神器，衝齡踐阼，仰蒙兩宮皇太后垂簾聽政，宵旰憂勞，嗣奉懿旨，命朕親裁大政，仰唯列聖家法，一以敬天法祖，勤政愛民為本，自維薄德，敢不朝乾夕惕，唯日孜孜。十餘年來，稟承懿訓，勤求上理，雖幸官軍所至，粵捻各逆，次第削平，滇黔關隴，苗匪回匪，分別剿撫，俱臻安靖。而兵燹之餘，吾民創痍未復，每一念及瘝瘝難安。各直省遇有水旱偏災，凡疆臣請蠲請賑，無不立沛恩施。深宮兢惕之懷，當為中外臣民所共見。朕體氣素強，本年十一月適出天花，加意調護，乃邇日以來，元氣日虧，以致彌留不起，豈非天乎？顧念統緒至重，亟宜傳付得人，茲欽奉兩宮皇太后懿旨，醇親王之子載湉（此二字貼黃），著承繼文宗顯皇帝為子，入承大統為嗣皇帝。嗣皇帝仁孝聰明，必能欽承付託。天生民而立之君，使司牧之，唯日矢憂勤惕厲，於以知人安民，永保我丕丕基。並孝養兩宮皇太后，仰慰慈懷，兼願中外文武臣僚共矢公忠。各勤厥職，用輔嗣皇帝郅隆之治，則朕懷藉慰矣。喪服仍依舊制，二十七日而除。布告天下，咸使聞知！

同治帝崩，年只十有九歲，新帝載湉，入嗣文宗，尊諡同治帝為「穆宗」，封皇后阿魯特氏為「嘉順皇后」，改元光緒，即以明年為光緒元年，是謂「德宗」。當下諸王大臣，希旨承顏，奏請兩宮皇太后重行訓政。慈安太后頗覺討厭，並不免有三分傷感，獨慈禧太后，因同治帝不肯順從，時常懷恨，此時重出訓政，頗慰初念，倒也沒甚悲痛。所最傷心的，莫如同治皇后，入正中宮，只有兩年，突遭大喪，折鸞離鳳，已是可慘，還有慈禧太后，對著她很不滿意。這番立嗣，非但不令她預聞，而且口口聲聲，罵她狐媚子、狐媚子。她哭得悽慘一點，越觸動慈禧太后惡感，戟指罵道：「狐媚子！你媚死我兒子，一心思想做皇太后！哼哼！像你這種人，想做太后，除非海枯石爛，方輪到你身上。」這番言語，已是令人難堪。嗣復下了一道懿旨，內稱大行皇帝無嗣，俟嗣皇帝後生皇子，即承繼大行皇帝為子，牽強得很。這正是斷絕皇后希望。

當時嗣皇改元，兩宮訓政，盈廷慶賀，熱鬧得很。只同治后獨坐深宮，淒涼萬狀，暗想腹中懷姙，未識男女，即使生男，亦屬無益，索性圖個自盡，還是完名全節。主意已定，只望見父一面，與他訣別。巧值宮內賜宴，承恩公崇綺亦在其內，宴畢，順道入視。父女相持大哭，到臨別的時光，皇后只說了一聲，兒本薄命，望父親不必記念。閱者不忍卒讀。次晨，宮內即傳出皇后凶信，這般下場，何如民家？滿廷臣工，很是驚異，大臣不言，小臣卻忍耐不住，呈上諫章，第一個是內閣侍讀學士廣安奏道：

竊唯立繼之大權，操之君上，非臣下所得妄預。若事已完善，而理當稍為變通者，又非臣下所可緘默也。大行皇帝，衝齡御極，蒙兩宮皇太后垂簾勵治，十有三載，天下底定，海內臣民，方得享太平之福。詎意大行皇帝，皇嗣未舉，一旦龍馭上賓？凡食毛踐土者，莫不叫天呼地。幸賴兩宮太后，坤維正位，擇繼咸宜，以我皇上承繼文宗顯皇帝為子，並欽奉懿旨，俟皇帝生有皇子，即承繼大行皇帝為嗣，仰見兩宮皇太后宸衷經營，承家原為承國，聖算悠遠，立子即是立孫。不唯大行皇帝得有皇子，即大行皇帝統緒，亦得相承勿替。計之萬全，無過於此。唯是奴才嘗讀宋史，不能無感焉。宋太后遵杜太后之命，傳弟而不傳子，厥後太宗偶因趙普一言，傳子竟未傳姪，是廢母后成命，遂起無窮駁斥。使當日後以詔命鑄成鐵券，如九鼎泰山，萬無轉移之理，趙普安得一言間之？然則立繼大計，成於一時，尤貴定於一代。況我朝仁讓開基，家風未遠，聖聖相承，夫復何慮。我皇上將來生有皇子，自必承繼大行皇帝為嗣，接承統緒，第恐事久年湮，或有以普言引用，豈不負兩宮太后貽厥孫謀之至意？奴才受恩深重，不敢不言，請飭下王公大學士六部九卿會議，頒立鐵券，用作奕世良謨。謹奏。

這篇奏牘，言人所不敢言，滿員以內，好算得庸中佼佼，鐵中錚錚了。偏偏懿旨說他冒昧瀆陳，殊甚詫異，著即申飭。於是王公以下，樂得做了仗馬寒蟬，哪個還敢多嘴？同治帝的喪禮，還算照著舊制，勉強敷衍，同治后的喪禮，簡直是草草了事，不過加了「孝哲」二字的謚法，飾人間耳目。光緒四年，葬穆宗毅皇帝、孝哲毅皇后於惠陵，大小臣工，照例扈送。有一個小小京官，滿腔不平，欲言不可，不言又不忍，他竟抱了屍諫的意見，殉義於惠陵附近的馬神橋，上了一本遺折，比廣安所奏，尤為痛切。正是：

古道猶存，臣心不死；
效節史魚，直哉如矢！

未知折中有何言論，屍諫的究是何人，且待下回再敘。

同治帝之崩，相傳為遊蕩所致，天花之毒，明係飾言，作者固非誣毀。但慈禧后為同治帝生母，不應以帝稍忤顏，遂成閒隙，尋常民家，母子不和，猶關家計，況帝室乎？且縱帝遊蕩，釀成淫毒，得疾以後，又不慎重愛護，以致深沉不起。母子之間，殊不能無遺憾焉。若光緒帝之立，種種原因，備見書中，無非為慈禧一人私意。嘉順皇后，由此自盡。「昭陽從古誰身殉，彤史應居第一流。」我為嘉順哭，猶為嘉順幸，而慈禧之手段，於此益見。

呂、武以後，應推此人。

# 吳侍御屍諫效忠　曾星使功成改約

卻說當時屍諫的忠臣，乃是甘肅皋蘭人吳可讀。可讀舊為御史，因劾奏烏魯木齊提督成祿，遭譴落職，光緒帝即位，起用可讀，補了吏部主事。因見帝、后迭喪，後嗣虛懸，早思直言奏請，但是廣安一奏，猶且被斥，自己本是漢人，又係末秩微員，若欲奏陳大義，必遭嚴譴。且吏部堂官，也必不肯代奏，於是以死相要，將遺折呈交堂官。堂官諒他苦心，沒奈何替他代奏，當由兩宮太后展閱道：

奏為以一死泣請懿旨，預定大統之歸，以畢今生忠愛事。竊罪臣聞治國不諱亂，安國不忘危，危亂而可諱可忘，則進苦口於堯舜，為無疾之呻吟，陳隱患於聖明，為不祥之舉動。罪臣前因言事憤激，自甘或斬或囚，經王大臣會議，奏請傳臣質訊，乃蒙先皇帝曲賜矜全，既免臣於以斬而死，復免臣於以囚而死，又復免臣於以傳訊而觸忌、觸怒而死。犯三死而未死，不求生而再生，則今日罪臣未盡之餘年，皆我先皇帝數年前所賜也。乃天崩地坼，忽遭十三年十二月初五日之變，欽奉兩宮皇太后懿旨，大行皇帝龍馭上賓，未有儲貳，不得已以醇親王之子，承繼文宗顯皇帝之子，入承大統，為嗣皇帝，俟嗣皇帝生有皇子，即承繼大行皇帝為嗣。罪臣涕泣跪誦，反覆思維，以為兩宮皇太后，一誤再誤，為文宗顯皇帝立子，不為我大行皇帝立嗣。既不為我大行皇帝立嗣，則今日嗣皇帝所承大統，乃奉我兩宮皇太后之命，受之於文宗顯皇帝，非受之於我大行皇帝也。而將來大統之承，亦未奉有明文，必歸之承繼之子，即謂懿旨內既有承繼為嗣一語，則大統之仍歸繼子，自不待言。罪臣竊以為不然。

自古擁立推戴之際，為臣子所難言，我朝二百餘年，祖宗家法，子以傳子，骨肉之間，萬世應無間然，況醇王公忠體國，中外翕然，稱為賢王，王聞臣有此奏，未必不怒臣之妄，而憐臣之愚，必不以臣言為開離間之端。而我皇上仁孝性成，承我兩宮皇太后授以寶位，將來千秋萬歲時，均能以我兩宮皇太后今日之心為心。而在廷之忠佞不齊，即眾論之異同不一，以宋初宰相趙普之賢，猶有首背杜太后之事，以前明大學士王直之為國家舊人，猶以黃竑請立景帝太子一疏，出於蠻夷，而不出於我輩為愧。賢者如此，遑問不肖？舊人如此，奚責新進？名位已定者如此，況在未定，不得已於一誤再誤中，而求歸於不誤之策，唯仰祈我兩宮皇太后再行明白降一諭旨，將來大統，仍歸承繼大行皇帝嗣子，嗣皇帝雖百斯男，中外及左右臣工，均不得以異言進。正名定分，預絕紛紜，如此則猶是本朝祖宗來子以傳子之家法。而我大行皇帝，未有子而有子；即我兩宮皇太后，未有孫而有孫。異日繩繩緝緝，相引於萬代者，皆我兩宮皇太后所自出，而不可移易者也。罪臣所謂一誤再誤，而終歸於不誤者此也。

彼時罪臣即以此意擬成一折，呈由都察院轉遞，繼思罪臣業經降調，不得越職言事。且此何等事？此何等言？出之大臣重臣親臣，則為深謀遠慮；出之小臣疏臣遠臣，則為輕議妄言。又思在廷諸臣忠道最著者，未必即以此事為可緩，言亦無益而置之，故罪臣且留以有待。洎罪臣以查辦廢員內，蒙恩圈出引見，奉旨以主事特用，仍復選授吏部，邇來又已五六年矣。此五六年中，環顧在廷諸臣，仍未念及於此者。今逢我大行皇帝永遠奉安山陵，恐遂漸久漸忘，則罪臣昔日所留以有待者，今則迫不及待矣。仰鼎湖之仙駕，瞻戀九重；望弓劍於橋山，魂依尺帛。謹以我先皇帝所賜餘年，為我先皇帝上乞懿旨於我兩宮皇太后之前。唯是臨命之身，神志昏亂，折中詞意，未克詳明，引用率多遺忘，不及前此未上一折一二，繕寫又不能莊正。罪臣本無古人學問，豈能似古人從容？昔有赴死而行不成步者，人曰：「子懼乎？」曰：「懼！」曰：「既懼何不歸？」曰：「懼吾私也，死吾公也。」罪臣今日亦猶是。鳥之將死，其鳴也哀；人之將死，其言也善。罪臣豈敢比曾參之賢？即死，其言亦未必善。唯望我兩宮皇太后我皇上，憐其哀鳴，勿以為無疾之呻吟，不祥之舉動，則罪臣雖死無憾。

宋臣有言：「凡事言於未然，誠為太過；及其已然，則又無所及，言之何益？可使朝廷受未然之言，不可使臣等有無及之悔。」今罪臣誠願異日臣言之不驗，使天下後世笑臣愚，不願異日臣言之或驗，使天下後世謂臣明。等杜牧之罪言，雖逾職分，效史鰌之屍諫，只盡愚忠。罪臣尤願我兩宮皇太后我皇上，體聖祖世宗之心，調劑寬猛，養忠厚和平之福，任用老成，毋爭外國之所獨爭，為中華留不盡！毋創祖宗之所未創，為子孫留有餘！罪臣言畢於斯，願畢於斯，命畢於斯。

再，罪臣曾任御史，故敢昧死具折，又以今職不能專達，懇由臣部堂官代為上達。罪臣前以臣衙門所派隨同行禮司員內，未經派及罪臣，是以罪臣再四面求臣部堂官大學士寶鋆，始添派而來。罪臣之死，為寶鋆所不及料，想寶鋆並無不應派而誤派之咎。

時當盛世，豈容有疑於古來殉葬不情之事？特以我先皇帝龍馭永歸天上，普天同泣，故不禁哀痛迫切，謹以大統所繫，貪陳縷縷，自稱罪臣以聞。

兩宮皇太后閱畢，慈禧太后心中很是不樂，外面恰裝出一種坦適樣子，向慈安太后道：「這人未免饒舌，前已明降諭旨，嗣皇帝生有皇子，即承繼大行皇帝為嗣，還要他說什麼？」慈安太后道：「一個小小主事，敢發這般議論，且寧死不諱，總算難得！」慈安究竟持平。慈禧后歇了半晌，方道：「且著王大臣等會同妥議，可好麼？」慈安后應了聲好，遂命內閣擬旨，著將吳可讀原折交廷臣會議。王大臣等合議許久，多以清代家法，自雍正後，建儲大典，未嘗明定，此次若從可讀奏請，明定繼統，即與建儲沒甚分別，未免有違祖制。此時還有什麼祖制？又因可讀屍諫，確是效忠清室，一概辯駁，心中亦屬難安。當下公擬了一番模糊影響的言語，復奏上去。嗣後徐桐、翁同龢、潘祖蔭三人又聯銜上了一折，寶廷、張之洞，且各奏一本，兩宮太后參酌眾議，隨降懿旨道：

前於同治十三年十二月初五日降旨，俟嗣皇帝生有皇子，即承繼大行皇帝為嗣，原以將來繼統有人，可慰天下臣民之望。第我朝聖聖相承，皆未明定儲位，彝訓昭垂，允宜萬世遵守。是以前降諭旨，未將繼統一節宣示，具有深意。吳可讀所請頒定大統之還，實與本朝家法不合。皇帝受穆宗毅皇帝付託之重，將來誕生皇子，自能慎選元良，纘承統緒，其繼大統者，為穆宗毅皇帝嗣子，守祖宗之成憲，示天下以無私，皇帝亦必能善體此意也。所有吳可讀原奏，及王大臣等會議折，徐桐、翁同龢、潘祖蔭聯銜折，寶廷、張之洞各一折，並閏三月十七日及本日諭旨，均著另錄一分，存毓慶宮。至吳可讀以死建言，孤忠可憫，著交部照五品官例議恤！欽此。

此旨一下，同治帝一生事情，化作煙雲四散，吳可讀慷慨捐軀，也不過留個名兒罷了。

駒光如駛，倏忽間已是光緒五年。琉球國被日本滅掉，改名沖繩縣，這信傳到中國，總理衙門的人員，才記得琉球是我屬國，與日本交涉。日本簡直不理，只好作為罷論。忽又接到伊犁交涉消息，好大喜功的左宗棠，決意主戰，於是總署諸公，又有一番絕大的忙碌。先是陝回叛酋白彥虎，出走西域，依附安集延酋阿古柏，安集延係浩罕東城，阿古柏即安集延城主。他因回疆蠢動，中國政府專剿粵捻，無暇西略，遂乘機攻入，踞了喀什噶爾，脅服回徒，自稱畢調勒特汗。清廷以時艱餉絀，擬暫棄關外地，獨左宗棠已平陝甘，決計進兵，借了華洋商款，充作軍餉。光緒二年，督辦新疆軍務，自駐肅州排程，令都統金順、提督張曜，率兵駐哈密，京卿劉錦棠及提督譚上連、譚拔萃、余虎恩等，分道進攻，連敗阿古柏兵，克復烏魯木齊及附近各城，北路略定。到光緒四年，劉錦棠軍自北趨南，張曜軍自西趨東，夾擊阿古柏。阿古柏想走回安集延，奈浩罕全國，統被俄羅斯占奪，欲歸無路，仰藥而亡。只阿古柏長子伯克胡里，尚據英吉沙爾、喀什噶爾、葉爾羌、和闐四城，白彥虎又竄往依附。適遇錦棠等進剿，胡里不能抵敵，偕白彥虎遁入俄境，南路亦平。左宗棠晉封二等候，劉錦棠加封二等男，隨征將士，統邀獎敘。

只新疆西北有伊犁城，地味饒沃，俄人乘亂進來，把伊犁占去，陽稱幫中國暫時保管。天下無此好人。至回亂已平，清政府欲索回伊犁，遂派吏部侍郎崇厚，出使俄國，畀他全權，商辦伊犁事宜。這位崇欽使素來膽怯，天津教案，已見過他的伎倆，清廷還認是專對能手，要他前去辦理這案。列位試想如虎如狼的俄國，能給他一點便宜麼?果然雙方開議，俄人要索很奢，崇欽使不能答辯，特別遷就，訂了十八條約章，只歸還伊犁一城，西境的霍爾果斯河左岸及南境的帖克斯河上流兩岸，都要割讓俄人，還要中國給償俄銀五百萬盧布。俄幣制名，價有漲跌，價漲時一盧布約閤中國規銀九錢三分一厘，價跌時約七錢左右。而且增開口岸、添設領事，凡勘界行輪運貨免稅等條件，統是奪我權利。崇欽使不問政府，仗著全權行事的招牌，竟驟然決然的簽定了押，諮報總理衙門。王大臣等把約文細閱，統說是不便照行，當下有一班意氣囂凌、文采煥發的言官，洋洋灑洒揮成千萬言，奏聞兩宮。你主調兵，我主調將，都要與俄開戰。最利害的，是請誅崇厚，彷彿是崇厚一誅，俄人即可嚇倒。書生之見。兩宮太后大為感動，令總署駁斥原約，將崇厚褫職逮問，一面垂詢左宗棠和戰情形。宗棠慷慨激昂，上了一篇奏章，好似蘇東坡萬言書。小子筆不勝錄，只錄他後半篇道：

察俄人欲踞伊犁為外府。為占地自廣，藉以養兵之計，久假不歸，布置已有成局。我索舊土，俄取兵費巨資，於俄無損而有益。我得伊犁，只剩一片荒郊，北境一二百里間，皆俄屬部，孤注萬里，何以圖存？況此次崇厚所議第七款，接收伊犁後，霍爾果斯河及伊犁山南之帖克斯河歸俄屬，無論兩處地名，中國圖說所無，尚待詳考，但就方向而言，是劃伊犁西南之地歸俄也。自此伊犁四面，俄部環居，官軍接收，墮其度內，固不能一朝居耳。雖得必失，庸有幸乎？武事不競之秋，有劃地求和者矣，茲一矢未聞加遺，乃遽議捐棄要地，饜其所欲，譬猶投犬以骨，骨盡而噬仍不止。目前之患既然，異日之憂何極？此可為嘆息痛恨者矣！

金順、錫綸，擬緩收伊犁，而以沿邊喀什噶爾、烏什、精河、塔爾巴哈臺四城，宜足兵力，浚餉源，廣屯田，堅城堡，先實邊備，自非無見，唯伊犁沿邊無定議，謀新疆者非合南北兩路通籌不可。現在伊犁界務未定，則收還一節，自可從緩計議。喀什噶爾烏什，規劃已周，毋庸再議，其塔爾巴哈臺、精河，急須加意綢繆，應由金順、錫綸，自行陳奏請旨外，所有崇厚定議畫押十八款內償費一節，業經奉有諭旨，第八款所稱塔城界址，擬稍改，照同治三年界址，尚只電報，應俟崇厚奏到再議。第十款於舊約喀什噶爾庫倫設領事官外，復議增設嘉峪關、烏里雅蘇臺、科布多、哈密、吐魯番、烏魯木齊，古城七處，十四款並有俄商運俄貨，走張家口嘉峪關，赴天津漢口，過通州、西安、漢中，運土貨回國，均經總理衙門奏奉諭旨接駁外，第二款中國允即恩赦居民，業經遵旨照辦，被賊官截阻賚示委員，不准張帖。第三款伊犁民人遷居俄國，入籍者，准照俄人看待，意在脅誘伊犁民人歸俄。而以空城貽我，與阻截賚示委員，同一用心。第四款俄人在伊犁，准照管舊業，雖伊犁交還，中外商民雜處，無界限可分，是包藏禍心，預為再踞之計。至商務允其多設口岸，不獨奪華商生理，且以啟蠶食之機。總理衙門原奏，籌慮深遠，實已纖細畢周。諭旨允行，則實受其害，先允後翻，則曲仍在我，應設法挽回以維全局。

竊維邦交之道，論理亦論勢，本山川為疆索，界畫一定，截然而不可逾。彼此信義相持，垂諸久遠者理也；至爭城爭地，不以玉帛而以興戎，彼此強弱之分，則在勢而不在理。所謂勢者，合天時人事言之，非僅直為壯而曲為老也。俄踞伊犁，在咸豐十年同治三年定界之後，舊附中國與中國民人雜處各部落，被其脅誘，俄官即視為所屬，藉以肆其憑陵。俄之取浩罕三部也，安集延未為所並，其酋阿古柏畏俄之逼，率其部眾，陷我南疆，我復南疆，阿古柏死，逆子竄入俄境。俄乃認安集延為其所屬，欲借為侵占回疆腴地之根，現冒稱喀什噶爾住居之俄屬，本隨帕夏而來之安集延餘眾。俄之無端冒為己屬，實與交還伊犁，仍留復踞地步，同一居心，觀其交還伊犁，而仍索南境西境屬俄，其詭謀豈僅在數百里土地哉？界務之必不可許者此也。俄商志在貿易，本無異圖，俄官則欲藉此為通西於中之計，其蓄謀甚深，非僅若西洋各國，只爭口岸可比。就商務言之，俄之初意，只在嘉峪關一處，此次乃議及關內，並議及秦蜀楚各處，非不知運腳繁重，無利可圖，蓋欲借通商便其深入腹地，縱橫自恣，我無從禁制耳。嘉峪關設領事，容尚可行，至喀什噶爾通商一節，同治三年雖約試辦，迄未舉行，此次界務未定，姑從緩議。而烏里雅蘇臺、科布多、哈密、吐魯番、烏魯木齊、古城等處，廣設領事，欲因商務蔓及地方，化中為俄，斷不可許。此商務之宜設法挽回者也。此外俄人容納叛逆白彥虎一節，崇厚曾否與之理論，無從懸揣，應俟其覆命時，請旨確詢，以憑核議。

臣維俄人自占踞伊犁以來，包藏禍心，為日已久。始以官軍勢弱，欲誑榮全入伊犁，陷之以為質，繼見官軍勢強，難容久踞，乃藉詞各案未結以緩之。此次崇厚全權出使，俄臣布策，先以巽詞餂之、枝詞惑之，復多方迫促以要之，其意蓋以俄於中國，未嘗肇啟戰端，可間執中國主戰者之口。又忖中國近或厭兵，未便即與決裂，以開邊釁，而崇厚全權出使，便宜行事，又可牽制疆臣，免生異議。是臣今日所披瀝上陳者，或尚不在俄人意料之中。當此時事紛紜，主憂臣辱之時，苟心知其危，而復依違其間，欺幽獨以負朝廷，耽便安而誤大局，臣具有天良，豈宜出此？就事勢次第而言，先之以議論委婉而用機，次之決戰陣堅忍而求勝，臣雖衰庸無似，敢不勉旃！

兩宮太后依議，特遣世襲毅勇侯出使英法大臣大理寺少卿曾紀澤，備述官銜，隱寓紫陽書法。使俄改約，並命整頓江海邊防，北洋大臣李鴻章，籌備戰艦。山西巡撫曾國荃，調守遼東，派劉錦棠幫辦西域軍務，加吳大澂三品卿銜，令赴吉林督辦防務，飭彭玉麟操練長江水師，起用劉銘傳、鮑超一班良將，內外忙個不了。俄國亦派軍艦來華，遊弋海上，險些兒要開戰仗，虧得曾襲侯足智多謀，能言善辯，與俄國外部大臣布策反覆辯難，弄得布策無詞可答，只是執著原約，不肯多改。巧值俄皇被刺，新主登基，令布策和平交涉，布策始不敢堅持原議。曾襲侯雖是專對才，亦虧機緣相湊。兩邊重複開談，足足議了好幾個月，方才妥洽，計改前約共七條：

一　歸還伊犁南境。

二　喀什噶爾界務，不據崇厚所定之界。

三　塔爾巴哈臺界務，照原約修改。

四　嘉峪關通商，照天津條約辦理，西安、漢中及漢口字樣，均刪去。

五　廢松花江行船至伯都訥專條。

六　僅許於吐魯番增一領事，其餘緩議。

七　俄商至新疆貿易，改均不納稅為暫不納稅。此外添續盧布四百萬圓。

簽約的時候，已是光緒七年，雖新疆西北的邊境，不能盡行歸還，然把崇厚議定原約改了一半，也總算國家洪福，使臣材具了。我至此尚恨崇厚。沿江沿海，一律解嚴，改新疆為行省，依舊是昇平世界，浩蕩乾坤。王大臣等方逍遙自在，享此庸庸厚福，不意宮內復傳出一個凶耗，說是慈安太后驟崩，小子曾有詩詠慈安后云：

牝雞本是戒司晨，和德宣仁譽亦真。

十數年來同訓政，慈安遺澤尚如春。

這耗一傳，王大臣很是驚愕，畢竟慈安太后如何驟崩，且至下回分解。

本回錄兩大奏摺，為晚清歷史上生色。吳說似迂，左議近誇，但得吳可讀之一疏，見朝廷尚有效死敢諫之臣工，得左宗棠之一折，見疆臣尚有老成更事之將帥。光緒初年之清平，幸賴有此。或謂吳之爭嗣，何裨大局？俄許改約，全恃曾襲侯口舌之力，於左無與？不知千人諾諾，不如一士諤諤，盈廷諂媚，而獨得吳主事之力諫，風厲一世，豈不足令人起敬乎？外交以兵力為後盾，微左公之預籌戰備，隱攝強俄，雖如曾襲侯之善於應對，能折衝樽俎乎?直臣亡，老成謝，清於是衰且亡矣。人才之不可少也，固如此夫!

# 朝日生嫌釀成交涉　中法開釁大起戰爭

卻說慈安太后的崩逝，很是一樁異事。為什麼是異事呢？慈安太后未崩時，京師忽傳慈禧病重，服藥無效，詔各省督撫進良醫，直督李鴻章、江督劉坤一、鄂督李瀚章，都把有名的醫生，保薦進去。慈禧一病數月，慈安后獨視朝，臨崩這一日，早晨尚召見恭親王奕訢、大學士左宗棠、尚書王文韶，協辦大學士李鴻藻等，慈容和怡，毫無病態，不過兩頰微赤罷了。恭親王等退朝後，約至傍晚，內廷忽傳慈安后崩，命樞府諸人速進，王大臣等很為詫異，都說：「向例帝后有疾，宣召御醫，先詔軍機大臣知悉，所有醫方藥劑，都命軍機檢視，此次毫無影響，且去退朝時候，止五小時，如何有此暴變？」但宮中大事，未便揣測，只好遵旨進去。一進了宮，見慈安后已經小殮，慈禧后坐矮凳上，並不像久病形狀，只淡淡的說道：「東太后向沒有病，近日亦未見動靜，忽然崩逝，真是出人意外。」對人言只可如此。眾王大臣等，不好多嘴，唯有頓首仰慰。左宗棠意中不平，頗思啟奏，只聽慈禧后傳諭道：「人死不能再生，你等快出去商議後事！」善箝人口。於是左宗棠亦默然無語，偕王大臣等出宮，暗想后妃薨逝，照例須傳戚屬入內瞻視，方才小殮，這回偏不循故例，更覺可怪。奈滿廷統是唯唯諾諾，單仗自己一片熱誠，也是無濟於事，因此作為罷論。

天下事若要人不知，除非莫為。相傳光緒帝幼時，亦喜歡與慈安后親近，彷彿當日的同治帝，慈禧后已滋不悅。到光緒六年，往東陵致祭，慈安太后以咸豐帝在日，慈禧后尚為妃嬪，不應與自己並列，因令慈禧退後一點。慈禧不允，幾至相爭，轉想在皇陵旁爭論，很不雅觀，且要招褻瀆不敬的議議，不得已忍氣吞聲，權為退後；回到宮中越想越氣，暗想前次殺小安子，都是恭王慫恿，東后贊同，這番恐又是他煽動，擒賊先擒王，除了東后，還怕什麼奕訢？只有一事不易處置，須先行斟酌，方好下手。看官！你道是什麼事情？咸豐帝在熱河，臨危時，曾密書硃諭一紙，授慈安后，略說：「那拉貴妃如恃子為帝，驕縱不法，可即按祖制處治。」後來慈安后取示慈禧，令她警戒一二。慈禧后雖是剛強，不敢專恣，還是為此。東陵祭後，她想消滅遺旨，正苦沒法，巧遇慈安后稍有感冒，太醫進方，沒甚效驗，過了數日，不藥而癒。慈安后遂語慈禧，說服藥實是無益。慈禧微笑，慈安不覺暗異。忽見慈禧左臂纏帛，便問她何故？慈禧道：「前日見太后不適，進蔆汁時，曾割臂肉片同煎，聊盡微忱。」真乎假乎，我還欲問慈禧。慈安聞了此言，大為感動，竟取出先帝密諭，對她焚毀，隱示報德的意思，其實正中了慈禧的隱謀。一著得手，兩著又來。慈安后竟致暴崩，謠言說是中毒，小子姑就軼聞，略略照敘，也不知是真是假。只慈禧后並不持服，乃是實事。

話休絮述，且說慈安后已崩，國家政治，都由慈禧太后一人專主，不必疑忌。慈禧至此，方覺得心滿意足，任所欲為。國喪期未滿，奉安未屆，暫命恭王奕訢等照常辦事。越年，慈安太后合葬東陵，加謚孝貞，生榮死哀，臨時又有一番熱鬧。

葬禮才畢，東方的朝鮮國，忽生出一場亂事，釀成中日的交涉。原來朝鮮國王李熙，係由旁支嗣立，封生父李應罡為大院君，主持國柄。李熙年長，親裁大政，大院君退處清閒，黨與亦漸漸失勢。王妃閔氏，才貌兼全，為李熙所寵幸，閔族中倚著王妃的勢力，次第用事，盡改大院君舊政。大院君素主保守，拒絕日本，閔族公卿，多主平和，與日本結江華條約，開元山津與仁川二口岸，給日本通商。朝鮮本中國藩屬，總理衙門的大員，偏視為無足重輕，絕不過問。朝鮮恰暗生內訌，一班守舊派，又請大院君出頭，與閔族反對。時當光緒八年，朝鮮兵餉缺乏，軍士嘩變，守舊派遂趁勢作亂，揚言入清君側，闖進京城，把朝上大臣及外交官，殺死了好幾個，並殺入王宮，搜尋閔妃，可巧閔妃聞風避匿，無從搜獲，遂鼓譟至日本使館，戕殺日本官吏數人。真是瞎鬧。警報傳至中國，署直隸總督張樹聲，亟調提督吳長慶等，率軍入朝鮮。長慶頗有才幹，到了漢城，陽說來助大院君。大院君信為真言，忙到清營會議。大魚自來投網，正好被長慶拿住，立派幹員，押解天津；還有百餘個黨首，亦由長慶捕獲，盡置諸法。這時候日本亦發兵到來，見朝鮮已沒有亂事，只得按住了兵，索償人命。當下由長慶代作調人，令朝鮮賠款了事。日本還要屯兵開埠，朝鮮國王唯唯聽從，自己與日本立約，才算了案。自後中日兩國，各派兵駐紮朝鮮京城。朝鮮既為我屬，日本何得駐兵?當時以吳長慶等執歸大院君稱為勝算，於日本駐兵事置諸不論，可謂懵然。大院君到天津後，由張樹聲請旨發落，奉旨李應罡著在保定安置。後來朝鮮又復鬧事，比前次還要瞎噪，小子本好連類敘下，只中間隔了一場中法開釁的戰史，依著年月日次序，只好將中法戰史開場，表敘明白。

中法戰釁，起自越南，越南王阮光纘，為故廣南王阮福映所滅，仍認中國為宗主國，入貢受封。唯阮福映得國時，曾賴法教士幫助，借了法國兵士，滅掉阮光纘，原約得國以後，割讓化南島作為酬謝，且許通商自由。後來越南不盡遵約，且無故戕害教民，法人憤怒，遂派軍艦至越南，破順化府沿岸炮臺，乘勝闌入，奪南方要口的西貢，並陷嘉定、邊和、定祥三州。越南國王無法可施，沒奈何割地請和，這是咸豐年間事。同治初，復開兵釁，再訂和約，又割永隆、安江、河仙諸州，畀之法國，南圻盡為法據。法人得步進步，得尺進尺，不到幾年，又說越南虐待教士，要求越南允他二事：第一條，要越南王公，信奉天主教；第二條，要在越南北圻的紅河通航。兩國尚未定約，法人已託詞保商，派兵駐河內、海防等處。

是時越南有一個慣打不平的好漢，姓劉名永福，係廣西上思州人氏，乃是太平國餘黨。他部下有數百悍卒，張著黑旗，叫做黑旗軍，或叫他黑旗長毛。劉永福素性豪爽，見越南被法所逼，以大欺小，很是無禮，遂帶了黑旗兵，幫越南王抗拒法人。法將安鄴，勾結越匪黃崇英，謀踞全越。永福聞安鄴屯兵河內，竟由間道繞赴，出其不意，攻破法兵，將法將安鄴殺死。越南王聞報，一喜一懼，喜的是劉永福戰敗法人，懼的是法人將來報復。於是再與法國議和，於同治末年，協訂和約數條，大致認越南為獨立國，令斷絕他國關係，以及河內通商，紅河通航等條件。一面檄劉永福罷兵，封為三宣副都督，管轄宣光、興化、山西三省，越南暫就平靜。

獨越匪黃崇英，尚出沒越南北境，進窺南寧。兩廣總督劉長佑，率師巡邊，連破崇英黨羽，躡崇英至河陽，一鼓擒住，並將他妻子一律駢誅。長佑奏凱入關，只留駐千人防邊。光緒五年，越邊又有吳終及蘇啯漢等，倡亂殃民，越南王又求助清廷，清政府即命粵督劉長佑，再出越南，替他靖亂。長佑遂率提督馮子材，由龍州出發，旗開得勝，馬到成功，不數月間，亂黨已無影無蹤了。越南王很為感激，怎奈法人得知此信，據約詰責，約章上是越南獨立，既認與他國斷絕關係，如何請清軍代平亂事？越南王絕不答覆。法國遣將李威利，進攻河內，黑旗軍又來出頭，一陣廝殺，非但將法人擊敗，直把李威利殺斃。法人大舉入越，海陸並進，陷河內、南定、河陽等地，只山西一帶，由劉永福扼守，不能攻入。法海軍轉趨順化府，順化係越南都城，守城兵統是飯桶，一些兒都沒用，聞報法兵來攻，嚇得魂飛天外，保著越南王出都避難。法兵遂入據越都，越南王再向法乞和，法人要越南降為保護國，且割讓東京與法。越南王但求息事，不管好歹，竟允了法人的要約。

清廷接信大驚，飛檄駐法公使曾紀澤，與法交涉，不認法越條約，又令岑毓英調督雲貴，出關督師，與劉永福協力防法，擢彭玉麟為兵部尚書，特授欽差大臣關防，馳驛赴粵；故山西巡撫曾國荃，赴署粵督，籌備軍糈；東閣大學士兩江總督左宗棠，督辦軍務，兼顧江防。一班老臣宿將，分地任事。廉將軍猶能強飯，馬伏波再出據鞍。勁氣橫秋，餘威懾敵，法人倒也不敢暴動，差了艦長福祿諾等，直到天津，去訪直督李鴻章，無非說些願歸和好等語，但越商總要歸法保護。咬定一樁宗旨，有何和議可說。李鴻章既不照允，也不堅拒，只用了模稜兩可的手段，對付外交。此老未免油滑，然已帶三分暮氣。適粵關稅司美國人德摧林，願作毛遂，居間調停，竟與李鴻章訂定五條草約，准將東京讓法，清軍一律撤回。唯法越改約，不得插入傷中國體面語。越南已去，還有什麼體面？雙方允議，鴻章當即奏聞，總理衙門的王大臣，也與李爵帥一般見識，總教體面不傷，管什麼萬里越南？隨即核准，批令鴻章簽押。

這邊玉帛雍容，方與法使互訂和局，那邊雲南兵將，已進至諒山，尚未接到和好消息，法將突勒，亦入諒山駐紮。兩下相遇，滇軍磨拳擦掌，專待角鬥，突勒亦不肯讓步，頓時開了戰仗，你開槍，我放炮，相持半日，法兵受了好多損失，向後退去。中國人向來自大，聞了這場捷音，個個主戰，幾乎有滅此朝食的氣概，偏偏法人行文總署，硬索償款一千萬磅，總署不允，法愈增兵至越南，攻陷北寧。岑毓英退駐保勝，扼守紅河上游，法復派軍艦至南洋，襲攻臺灣，把基隆奪去。幸虧故提督劉銘傳，奉旨起復，督辦臺灣軍務，他即兼程前進，到了臺灣，以守為戰，法人才不敢入犯，把基隆守住。

法提督孤拔，轉入閩海，攻打馬尾。馬尾係閩海要口，駐守的大員，叫做張佩綸，佩綸是個白面書生，年少氣盛，恃才傲物，本在朝上任內閣學士官職，談鋒犀利，沒人賽得他過，講起文事來，周召不過如此，講起武備來，孫吳還要敬避三舍。其言之不怍則為之也難。清廷大加賞識，特簡為福建船政大臣，會辦海疆事宜。以言取人失之宰予。中外官僚，方說朝廷拔取真才，頌揚聖哲。合肥伯相李鴻章，也因他多材多藝，稱賞不置。這張佩綸更睥睨不群，目空一切，既到福州，與總督何璟，巡撫張兆棟會敘，高談闊論，旁若無人，督撫等也莫名其妙。因聞他素負才名，諒來必有些學識，索性將全省軍務，都推到佩綸身上。佩綸居然自任，毫不推辭；任事數月，並沒有整頓軍防，單是飲酒吟詩，圍棋挾妓。有的說是名將風流，大都這樣，有的說是文人狂態，徒有虛名。

這年秋季，在值法孤拔率艦而來，直達馬江。好像是一塊試金石。海軍將弁，聞風飛報，佩綸毫不在意，簡直如沒事一般。過了一宵，法艦仍在馬江游弋，尚未駛入口內，那時張佩綸談笑自若，反邀了幾個好友，暢飲談心，忽報管帶張得勝求見，佩綸道：「我們喝酒要緊，不要進來瞎報！」才閱片刻，又報管帶張成入謁，佩綸張開雙目，向傳報的軍弁叱道：「我在此飲酒，你難道不曉得麼？為什麼不擋住了他？」軍弁道：「張管帶說有緊急軍情，定要面稟，所以不敢不報。」佩綸道：「有什麼要事？你去問來。」軍弁去了半晌，回稱法兵輪已駛入馬尾，應預備抵敵，懇大人速諭機宜。佩綸冷笑道：「法人何從欲與我接仗，不過虛聲恫嚇，迫我講和，我只按兵不動，示以鎮定，法人自然會退去的。我道他是何等高見，誰知恰是如此。你去傳諭張管帶，叫他不要妄動便好。」軍弁唯唯，剛欲退出，佩綸又叫他轉來，便道：「你去與張管帶說明，第一著是法艦入口，不准先行開炮，違令者以軍法從事。」軍弁又答應連聲，自去通知張管帶，佩綸仍安然痛飲，喝得酩酊大醉，興盡席殘，高朋盡散。佩綸一臥不醒，法艦已自進口，準備開炮轟擊。中國兵輪也有十多艘，船上管帶各著弁目走領軍火，請發軍令。不意佩綸尚在黑甜鄉玩耍，似乎可高枕無憂的樣子。門上因昨日碰了釘子，不敢通報，弁目只在門房伺候，那邊兵輪內的管帶，急切盼望，杳無回音，欲要架炮迎擊，既無軍令，又無彈丸，真正沒法得很。約到巳牌時候，尚不見軍令領到，法艦上已將大砲架起，紅旗一招，砲彈接連飛來。中國兵輪裡面毫無防備，管帶以下，急得腳忙手亂，不消一個時辰，已被擊破四五艘，還有未曾擊壞的兵輪，只是逃命要緊，紛紛拔椗，向西北逃命。奈法艦不稍容情，接連追入，炮聲越緊，砲彈越多，中國兵輪，又被擊沉了好幾艘。海軍艦隊，喪亡幾盡。這時候佩綸才醒，聽得炮聲震耳，還說何人擅自放炮，起床出來。外面已飛報兵輪被毀，接續傳到七艘，於是輕裘緩帶的張大臣，也焦灼起來，急命親兵二人，隨著開了後門一溜煙的逃去。確是三十六策中的上策。法艦乘勝進攻，奪了船塢，毀了船廠，復破了福州炮臺，占領澎湖各島。廷旨令左宗棠飛速赴閩，與故陝甘總督楊岳斌，幫辦閩省軍務，調曾國荃就江督任，續辦江防。左宗棠到閩後，奉旨查辦張佩綸，佩綸已由督撫訪尋，在彭田鄉覓著，疇昔豪氣，索然而盡，只有筆底下卻還來得，草了一篇奏牘，自請處分。內中有「格於洋例，不能先發制人，狃於陸居，不能登舟共命」等語。巧於脫卸。左宗棠憐他是個名士，也為他洗刷回護。大約是惺惺惜惺惺。清廷以佩綸罪無可逃，責左宗棠袒護罪員，甘陷惡習，著傳旨申斥。佩綸逮京治罪，充戍黑龍江完案。

馬江方報敗仗，諒山又聞失守，鎮南關守將楊玉科陣亡。慈禧不禁震怒，把統兵的大員，議處的議處，鐫級的鐫級，並有一道罷免恭王的懿旨，亦蟬聯而下，處心積慮久矣。立言頗極微妙，今錄述如下：

欽奉慈禧康頤昭豫莊誠皇太后懿旨：現值國家元氣未充，時艱猶巨，政多叢脞，民未敉安。內外事務，必須得人而理，而軍機處實為內外用人行政之樞紐，恭親王奕訢等，始尚小心匡弼，繼則委蛇保榮；近年爵祿日崇，因循日甚，每於朝廷振作求治之意，謬執成見，不肯實力奉行。屢經言者論列，或目為壅蔽，或劾其委靡，或謂簠不飭，或謂昧於知人。本朝家法綦嚴，若謂其如前代之竊權亂政，不唯居心所不敢，亦實法律所不容。只以上數端，貽誤已非淺鮮，若仍不改圖，專務姑息，何以仰副列聖之偉業？貽謀將來，皇帝親政，又安能臻諸上理？若竟照彈章一一宣示，即不能復議親貴，亦不能曲全耆舊，是豈寬大之政所忍為哉？言念及此，良用惻然。

恭親王奕訢、大學士寶鋆，入直最久，責備宜嚴，姑念一係多病，一係年老，茲特錄其前勞，全其末路，奕訢著加恩仍留世襲罔替親王，賞食親王全俸，開去一切差使，並撤去恩加雙俸，家居養疾！寶鋆著原品休致！協辦大學士吏部尚書李鴻藻，內廷當差有年，只為囿於才識，遂致辦事竭蹶，兵部尚書景廉，只能循分供職，經濟非其所長，均著開去一切差使，降二級調用！工部尚書翁同龢，甫直樞庭，適當多事，唯既別無建白，亦有應得之咎，著加恩革職留任，仍在毓慶宮行走，以示區別！朝廷於該王大臣之居心辦事，默察已久，知其決難振作，誠恐貽誤愈重，是以曲示矜全，從輕予譴。初不因尋常一眚之微，小臣一疏之劾，遽將親藩大臣，投閒降級也。嗣後內外臣工，務當痛戒因循，各攄忠悃。建言者秉公獻替，務期遠大，朝廷但察其心，不責其跡，苟於國事有補，無不虛衷嘉納，倘有門戶之弊，標榜之風，假公濟私，傾軋攻訐，甚至品行卑鄙，為人驅使，就中受賄，必當立抉其隱，按法懲治不貸，將此通諭知之！

恭親王既已罷免，軍機處另用一班人物。恭親王的替身，就是禮親王世鐸。還有戶部尚書額勒和布、閻敬銘、刑部尚書張之萬，也都命在軍機上行走。工部侍郎孫毓汶，因與李蓮英莫逆，亦得廁入軍機。慈禧太后又下特旨：「軍機處遇有緊要事件，著會同醇親王奕譞商辦。」國子監祭酒盛昱、左庶子錫鈞、御史趙爾巽見了這諭，以醇親王係光緒帝父親，入直軍機，殊非所宜，遂援古斟今，聯翩入奏，請收回成命。慈禧后思想靈敏，把垂簾二字提出，說：「當垂簾時代，不得不用親藩，俟皇帝親政，再降懿旨。在廷諸臣，當仰體上意，毋得多瀆！」這旨一下，言官等又箝口無言。

只是海氛未靖，邊報相尋，朝旨調湖南巡撫潘鼎新，移至廣西，與岑毓英聯軍迎剿，並令提督蘇元春與馮子材、王孝祺、王德榜等，率軍援鎮南關。馮王諸將，恰是異常奮勇，一到了關，即開關出戰。任憑法人槍炮厲害，他卻督著人馬，冒死進去。槍炮越多的地方，清車越加不怕。星馳飇卷，嶽撼山搖，直至兩軍接近，連槍炮都成沒用，當下各用短兵，互相搏擊。法人雖是強悍，至此已失所長，不得不漸漸退下。清軍勇氣，陡增十倍，殺得屍橫遍野，血流成川。自從中法開釁，這場惡鬥，獨出法人意外。法人才有點怕懼，棄了諒山。岑毓英聞諒山克復，亦秣馬厲兵，親督大軍，鼓行前進，連敗法兵，迭克要隘。臨洮一戰，陣斬法將七人，殺斃法兵三千數百名，獲輜重槍炮軍械無算，進搗河內，威聲大振。法提督孤拔，困守澎湖，連接越南敗耗，已是鬱憤，上書政府，請速派兵再戰。適值法內閣連番更迭，主戰主和，毫無定見。孤拔大憤，索性帶了兵艦，闖入浙江三門灣，夜深月朗，孤拔輕輕的扒上桅竿，窺探內地形勢，不防一聲怪響，竟將孤拔擊落船中。正是：

明槍容易躲，暗箭最難防。

未知孤拔性命如何，待小子下回再說。

朝鮮、越南，皆中國藩屬，安能與日法兩國私立條約？總理衙門人員，不聞則已，既已聞之，勢不能袖手旁觀，置諸不問。乃得過且過，坐聽藩屬之日削，一若秦越肥瘠，漠不相關者。然朝鮮之亂，吳長慶等急入漢城，誘執大院君以歸。日本師至，亂事已靖，於此不懲前毖後，猶令朝日自行結約，寧非大誤？法、越之爭有年矣，中國不聞援據公法，與法交涉，法入越境，越南王再三乞和，清廷又不過問。迨越南請兵平亂，始由粵督劉長佑等，代為戡定，其誤與對待朝鮮，同出一轍。天津和約，不與法爭宗主權，乃尚欲保存體面，掩耳盜鈴，煞是可笑。曲突徙薪之不早，至於焦頭爛額晚矣！迨焦頭爛額而仍無效，不且晚之又晚耶！諒山失守，馬江敗績，焦頭爛額，尚且無成。誰司外交，一至於此！讀此令人痛惜不置！

## 棄越疆中法修和　平韓亂清日協約

卻說孤拔入襲浙境，浙江提督歐陽利已先機預防，飛檄海口炮臺守將，嚴行堵禦。守將靜候數天，未見動靜，未免懈怠起來。也是孤拔命運該絕，闖入三門灣的時候，遙望岸上刁斗無聲，未知有備無備，因此猱升桅竿，窺探內容。適值炮臺上面，有一巡卒，見敵艦連檣而來，暗想不及通報，他竟仗著膽子，徑去開炮。撲通一聲，不偏不倚，正中桅竿上的孤拔。孤拔受著彈丸，腦子一暈，自然墜落。此時炮臺守將，聞有炮聲，驚訝得了不得，忙飭弁目查明。弁目到了炮臺，那放炮的巡卒，還是接連開放。弁目厲聲道：「你如何未奉軍令，擅自試炮？」巡卒至此，才覺得弁目來前，回頭行禮，稟明原委。弁目向外瞭望，果見有兵艦數艘徐徐退去。隨道：「你雖擊退敵艦，然總是未奉軍令，恐干軍法，快到軍署內請罪為是！」巡卒默然，隨了弁目，去見統領。虧得統領還有些明白，仍飭查明，再定功罪。次晨，聞報法艦轟壞二艘，法提督孤拔亦已斃命，不禁喜出望外，向提督歐陽利去報捷。一面赦了巡卒擅令的罪名，拔為弁目。大約運氣到了。浙江海面，浪靜風平，提督歐陽利，免不得虛張戰績，奏達清廷，當即奉旨嘉獎，歐陽利以下多蒙優敘。歐陽利還是運氣。

孤拔一死，法軍奪氣，諒山粵軍及臨洮滇軍，都是雄心勃勃，恨不得立刻規復全越，掃除法人，正在耀武揚威的時候，忽又傳到天津議和的消息。眾戰將疑信參半，個個扼腕興嗟。還有欽差大臣督辦粵東海防的彭玉麟，接到此信，氣得白鬍鬚根根豎起，連聲叫道：「哪一個和事佬專要議和？」隨即拈紙抒毫，繕就奏疏數千言，大致說：「有五不可和：法人無端生釁，不加懲創，遽與議和，不可一；法人未受懲創，即來請款，是必中藏詭譎，不可二；法人即不索兵費，但求越境通商，恐將來取償於後，必加十倍，不可三；就外強中乾的法人，不問情罪，降心求和，恐各國將環向而起，不可四；雲南物產富饒，西人垂涎已久，若與議和，必許通商，廣傳邪教，密布羽翼，一旦竊發，將何以支，不可五。」又言：「有五可戰：揣敵情可戰；論將才可戰；察民情可戰；採公法可戰；卜天理可戰。」言言激烈，語語忠誠。這奏拜發後，出使法國的曾紀澤，也有密電到京，說法國內閣迭更，宗旨若不定，與我國議和，必須還我越南宗主權，方可允議。誰知中外大臣的奏牘，終不敵一全權大臣肅毅伯李鴻章。鴻章與法使巴特納，竟在天津磋定和約，共計十款，最要緊的幾條：一、是法人占領東京。二、是越南歸法人保護。三、是法兵不得過越南北圻與中國邊界，中國亦不派兵至北圻。四、是留據臺灣的法兵，一律撤回。五、是中國允於保勝以上、諒山以北，闢商埠二處。這約訂後，一二百年來的南藩，拱手讓與法人，法人不索兵費，還算他的情誼。後來開龍州、蒙自兩商場，許法人互市，就是彼此有情的對待。從此赫赫有名的肅毅伯，遂負了秦檜、賈似道的大名。這也未免過甚。彭、左、岑、馮諸公，心中都是怏怏，只因廷旨許和，停戰撤兵，沒奈何收兵斂伍，賦了一篇歸去來辭。

但這肅毅伯李鴻章，也是個中興名臣，為什麼硬主和議？他為了中外交涉，雜沓而來，法越事情，正在著緊，朝鮮又發生亂事。上次朝日交涉，朝鮮國臣朴詠孝赴日本謝罪，鑑日本國維新的效果，歸謀變法，聯繫一班有名人物，如金玉均、洪英植等，組成維新黨，主張倚靠日本。獨朝內執政諸大臣，多主守舊，領袖閔詠駿，係椒房貴戚，素來頑固，願事清朝，與維新黨反對。這維新黨中人，統是少年志士，意氣凌人，仗著日本作了靠山，時思推倒政府，日本國趁這機會，復用外交手段，勾結維新黨，勸他獨立，願為臂助。維新黨總道他情真意切，一些兒不疑心，這叫做引虎自衛。居然率領黨人，發起難來，召日本兵入宮，先搜閔族貴官，自閔詠駿以下，一律殺死，連閔妃也飲刃而亡。只有國王李熙，尚未殺死，黨人脅他速行新政。李熙變作雞籠內的雞兒，無論要他什麼，只得唯唯聽命。朴詠孝攬了大權，兼任兵部，金玉均為左相，洪英植為右相，其餘一班黨人，統授要職。

此時駐紮朝鮮的吳長慶，因法越事起，調至金州督防。繼任的提督，也與長慶同姓，名叫兆有，聞了朝鮮宮內的亂事，急召總兵張光前商議。光前推舉一人，說他智勇深沉，定有妙計，應邀他解決這問題。看官！你道是誰？就是當時幫辦營務，近時民國大總統袁世凱。大名鼎鼎。世凱名慰亭，河南項城縣人，袁總督甲三，便是他的從祖。捻匪肇亂，他曾出駐皖豫，奉旨剿辦，倒也立過戰績。世凱父名保慶，本生父名保中，少時倜儻不羈，昂藏自負。段學士靖川，有知人名，嘗說他非凡品；嗣因鄉試不第，棄舉子業，納粟得同知銜。提督吳長慶聞他多材，延作幕賓，襄辦營務。在營時，曾替長慶約束軍士，號令一新。朝鮮國王常問長慶借將練兵，長慶就薦他出去。至長慶調任，還有部兵截留朝鮮，便奏請委他管帶。張總兵亦很是器重，所以經軍門垂詢，便欲邀他會商。吳兆有忙著親兵攜刺往招，世凱昂然而至，彼此行過了禮，兩旁坐定。兆有就談及朝鮮情形，商議救護的計策。世凱道：「不入虎穴，焉得虎子。現在請急速發兵，搗入朝鮮宮內，除了亂黨，護出朝王，再作計較！」此公原有膽有識。吳兆有道：「聞得朝鮮宮內，有日本兵守衛，恐怕不易攻入。」世凱道：「幾個日本兵，怕他什麼？」張光前道：「袁公議論，頗是先聲奪人的計策，未知軍門大人以為何如？」吳兆有道：「計非不是，但必須至北洋請示，方好舉動。」世凱道：「救兵如救火，若要請示北洋，必至遲慢，倘被別人走了先著，反為不妙。」吳張二人尚面面相覷，世凱見他沒有決斷，便道：「既要到北洋請示，請立辦好文書，飭快輪飛遞為要。」二人應允，即辦就公文，派泰安輪船飛遞。

兵輪才發，朝鮮國王已密遣金允植、南廷哲至清營求救。吳、張二人，仍不敢遽允，嗣由探馬密報，黨人擬廢去國王，改立幼君，依附日本，背叛清朝，吳兆有才有些著急，可奈北洋回音未轉，自己部兵不多，恐怕不敵日本，尚是遲疑不決。外面又來了袁公世凱，未曾坐下，即向吳張二人道：「亂黨的消息，兩公想亦聞知。若再不發兵入宮，不但朝鮮已去，連我輩歸路，都要被他截斷，只好在朝鮮作鬼了。」吳、張二人，被他一激，倒也奮發起來，實是保全性命要緊。隨道：「據老兄高見，究竟如何辦法？」世凱道：「為今日計，只有迅速調兵，分路進攻，能夠一鼓攻入，肅清朝鮮宮禁，我們便占上風，不怕日本出來作梗。」吳兆有道：「應分幾路？」世凱道：「該分三路進攻。軍門大人領中路，鎮臺大人領右路，袁某不才，願當左路。」吳兆有尚有難色，世凱不禁憤懣，奮然道：「二公如以中路為費手，袁某願當此任！吳軍門率左，張鎮臺率右，彼此接應，不愁不勝。」吳兆有道：「就如這議，今夜發兵。」

是夜天色微明，三路清軍，銜枚出發，嚴陣而行，到了朝鮮宮門，已是殘夜將盡，袁世凱督令猛攻，裡面槍聲，也劈劈拍拍的放將出來。袁軍前隊，傷了數十名，似乎要向後卻避，世凱傳令，不准退後，違令立斬。這令一傳，軍法如山，軍士方冒險前進，霎時間攻破外門，進至內門。忽後面抄到日本兵，來攻袁軍，世凱分兵抵擋，這時腹背受敵，膽大敢為的袁公，倒也吃驚不小，唯隊伍恰依然不亂。巧值提督吳兆有，已從左路殺到，一陣夾擊，才將日本兵殺退。清軍抖擻精神，再接再厲，槍聲陸續不絕，震得屋瓦齊飛，宮牆洞陷。剛在得勢的時候，又來了朝鮮兵數百名，由世凱一瞧，乃是曾經自己教練過的兵卒，熟門熟路，同德同心，當下把內門破入。維新黨不管死活，還要前來阻攔，被清軍排槍迭擊，斃了幾十人。洪英植亦戰死在內。朴詠孝、金玉均等，方從宮後逃去。

吳、袁二人，整隊而入，張光前右路兵亦到。人家得勝，他方到來，可謂知幾之士。朝鮮宮內，已是空空洞洞，不見有什麼人物。清軍仔細搜尋，只有幾個宮娥女僕，躲匿密室，餘外統已不知去向。當由吳、袁、張三人，詰聞國王世子蹤跡，據說：「乘宮中大亂時，逃出宮外。」世凱令軍士趕即找尋，在王宮前後左右，尋了一周，杳無影響。世凱未免焦灼。忽有朝鮮舊臣來報：「國王世子，在北門關帝廟內。」世凱大喜，遂與吳、張二人，會議往迎。這個差使，吳提督恰直任不辭，確是好差使。忙率部兵前去。袁張已掃清宮闕，收兵回營，不一會，朝鮮國王及世子，也隨了吳提督進來。國王見了袁世凱，很是感謝，並請追緝朴詠孝、金玉均等。世凱道：「朴金諸叛黨，現在想總逃至日本使館，不如先照會日使竹添進一郎，叫他即速交出，否則用兵未遲。」張、吳連聲稱善，隨即寫好照會，遣兵弁送與日使。未幾兵弁還報，日本使館內，已無人跡，公使竹添進一郎，聞已逃回本國，往濟物浦去了。於是袁、吳、張三人，送朝鮮國王還宮，一場大亂，化作煙銷日出，總算是袁公世凱的大功。

無如日本人煞是厲害，遣了全權大使井上馨，到朝鮮問罪，又令宮內大臣伊藤博文、農務大臣西鄉從道，來與中國交涉。這三位日本大員，統是明治維新時緊要偉人，這番奉命出使，自然不肯舍臉。井上馨到了朝鮮，仍直接與朝鮮開議，要索各款，無非要朝鮮償金謝罪等語。朝鮮國王無可奈何，別人又不便與議，只好暗中訊問袁世凱。世凱正接北洋來信，說是伊藤、西鄉兩日員，到了天津，聲言清軍有意尋釁，不肯干休，朝廷已派吳大澄、續昌二人，東來查辦。看官！你想袁公是個英挺傲岸的人物，哪裡肯受這惡氣？當即請了假，回到北洋。謁見肅毅伯李鴻章，極陳利害，大意是：「要監督朝鮮，代操政柄，免得日人覬覦。」李鴻章頗為嘆賞，但心中恰是決計持重，不願輕動，反教世凱斂才就範，休露鋒鋩。老袁後半生行事，實是承教合肥。世凱太息而出。

這位李肅毅伯，已受朝命，為全權大臣，與日本使臣議約。肅毅伯專講國家體面，擺設全副儀仗，振起全副精神，在督署中請日使進見。日使伊藤博文及西鄉從道，瞻仰威儀，倒也沒甚驚慌，坦然直入，侃侃辯論。議定款約兩大條：第一條，清日兩國，派駐朝鮮的兵，一律撤去；第二條，兩國將來，若派兵到朝鮮，應互先通知，事定後即行撤回，彼此依議簽約，中日已定和議。清廷吳兆有等，都遵約歸國，連大院君亦放回去，朝鮮國王李熙勢孤援絕，對了日本要索各款，無非是謹遵臺命四字，賠了銀洋十一萬圓，向他謝罪了案。從此日人得步進步，已認朝鮮為保護國，中國如肅毅伯等，還說朝鮮是我藩屬，兩不相對，各有見解，總不免後來決裂，只好算作暫時結束。暗伏下文。

越南已去，朝鮮亦半失主權，法日兩國，滿意而歸，英吉利不甘落後，遂乘此脅取緬甸。緬甸當乾隆年間，國王孟雲受清廷冊封，定十年一貢的制度，久為中國藩屬。道光初年，英並印度，與緬甸西境相接，緬甸西境有阿剌干部，適有內亂，向緬甸乞援，緬甸借出援為名，竟占據阿剌干部。阿剌干部眾不服，復向印度英總督處求救。英總督遂發兵攻緬。緬人連戰連敗，沒奈何與他講和，願割讓阿剌干地，並償英國兵費二百萬磅。緬人不圖自強，徒然銜怨英人，遇著英商入境，任意凌辱。亡國之由，多在於此。英人憤無可遏，又起兵攻略緬甸，把緬甸南境的祕古地方，占奪了去。到光緒十一年，法取越南，日圖朝鮮，英人聞中國多事，索性起了大兵，直入緬京，廢了國王，設官監治。中國無事時，尚不過問，多事時，還有什麼工夫。光緒十二年，英人兼併上下緬甸，編入英領印度內。雲貴總督岑毓英奏聞，清廷王大臣又記起昔年檔冊，緬甸為我屬國。事事如此，大約由貴人善忘的緣故。此時駐法使臣曾紀澤，因爭論中法和約，調任英使，總署衙門又發電到英京，命他至英廷抗議。貓口裡挖鰍。英人已將緬甸全部列入版圖，布置得停停噹噹，哪裡還肯交還？曾紀澤費盡心力，據理力爭，起初是要他歸還緬甸，英人不理，後來復要他立君存祀，仍守入貢舊例，英人又是不從。可嘆這位曾襲侯說得舌敝唇焦，談到山窮水盡，才爭得「代緬入貢」四字。其實也是有名無實的條約。當時還按期進呈方物，嗣因清室愈衰，把此約亦撇在腦後。此非曾襲侯無能，乃王大臣因循之誤。英人得了緬甸，還要入窺雲南，滇緬勘界，屢費周折，後來結果，終究是英人得利，中國吃虧，雲南邊徼又被英人割去無數。昔也日闢國百里，今也日蹙國百里，這也是中國的氣數。

越南、緬甸的中間，還有一暹羅國，也是中國藩屬，按年朝貢，洪、楊亂後，貢使中絕。自從越南歸法，緬甸歸英，英法各想併吞暹羅，勢均力敵，互生衝突，旋由兩國會議，許暹羅獨立自主，彼此不得侵略。只暹羅所轄的南掌地方，取來公分，至今暹羅尚算倖存，不過與中國早脫關係。從此中國的南服屏藩，喪失無餘了，說來真是可嘆！清廷王大臣，多是醉生夢死，不顧後患。慈禧太后逐漸驕侈，還想起造頤和園來，做個享福的區處。小子敘述至此，殊不能為慈禧諱了。

有詩詠道：

東南迭報海氛來，割地償金不一回；
聖母獨饒頤養福，安排仙闕競蓬萊。

頤和園的風景，真是一時無兩，欲知建築的原因，容待下回續述。

合肥伯李鴻章，非真秦檜、賈似道之流亞也，誤在暮氣之日深，與外交之寡識。越南一役，中國先敗後勝，法政府又競爭黨見，和戰莫決，彼心未固，我志從同，乘此規復全越，料非難事。乃天津訂約，將與法使議和，但求省事，不顧損失，暮氣之深可知矣。朝鮮再亂，維新黨召日本兵入宮，日本未嘗知照中國，遽爾稱兵助亂，其曲在彼，不辨自明。袁世凱倡議入援，偕吳、張二將，代逐亂黨，翊王免難，日使竹添進一郎，至遁回濟物浦，我已一勝，日已一挫，斯時日本，猶未存與我決裂之想。為合肥計，亟應宣告朝鮮之為我屬，一切交涉，當由中國主持，胡為井上馨至朝鮮，仍任朝鮮自與訂約？伊藤西鄉至天津，乃與訂公同保護之約乎？光緒三四年間，日本諮照清廷，稱朝鮮為自主國，不認為我藩屬，經總理衙門抗辯，內稱：「朝鮮久隸中國，其為中國所屬，天下皆知。即其為自主之國，亦天下皆知。日本豈能獨拒？」妙語解頤，日本人嘗一笑置之。合肥知識，殆亦猶此。即或稍勝，亦百步與五十步之比耳。外交無識，寧有善果?越南去，朝鮮危，緬甸暹羅，相繼喪失，不得謂非合肥之咎。本回實為合肥寫照，暗寓譏刺之意。書法不隱，足繼董狐直筆矣。

# 移款築園撤簾就養　周齡介壽聞戰驚心

卻說頤和園開工，乃是光緒十一二年的時候，耗去經費，約不下三千萬金。這時國帑支絀，三千萬金的鉅款，從何而來?相傳是從海軍款項下，調撥過去。中法一戰，馬江敗績，閩海艦隊，喪亡殆盡，清廷因海氛日惡，決議大興海軍，整頓海防，將臺灣劃為一省，改福建巡撫為臺灣巡撫，原有福建巡撫事，歸浙閩總督兼管。並在北京設海軍衙門，命醇親王奕譞作為總辦，奕劻、李鴻章作為會辦，善慶、曾紀澤作為幫辦。五大臣共同商酌，擬先從北洋入手，督練第一支海軍，擇定盛京旅順口，山東威海衛為軍港。醇親王奕譞，本沒有海軍經驗，奕劻、善慶不消說起，只有李鴻章、曾紀澤二人，素稱是究心洋務，曾紀澤又時常出使外洋，主持海軍的要人，自然要推李鴻章。但海軍問題，繁費得很，免不得要籌集巨資。鴻章苦心籌劃，接連奏請，朝上總是駁的多，准的少。巧婦難為無米炊，妙手空空，如何興得起海軍?鴻章沒法，親自入覲，密探內廷意旨。當由太后身旁的寵監李蓮英傳出消息，說是:「太后近年，有意靜居，擬造個園子，以便頤養，苦無的款可籌，時常煩躁，所以遇著各省籌款的事項，往往有駁無准。」鴻章沉吟一會，便與李蓮英附耳數語，蓮英點了好幾回頭。要造頤和園，恐亦是他慫恿出來。鴻章即回至天津，嗣凡有所奏請，無不照准。

看官！你道這位李伯爺，是什麼妙想？他與李蓮英定議，欲借海軍名目，責成各疆吏歲撥定款，就中提出一半，作了造園經費，一半作了海軍經費，兩事都可成就。確是籌款妙法。慈禧太后聞言欣慰，於是大興土木，把清漪園舊址，闢地建築，改名叫頤和園。造了兩三年，方才告竣。園中的樓臺殿閣、亭軒館榭，實是數不勝數。最著名的是樂壽堂正殿，即慈禧太后住所，規模很是壯麗。又有仁壽殿亦相彷彿，係召見王大臣處。還有頤樂殿，是太后聽戲的地方，更造得窮工極巧。殿外就是戲臺，分上中下三層，上層顏曰慶演昌辰，中層顏曰承平豫泰，下層顏曰歡臚榮曝。將戲臺敘得更詳，作者之意可知。此外有知春亭、夕佳樓、芸碧館、藕香榭，養雲軒、瞰碧臺、寶雲閣、雲松巢、邵窩、貝闕、石舫、荇橋等佳境，無妙不臻，有美畢具。這園本倚萬壽山，泉清水秀、草長花香，山巔更建一佛香閣，軒廠華麗，上出雲霄。慈禧太后在園時，每日必登閣遊覽，俯瞰全園，氣象萬千。下有千步廊，曲折而下，直達殿門，所以往來甚便。歷述園中勝景，寫盡當時奢侈。園已告成，慈禧太后將移居園內，降了一道懿旨，即日歸政。醇親王奕譞、禮親王世鐸，先後上疏，無非因帝年尚幼，懇請太后再行訓政數年。太后俯准所請，隨帶同光緒帝，幸頤和園，把內閣軍機處以下各機關，都遷入園內辦理，就是梨園子弟，也與官僚一同居住。直把官場作戲場。這也不在話下。

且說北洋海軍，辦了一二年，既集了好多經費，總要掩飾全國耳目，購了幾隻戰船，募了幾千艦隊，才報成立。奉旨派醇親王奕譞，到天津巡閱，肅毅伯李鴻章，即飭幹員辦差，布置行轅，務期完美。不料內廷又來了密函，由李鴻章展閱一周，忙召辦差的委員入內，叫他在行轅裡面，再布置一個房間。體制雖略遜一籌，裝飾須特別精雅，不得疏忽！委員不敢多問，只得小心辦理，一切鋪設，已覺妥當，方回轅稟報。經李伯爺自去察視，到了正廳，係預備醇親王居住，他倒不過大略一瞧，便算了事。轉入廂房，反留心檢點，那一件還嫌粗率，這一件更嫌簡慢。委員暗暗驚訝，私自揣測，究竟是何人來此居住，要這般仔細挑剔？但奉上司命令，不得不再行掉換。過了數日，醇親王已到碼頭，當由李鴻章親去迎迓，辦差的委員，亦隨同前去，留心窺伺。見李伯爺謁過醇親王後，即與醇親王旁邊的隨員，殷勤問話，很帶著謙恭樣子。委員未曾認識，嗣聞李伯爺稱他總管，方曉得是赫赫有名的太監李蓮英。從旁面寫入，比實敘還要厲害。醇親王與李蓮英，一齊上岸，直抵行轅，由李鴻章送入，周旋一番。又引李蓮英到廂房，滿口說是委屈，李蓮英左右一瞧，只淡淡地答了費心二字。宿了兩宵，醇親王臨場校閱，李蓮英隨侍在後，當由李鴻章傳出軍令，飭海軍會操。艦隊排檣而至，或分或合，或縱或橫，映入醇親王眼簾中，只覺得整齊錯落，如火如荼。閱畢，極力褒獎。李鴻章只是拈鬚微笑。這一笑恰有微意。又過數天，醇親王與李蓮英方辭別回京。這次閱操，又糜費了許多銀兩，李蓮英處又須安置妥貼，一古腦兒在海軍裡報銷，連委員都是瞠目伸舌。

李蓮英回京後，威勢愈盛，宮中稱他九千歲。御史朱一新，偏呆頭呆腦地奏了一本，內有「李蓮英隨醇親王閱兵，恐蹈唐朝監軍覆轍」等語。慈禧后勃然震怒，立命降級，調補主事。這旨下後，還有那個敢衝撞李蓮英？一班蠅營狗鑽的人物，總教鑽入李總管門路，不怕沒有官做。轉眼間已是光緒十四年，光緒帝年已十八，大婚期屆，冊立皇后。這皇后是誰家淑女？說將起來，又與慈禧后大有關係。從前立同治皇后時，慈禧后的主張，原是屬意鳳秀的女兒。旋由東太后決立年長，因把崇綺女為皇后，後來常與慈禧后反對，至死方休。這次光緒帝又要立后，慈禧后自然加意揀選。她想胞弟桂祥，曾任副都統，生有一女，與光緒帝年紀相仿，遂與光緒帝指婚。是年十月間，特降懿旨，立副都統桂祥女葉赫那拉氏為皇后，並選侍郎長敘兩女，備作妃嬪。次年二月，光緒帝大婚，一切排場，與前代略同，小子若再敘述，筆意未免重複，不如概從簡略。大婚禮畢，即封長敘長女那拉氏為瑾嬪，次女為珍嬪。慈禧后即下諭撤簾。歸政典禮，雖是照同治朝依樣舉行，總要另畫一個葫蘆，費點手續。況慈禧后是個喜歡熱鬧的人，踵事增華，自在意中。歸政後連加太后徽號，於「慈禧端祐康頤昭豫莊誠」外，添了「壽恭欽獻」四字，湊成了十四個。慈禧后喜溢眉宇，特別暢適。又因中外無事，沒甚牽掛，遂率同李蓮英等，頤養園中，或是登山，或是遊湖，或是聽戲，或是抹牌，有時隨作書畫，消遣光陰。皇后本不善書，經慈禧太后指教，亦能了悟草法，得心應手。後來能書擘窠大字，嘗自署齋名，叫做延春閣。她本是慈禧后姪女，平時能得慈禧歡心，因此慈禧遊玩，常令皇后隨從。慈禧后既有可意的內侍，又有如願的佳婦，左右侍奉，正是快樂得很。

忽由河道總督吳大澄，呈上奏摺，乃是請尊醇親王稱號。善拍馬屁！內稱醇親王督辦海軍，功績卓著，且自為帝父，應予尊崇。先引孟子「聖人人倫之至」的遺訓，後引史事，謂宋朝的濮議，王珪司馬光，與歐陽修所議不合，從前高宗純皇帝御批，以歐說為是。又明朝的世宗，欲追尊生父興獻王帝號，群臣爭執，高宗御批，亦加駁斥。應請皇太后特旨，加醇親王徽號，遂皇上孝敬之忱，塞薄海臣民之望云云。奏上，太后即降旨如下：

本日據吳大澄奏請飭議尊崇醇親王典禮一折，皇帝入繼文宗顯皇帝，寅承大統，醇親王奕譞，謙卑謹慎，翼翼小心，十餘年來，深宮派辦事宜，靡不殫竭心力，恪恭盡職。每遇優加異數，皆再四涕泣懇辭。前賞杏黃轎，至今不敢乘坐，其秉心忠赤，嚴畏殊常。非從深宮知之最深，實天下臣民所共諒。自光緒元年正月初八日，醇親王即有豫杜妄論一奏，內稱歷代繼統之君，推崇本生父母者，以宋孝宗不改子偁秀王之封為至當，慮皇帝親政後，僉壬幸進，援引治平嘉靖之說，肆其奸邪，豫具封章，請俟親政時，宣示天下，俾千秋萬載，勿再更張。其披瀝之忱，自古純臣居心，何以過此？此深宮不能不嘉許感嘆，勉從所請者也。茲當歸政伊始，吳大澄果有此奏，若不將醇親王原奏，及時宣示，則後此邪說競進，妄希議禮梯榮，其患何堪設想？用特明白曉諭，並將醇親王原奏發抄，俾中外臣民，咸知我朝隆軌，超越古今，即賢王心事，亦從此可以共白。嗣後闞名希寵之徒，更何所容其覬覦乎？將此通諭中外知之！

越年，醇親王病歿。未歿時，慈禧太后屢率光緒帝至醇邸問疾，因醇親王福晉，本是太后親妹子，醇親王又始終忠事太后，恭邸罷職，醇邸即續攬軍機，一切政務，隨時請太后指示，不敢獨斷獨行。怪不得太后特別親信，特別優待。臨歿，太后極為痛惜，定稱號日皇帝本生考，予諡日賢。喪葬一切，典禮特崇。唯諭中有「不可過事奢侈，致傷王生時恭儉盛德」。仍是防他僭越。並令將醇邸分為二處，一處崇祀醇親王祖宗，一處為光緒帝發祥地點。醇親王次子載灃襲爵，三子載洵、四子載濤，皆封公。醇親王薨後，光緒帝雖然親政，凡事仍稟白慈宮，不敢專主。慈禧太后亦嘗令皇后及李蓮英暗中監察，免蹈同治覆轍。光緒帝恰也養晦遵時，沒甚違忤。

自十五年至二十年，只有與英吉利、俄羅斯，稍有交涉。英國為了哲孟雄，啟釁構兵，哲孟雄在西藏南境，介居布丹，廓爾喀兩部中間，布、廓兩部，同為西藏藩屬。廓、哲失和，英人嘗助哲敗廓，令哲王割讓大吉嶺，及附近印度的平原，作為己有，算是出兵的酬謝費。嗣後屢有要索，哲人憤恨，竟將英人囚住。英人遂發兵攻哲，哲王哪裡能抵擋英人？免不得肉袒牽羊，乞降大不列顛旗下。引虎者終為虎噬，亞洲諸小國皆蹈此失。英人得了哲孟雄，又把布丹亦收為屬部。哲、布已失，西藏藩籬被撤，藏人震懼，日思規復，至哲部隆吐地方，設立卡房。英人安肯干休？自然要與西藏為難，攻毀卡房，並據藏南要隘。中國的駐藏大臣，向不中用，至是令幫辦大臣昇泰赴任，與英國總理印度大臣蘭士丹，在印度孟加拉會議，定藏印條約八款，承認哲為英屬，勘定藏哲分界，才得和平了結。後來復把藏南的亞東地方，開為商埠，許英人互市，這也是司空見慣，不足為奇。

至與俄國交涉的事情，係為帕米爾高原。帕米爾為新疆西南邊徼，在蔥嶺外面，北通浩罕安集延，為亞洲最高的陸地。亞洲大山，多自帕米爾發脈，中國曾建設卡倫，並據伊犁西境，遂迫中國將卡倫撤去，中國不允。已而英人復降服阿富汗，嗾阿人逐中國卡倫兵，俄國以英人復來染指，忙出兵據帕米爾。於是中俄英三國，皆有違言。經中國出使大臣洪鈞、許竹筠，先後會議，結果是俄人得了大利，英人次之，中國最是吃虧，把帕米爾高原盡行棄掉，只以蔥嶺為界，清政府因中國幅員，素號遼廓，割了一些兒荒徼，也沒有十分痛苦。總教身家保住，管什麼邊疆荒地？到光緒二十年，是慈禧太后六旬萬壽。又是天大的喜事。壽辰在十月十日。正二月間，就飭王大臣預備祝嘏典禮，仿照康熙、乾隆時故例。著各省將軍督撫，先期派員來京，慶祝聖母萬壽，一面飭內務府督率工役，自大內至頤和園，統要蓋搭燈棚，點綴景物，並要沿途建設經壇，由喇嘛僧帶領僧眾，唪誦壽生真經。頤和園內，還要造大牌樓，作聖母萬壽紀念。內務府因庫款支絀，授意內外大員，預送壽禮，大員們哪個不想巴結？彼此會議各捐俸銀二十五成，作了萬壽的送費，聊表微忱。內中有個西安將軍榮祿，於俸銀二十五成外，更獻了許多金銀珍寶，頓時喜動慈顏，立召內用。榮祿本太后功臣，熱河回蹕，全仗榮祿隨扈，為什麼外任西安，就了閒散的職任？原來榮祿扈駕回京，慈禧后記念大功，擢為內務府總管，宮廷得自由出入。每有要事，慈禧后亦常與商量，同治帝賓天時，榮祿尚入直宮中，很邀寵眷。到了光緒六年，忽由光緒帝師傅翁同龢密白太后，劾榮祿濁亂宮禁的罪狀，慈禧后不信，暗中恰是加意偵查，果然事出有因。這位有膽有識的榮大臣，竟在某妃房中，竭忠效力，被慈禧后親見親聞，當下怒氣勃發，立將榮祿驅逐出京，革去官職。慈安崩後，慈禧后又記起榮祿，疑是慈安設計陷害，俾折臂助，但因榮祿犯罪太重，不欲驟然起用。自是榮祿失官數年，嗣後不知榮祿如何運動，又超擢為西安將軍。想來總是李總管的大力。此番奉召入都，再任步軍統領，自然特別小心，特別勤謹。預備祝壽期內，他亦著力幫忙。慈禧太后復降恩旨，晉封瑾、珍二嬪為妃，此外貴人等，亦照例遞升。宗室外藩王公，及中外文武大臣都馳恩覃封，官上加官，爵上晉爵，滿擬屆了壽期，做一場普天同慶的曠典。誰料一到五月，朝鮮又鬧起大禍，弄得中日開釁，陡起戰雲。清軍連戰連敗，慈禧太后懊悵異常，不得不另降懿旨，罷除慶賀。小子曾記當時有一上諭云：

朕欽奉慈禧端佑康頤昭豫莊誠壽恭欽獻皇太后懿旨：本年十月，予六旬慶辰，率士臚歡，同深忭祝。屆時皇帝，率中外臣工詣萬壽山行慶賀禮，自大內至頤和園，沿途蹕路所經，臣民報效，點綴景物，建設經壇。予因康熙隆乾年間，歷屆盛典崇隆，垂為成憲，又值民康物阜，海宇乂安，不能過為矯情，特允皇帝之請，在頤和園受賀。詎意自六月後，倭人肇釁，侵予藩封，尋復毀我舟船，不得已興師致討。刻下干戈未戢，征調頻仍，兩國生靈，均罹鋒鏑。每一念及，憫悼何窮？前因念士卒臨陣之苦，特頒內帑三百萬金，俾資飽騰。茲者慶辰將屆，予亦何心侈耳目之觀，受臺萊之祝耶？所有慶辰典禮，著仍在宮中舉行。其頤和園受賀事宜，即行停辦！朕仰承懿旨，孺懷實有未安，再三籲請，未蒙慈允。敬維盛德所關，不敢不仰遵慈意，為此特諭！欽此。

一場盛舉，化作煙銷，日本太是無情，海軍真也不力。屆壽辰時，只在園內排雲殿受賀，就算完結。後人有宮詞一絕道：

別殿排雲進壽觥，慈懷日夕軫邊情。
諸州點景皆停罷，饋餉頻聞發大盈。

究竟中日何故開戰，且到下回續敘。

母后訓政，既非美事，亦非易事。歷代有此成例，乃因主少國疑，不得已而出此耳。然閽寺臨朝而常侍橫，武韋專政而奄豎興，鄭李恃寵而璫禍熾。后妃專政，往往為中官所播弄，墮其術中而不之覺。以慈禧太后之英明，而前有安得海，後有李蓮英。李蓮英之擅權，較諸安得海，尤專且久。頤和園之建築，李蓮英導之也，六旬萬壽之侈備典禮，何一非自李蓮英等，曲意逢迎，隱圖中飽耶？貴胄若醇親王，元老若李肅毅伯，猶且不敢忤李蓮英，遑論他人？故慈禧二次之訓政，幾與李蓮英訓政無異。本回敘慈禧，實即敘李蓮英。敘李蓮英，即不啻敘慈禧。清朝二百數十年之國祚，斲喪於李總管一人之手，內監之禍烈矣哉！慈禧后殆猶可原焉。

# 葉志超敗走遼東　丁汝昌喪師黃海

卻說朝鮮自迭遭亂事，國勢愈衰，國王李熙又是個貪安圖逸的人，凡事都因循苟且，不願振作，因此日貧日弱，寇盜紛起，日本尤為垂涎，獨中國置若罔聞。駐英法德俄使臣劉瑞芬，明察外事，思患預防，曾致書北洋大臣李鴻章，建了兩策：上策欲乘他內敝，收他全國，改為行省；次策應約同英美各國，公同保護，方足保全朝鮮。結尾是朝鮮安全，東三省亦可無虞等語。李鴻章亦以為然，將劉書上之總署，總署諸公，多是酒囊飯袋，醉生夢死，管什麼朝鮮存亡。應罵！鴻章孤掌難鳴，也只能得過且過。

光緒二十年，朝鮮國全羅道東阜縣，有東學黨起事，黨魁叫做崔時亨，自號緯大夫。這東學黨徒，並不是留學東瀛，乃是剽竊佛老緒論，妄參己意，輾轉傳授。國王因他妖言惑眾，出兵捕治。崔時亨遂揭竿起事，連敗王兵，復從全羅道轉攻忠清道，聲勢非常厲害。國王李熙忙向中國告急，並諮照中國駐使。看官！你道這駐使係是誰人？便是當年幫辦營務的袁世凱。世凱接讀諮文，飛電北洋，當由北洋派遣提督葉志超，及總兵聶士成等赴援。李鴻章頗也精細，遵守天津條約，電告駐日欽使汪鳳藻，叫他知照日本。日本真是厲害，不肯後人一著，派大島圭介率兵赴朝鮮。兩國兵隊，先後出發，欽差袁世凱，聞葉提督已到牙山，隨即致書葉提督，請他出示曉諭，解散亂黨。亂黨究系是烏合之眾，見了一紙文告，嚇得四散奔逃。朝鮮失守的地方，不戰自復。清軍擬即撤回，只日本兵，恰有進無退。袁欽使照會大島圭介，仍援天津約文，謂彼此撤兵。此次中日交涉，中國原未違約。大島圭介含糊照覆，暗中反添兵派將，陸續運到朝鮮，分守釜山仁川的要害。日本因兩番落後，故此次用著全力來。袁欽使覆電達北洋，請預防決裂，速籌戰備。無如肅毅伯李鴻章，明知中日開釁，必須海戰，北洋海軍，雖然辦了好幾年，恰是外強中乾，不堪一戰，誰叫你把海軍經費，撥造頤和園。因此復袁使電文，只要他據約力爭，並諮照總理衙門，與駐華的日使小村壽太郎，速即和平辦理。

總署王大臣，統是糊塗顢頇，尚說朝鮮是我藩屬，所以發兵平亂，日本不得干涉。為了這語，又被日使藉口，他道是朝日兩國，有直接條約，中日兩國，為了朝鮮，亦曾訂有天津約章。朝鮮明明自主國，不過他國度很小，未能自保，所以由我兩國共同保護，何得說我國不得干涉？據他的說話，很像理直氣壯。總署王大臣，無可辯駁，反仗著自己餘威，要與日本開戰。你上一折，我上一本，統說區區日本，無理如此，宜亟發海陸兩軍，聲罪致討。光緒帝少年好勝，瞧了各大臣奏章，也銳意主戰，催促北洋大臣李鴻章，速剿倭寇。統是自大的口吻。此時這李伯爺，好像啞子吃黃連，說不出的苦楚。復飛電駐日汪使，叫他詰問日本外部，何故違背天津專約，不肯撤兵？日外部又提出條件，是要與中國同心協力，改革朝鮮內政。又是個冠冕堂皇的題目。汪使電覆李鴻章，李鴻章尚是持重，不肯主戰，奈內外官員，不識外情，不是說李伯爺膽怯，就是說李伯爺面軟，連袁欽使世凱，也總道北洋海軍，可以一試，請命北洋，願即回國，決與日本開仗。李鴻章尚未答覆，日本兵已入朝鮮王宮，幽禁國王李熙，推大院君主持國柄，並宣告朝鮮獨立。那時連翼翼小心的李伯爺，也只得開戰，召袁欽使回國。朝旨又三令五申，派副都統豐伸阿、提督馬玉昆、總兵衛汝貴、左寶貴等，各帶大兵，由陸路出發。

日本用先發制人的手段，乘清軍尚未雲集，即進攻牙山的清軍。葉軍門志超，恇弱無能，鎮日裡飲酒高臥，忽報日兵將來攻擊，連忙向北洋求救。李鴻章聞警，還恐自己先行發兵，將來要被日本指摘，想了一計，向英商處租了高升輪船，載兵二營，出援牙山。不意到了豐島，日本已暗伏軍艦，截住去路，連珠炮發，將高升輪船擊沉。船內的兵士，統行漂沒。可憐可憐！葉志超待了數日，不見援兵到來，正急得沒有擺布，還是總兵聶士成，有些膽量，慷慨誓師，願決一戰。忽由探馬來報日兵已到成歡，士成即持鞭請行，見志超面色如土，半晌才說了兩語道：「老兄小心前去！兄弟當守……守住此地。」言下已有逃意。士成領命赴敵，不半日已到成歡，恰遇日兵整隊前來，士成即傳令開槍，兩下裡殺了一陣，只見煙霧迷天，彈丸蔽日。約戰了兩個小時，日兵恰向後退去，士成追襲一程，方收隊紮營，即差兵弁往牙山報捷。到的次晨，差去的兵弁，尚沒有回來，日本大隊又到。這次日本兵，不似前次的怯戰，遙望過去，已是精銳得很。士成倒也不怕，仍下令開營迎敵。營門甫開，砲彈已到，聶軍連忙還擊，正在酣戰時候，差去的兵弁才到，報稱牙山已沒有大兵，聞葉軍門已退駐平壤去了。這語一傳，兵心漸懈，日本兵又是漫山遍野，雜沓而來。士成到此，未免心驚，料知支持不住，乃命部兵移前作後，嚴陣而退。士成好算不弱。日本兵恰不敢進逼，由士成退去。士成回到牙山，果然不見一卒，長嘆了數聲。暗想部下只有數千兵馬，萬不能保守這地，與其孤軍死敵，不如全師早返，於是傳令退兵，齊回平壤，眼見得牙山要地，被日兵占去。罪在葉志超，不在聶士成。

士成到了平壤，謁見葉志超，問他何故退兵？志超支吾了一會，士成又道：「成歡已敗日兵，軍門大人若果多留數天，牙山也可保得住。」也未可必。志超道：「老兄戰功，兄弟已經探聞，報告朝廷，現在遼東派來的人馬，已會集此處，總教此處得勝，牙山雖失，還可無虞。」士成也不敢多說，隨即退出。志超仍然日坐營中，並沒有什麼舉動。豐伸阿、馬玉昆、左寶貴、衛汝貴等，見了志超，無非說的應酬常套，也未聞商及機宜。士成背地嗟嘆，暗自灰心。日兵聞清軍雲集平壤，倒也紮駐牙山，一時不敢出發，葉志超樂得快活幾天。忽接到北京電報，令他節制各軍，拜為統帥。聶士成擢為提督，將弁獲獎數十員，軍士得賞銀二萬兩。志超喜出望外，設筵慶賀，置酒高會。各路統領，少不了親自賀喜，熱鬧了好幾天。

但志超本非將才，驟升統帥，哪個去畏服他？所有號令一切，多半是陽奉陰違，連志超營內的將弁，也是逐隊四出，姦淫擄掠，無所不為。朝鮮百姓本是愛戴清朝，簞食壺漿，來迎王師，不料清兵都妄作妄行，反致朝民失望。志超的意思，總教守住平壤，餘事都可不問，因此劃分守泛，令豐伸阿、馬玉昆、左寶貴、衛汝貴各將，駐紮平壤城四面。看看中秋將近，日兵尚沒有消息，正擬大排筵席，宴賞良辰。突聞哨卒來報，日將野津，已統兵來攻平壤，人馬很是不少。志超大吃一驚，急傳豐伸阿、馬玉昆、左寶貴、衛汝貴各將商議。志超道：「日兵已要逼近，諸位可有退敵的計策麼？」各將的資格，要算豐伸阿，他先開口答道：「全憑統帥調度！」志超道：「據兄弟看來，還是深溝高壘，不戰為妙。」各將尚未見答，就中惱了左寶貴，向志超道：「現在的戰仗，不比從前刀槍時代，炮火很是厲害，斷非土石所能抵擋，不如趁日本未逼近時，先行迎截，方為上計。」葉志超臉色忽變，半晌才道：「我意主守，老兄主戰，想老兄總有絕大勇力，可以退敵，不妨請老兄自便！」陷死左寶貴，就在此數語內。寶貴道：「統帥是節制各軍，卑鎮安敢自由進退？但是這次開戰，關係國家不少，卑鎮奉命東來，早已誓死對敵，區區寸心，要求統帥原諒！」志超道：「老兄曉得國家，難道兄弟不曉得國家麼？」未曾開戰，先自爭論，焉得不敗？豐伸阿等見兩人鬧起意見，只得雙方勸解，談論了好一歇，並沒有什麼定議，外邊的警報，恰絡繹不絕。寶貴勃然起座，對諸將道：「寶貴食君祿，盡君事，敵兵已到，只有與他死鬥的一法。若今日不戰，明日又不戰，等到日兵抄過平壤，截我歸路，那時只好束手待斃了。諸公勉之！寶貴就此告辭！」已甘永訣！當即忿忿而出。豐伸阿、馬玉昆亦別了志超，自回營中。只衛汝貴少留片刻，與志超密談數語，不知是何妙計，大約總是預謀保身的祕訣。

且說左寶貴到了營中，遙聞炮聲隆隆，料知日兵已近，當命部下各兵，排齊隊伍，嗚角出營。寶貴當先領陣，行不一里，已見火焰衝霄，日兵的砲彈，如雨點般打將過來。寶貴自然督軍還擊，砰砰訇訇，撲撲簌簌，互轟了大半天。日兵煞是厲害，前敵殘缺，後隊補入，槍子射得越急，砲彈放得越猛。左軍這邊前隊亦多傷亡，後隊的兵士，亦督令照補。寶貴喝令一齊放槍，自己越小心督察，忽見後隊所持的軍械，多是手不應心，有的是放不出彈，有的是彈未放出，槍已炸破。寶貴還道他是操練未精，手執快刀，斫了幾個，後來見兵士多是這般，他急從兵士手中奪過了槍，親自試放，用盡氣力，也不見彈子出來。仔細一瞧，機關多已鏽損，不禁失聲道：「罷了罷了。」看官！你道這種槍械，為何這般不中用？原來中國槍械，多從外國購來，北洋大臣李鴻章，聞德國槍炮最利，就向他工廠內訂購槍械若干，不想運來的槍械，一半是新，一半是舊。當時只知檢點槍支，哪個去細心辨認？這番遇著大戰仗，便把購備的槍桿，陸續發出。左軍前隊的兵士，乃是臨陣衝鋒的上選，所用槍械，時常試練，把廢窳的已經剔去，後隊的或係臨時招募，隨便給發槍械，因此上了戰仗，有此蹉跌。部將請寶貴退兵，寶貴嘆道：「本統領早知今日，所願多殺幾個敵人，就是一死也還值得。不料來了一個沒用的統帥，又領了一種沒用的槍支，坐使敵軍猖獗，到了這個地步。」道言未絕，突然飛到一彈，寶貴把頭一偏，正中在肩膀上。日本兵又如潮湧上，衝動左軍陣勢。寶貴尚忍痛支持，怎奈敵炮接連不斷，把左軍打倒無數。寶貴身上，又著了數彈，口吐鮮血，暈倒地上。可憐可憐！蛇無頭不行，兵無將自亂，霎時間全軍潰散，逃得一個不留。

這時候日本兵三路進攻，豐都統、馬提督也分頭抵截，豐伸阿本沒有能耐，略略交綏，便已卻退。馬玉昆頗稱驍勇，督領部眾，鏖戰一回，只因槍械良窳不齊，打出去的槍彈，不及日本的厲害。日本的槍子，一發能擊到百數步，中國的槍子，只有六七十步可擊，已是客主不敵。況又有機關不靈、施放不利的弊病，哪裡能長久支持？憑你馬提督如何勇悍，也只得知難而退。甫到平壤城，見城上已豎起白旗。好稱救命旗。馬玉昆馳入城內，見葉統帥坐在廳上，身子兀自亂抖。玉昆便問高豎白旗的緣故？志超道：「左寶貴已經陣歿，衛汝貴已經走掉，閣下與豐公，聞又不能得利，偌大的平壤城，如何能守得住？只好扯起白旗，免得全軍覆沒。」玉昆見主帥如此怯戰，也是無法可想。聶士成本隨著志超，守住平壤城，一再諫阻，終不見從，也是說不盡的憤悶。

日本兵直薄城下，望見城上已豎白旗，守著萬國公法，停炮不攻。志超恰趁這機會，黃夜傳令，靜悄悄地開了後門，率諸將遁還遼東。這計恰用著了。這諸路兵士，一半是奉軍，一半是淮軍，都經李鴻章訓練，日人頗憚他威名，到此始覺得清軍沒用，益放膽進攻。據了平壤，又占了安州、定州，得機得勢，要渡過鴨綠江，來奪遼東了。清朝的陸軍，已一敗塗地，統退出朝鮮境，還有黃海沿岸的海軍，懸著龍旗，隨風飄蕩，日本軍艦十一艘，駛出大同江，進迫黃海，清海軍提督丁汝昌聞日艦到來，也只得列陣迎敵。當時清艦共有十二艘，定遠、鎮遠最大；致遠、靖遠、經遠、來遠、濟遠、平遠次之；廣甲、廣丙、超勇、揚威又次之。汝昌傳令，把各艦擺成人字陣，自坐定遠艦上，居中排程，準備開戰。遙望日艦排海而來，彷彿如長蛇一般，大約是個一字陣。汝昌即飭將弁開炮，其實兩軍相隔，尚差九里，炮力還不能及，憑空的放了無數砲彈，抛在海中。開手便已獻醜。日艦先時並不回擊，只是開足汽機，向前急駛。說時遲，那時快，日本的游擊艦，已從清軍左側駛入，抄襲清軍後面，日本主將伊東祐亨，駕著坐船，帶領餘艦，來攻清軍前面。那時炮才迭發，黑煙繚繞，迷濛一片。不到一時，中國的超勇艦，著了砲彈，忽然沉沒。清軍少見多怪，惹起了兔死狐悲的觀念，頓時慌亂起來。一經慌亂，便各歸各駛，弄得節節分離，彼此不相援應。這艦隊中管帶，只有致遠管帶鄧世昌、經遠管帶林永升，具著赤膽忠心，願為國家效死。日艦浪速，與致遠對轟，兩邊方在起勁，又來了一艘日本巨艦，名叫吉野，比浪速艦還要高大，也來轟擊致遠。致遠船身受傷，惱得鄧世昌性起，親督炮架，測準吉野敵樓，一炮一炮的轟去。吉野艦內的統帶官，急忙駛避，世昌飭令追去，艙中報彈藥已盡，不便再追，世昌慨然道：「陸軍已聞敗績，海軍又要失手，堂堂中國，被倭人殺得落花流水，還有何顏見江東父老？不如拚掉性命，撞沉這吉野艦，與他俱盡，死亦瞑目。」便令鼓輪前進。看看將追上吉野，不意觸著魚雷，把船底擊碎，海水流入船內，漸漸地沉入海去。世昌以下，一律殉難。可憐可憐！

經遠管帶林永升，與日本赤城艦相持。赤城艦的炮火，攢射經遠，經遠中彈突然火發，林永升不慌不忙，一面用水撲火，一面窺準敵艦，轟的一炮，正中敵艦要害，成了一個大窟窿。敵艦轉身就走，永升死不放鬆，傳令追襲，也是氣數該絕，追了一程，又被水雷觸裂，沉下海中。可憐可憐！兩員虎將，同時死難，餘外的戰艦，越加心慌。濟遠管帶方伯謙，向來膽小，本是在旁觀望，遙見致遠、經遠，都被擊沉，還有何心觀戰？忙飭舵工轉舵，機匠轉機，向東逃走。冤冤相湊，撞在揚威艦上，揚威已自受傷，經不起這麼一撞，隨波亂蕩，不能自主。海水潑入船內，隨即沉沒。濟遠艦只管著自己，逃入旅順口內，廣甲、廣丙兩艦，也跟著逃遁，只留了定遠、鎮遠、靖遠、來遠、平遠五艘，尚在戰線範圍內，被日艦圍住奮擊。丁汝昌還算堅忍，迭放大砲，轟沉日本西京丸一艘，並擊傷日本松島艦。奈定遠艦也中了五六炮，失戰鬥力，靖遠、平遠、來遠三艦，亦受了重傷，突圍出走，單剩定遠、鎮遠，勢孤力竭，不得已衝出戰域，駛入口內。丁汝昌尚肯自盡，故書中敘述海戰，比葉志超陸軍較有聲勢。這一場海戰，兵艦失掉五艘，餘艦亦多傷損。二十餘年經營的海軍，不耐一戰，正是中國莫大的恥辱。小子敘述到此，淚隨筆下，立成悲悼詩一絕道：

海濱一戰覆全師；太息煙雲起滅時。
我為合肥應墮淚，構園貽誤少人知。

海陸軍統已失敗，中日的勝負已定，日本還不肯罷戰，竟想把中國併吞下去。小子要灑一番痛淚，只好把筆暫停一停，待下回再行詳敘。

中日一戰，為清室衰亡張本，即為中國孱弱張本。世人皆歸咎合肥，合肥固不得為無罪，但不得專咎合肥一人。海軍經費，屢請屢駁，合肥不得已，移其半以造頤和園，而海軍才有眉目。否則甲午一役，雖欲求一敗衄之海戰，亦不可得，寧非尤足羞者。唯選將非人，購械不慎，不得謂非合肥之咎。葉志超、丁汝昌輩，多由合肥一手提拔，彼皆非專閫才，胡為而推轂乎？當時勇毅如左寶貴，忠憤如鄧世昌、林永升，俱足為於城選，僅令其率偏師，充管帶，受制於一二庸夫之下，徒令其戰死疆場，飲恨以歿，以視曾文正之知人善任，合肥多慚色矣。若譏其遷延觀望，不願開戰，至於內外交迫，孤注一擲，以至敗亡，說雖近似，而吾且以此為合肥原。盈廷虛驕，交口主戰，合肥猶知開戰之非策，不可謂非一隙之明。知彼知己方足與言對外，假使當日從合肥言，勉從和議，尚不至失敗若此。此回為合肥一生恨事。敘葉志超、敘丁汝昌，無一非為合肥寫照。作者固別蓄深意，閱者亦當別具眼光，毋滑口讀過！

# 失律求和馬關訂約　市恩索謝虎視爭雄

卻說葉志超既逃歸遼東，丁汝昌又敗回旅順，警報迭達北京，光緒帝大為懊惱，即命將葉志超、丁汝昌革職，衛汝貴、方伯謙拿問，並嚴責北洋大臣李鴻章。李鴻章只得自請議處，又把海軍敗績的緣由，推在方伯謙等身上。奉旨令將方伯謙軍前正法。李鴻章咎亦難辭，拔去三眼翎，褫去黃馬褂，改命提督宋慶出兵旅順，提督劉盛休出兵大連灣，將軍依克唐阿出兵黑龍江。三路兵駐守遼東，防堵日本。嗣又命宋慶統制各路人馬。各路統領，與宋慶資格多是不相上下，忽接朝廷旨意，要歸他節制，免不得鬱鬱寡歡。又是敗象。宋慶到了九連城，收集平壤敗兵，倚城下寨。九連城瀕鴨綠江口，為遼東第一重門戶，這重門戶不破，遼東自可無恙。宋慶把守此處，也算是因地設險。當下傳集各統將，分守泛地，叫他努力防禦。各統將雖是面從，心中很是不悅，出了大營，滿肚裡都受著委曲，你也不願盡力，我也不肯效命，勉強起程，按著所派泛地，率軍進行。

那邊的日本兵，確是勇迅，聞鴨綠江西岸，清軍未曾嚴守，當即率兵飛度。過了鴨綠江，浩浩蕩蕩，殺奔九連城。這時劉盛休、依克唐阿、馬玉昆、豐伸阿、聶士成諸將，沿途抵敵，都殺不過日兵。清軍退一里，日兵進一里，清兵退十里，日兵進十里，待日軍進薄九連城，各路統將，統已遠遠的避去，只剩了城中一個老宋。老宋聞諸軍皆潰，獨力難支，沒奈何棄城出走，退守鳳凰城。嗣又因鳳凰城孤懸嶺外，不便扼守，復棄城西遁。統帥一走，各將愈聞風而逃，日本兵遂進占鳳凰城，復分三路。一路出西北，撲連山關；一路出東北，攻岫巖州；一路出東南，窺金州大連灣。不到數日，各路都已得手，只連山關一路，被依克唐阿與聶士成兩軍，南北夾攻，得而復失，並傷斃中尉一員。鳳凰城日軍來援，又被依軍殺退。依將軍是久敗思奮，所以尚得一二回勝仗，聶軍門本是個出色當行的人材，當中國初次發兵時，已擬率陸軍進搗韓城，調海軍進扼仁川港口。這是先發制人的妙計，可惜當時不用。嗣因空言無補，沒人見用，到了牙山，又為葉提督所制，憤憤而退。此次見清軍連潰，彼此不相照應，連自己也只得節節退步。後來得了依將軍一臂之力，遂得轉敗為勝。隨又行文各帥，願自率部下人馬，抄襲敵軍後面，斷他餉道，令他不久自亂，那時首尾夾攻，定能克敵。此計亦妙，可惜又不見用。各路將帥，有一半說是危計，有一半簡直不答。適廷旨又調他入關，保護畿輔，將行的時候，還殺敗日兵數次，所以鳳凰城東北一帶，尚沒有名城失陷。東路自岫巖州陷落，日兵又連陷海城，清軍都退到遼西，靠了遼河，作為防蔽，總算暫時敷衍過去。

獨東南一隅，既無良將，又無重兵，只有旅順口向稱天險，內闊外狹，層山環抱，有一夫當關，萬夫莫入的形勢。丁汝昌反認作絕地，且因戰艦待修，轉入威海衛，暫避敵焰，只留了總辦龔照嶼居住旅順。日兵既陷了金州大連灣，擬乘勢攻旅順，但恐旅順險峻，不易攻入，遂先勾引漢奸，令他混入口內，四貼日人告示，聲言日兵於某日取旅順，居住的兵士，應及早投降，否則大兵一到，玉石俱焚，無貽後悔。明明是虛聲恫喝。龔照嶼得著此信，嚇得魂不附體，忙坐了魚雷艇，順風逃去。還有一班駐守的人員，見照嶼已遁，個個慌亂，帶了槍械，各自逃生。一個重大的要口，變作杳無人影的空谷。至日兵入港，清軍已逃去兩日了。日兵不費一彈，不發一槍，把北洋第一個軍港，唾手而得，真是絕大的喜事。

這時候日本兵艦，已縱橫遼海，北面的蓋平營口，已在囊中，南面的榮城登州，又彷彿握在掌內。狼狽不堪的丁汝昌，方困守威海衛外的劉公島，只望日兵饒恕了他，不來作對。誰知日兵偏不許他獨生，鼓著大艦，駕起巨炮，又向劉公島進攻。可憐汝昌手下，只有幾片敗鱗殘甲，一陣轟擊，定遠、威遠、來遠三艘，又被打沉，丁汝昌亦受了彈傷，劉公島勢處孤危，萬不能守。日兵還是接連開炮，四圍攻打。汝昌到此，垂頭喪氣，飭兵士豎起白旗，一面致書日將，約不得傷害地方民命，自己哭了三四次，仰藥自盡。還是好漢。日兵遂據劉公島，併入威海衛，於是北洋第二個軍港，亦被日本奪去。所有敗殘軍艦，統歸日兵占領。清廷還起恭親王奕訢，總理海軍事務，其實遼海沿岸大小兵輪，只有旭日旗招颭，並沒有龍旗片影，還要管理什麼海軍？

光緒帝迭聞敗報，召王大臣會議，從前銳意主戰，慷慨激昂的諸人物，至此都俯首無言。獨有二個滿員，上書言事，煞是可笑。一個滿御史，請起用檀道濟為大將，檀道濟是劉宋時人，死了一二千年，為什麼奏請起用？他因同僚擬用董福祥，假名檀道濟以示意。他即問檀道濟三字，如何寫法？經同僚書示，遂冒昧照奏。又有一個滿京堂，奏稱日本東北，有兩個大國，一是緬甸，一是交趾，日本畏他如虎，請遣使約他夾攻，必可得志。想是做夢。光緒帝見了這等奏章，又氣又恨，只得與恭王等商議，定了一個請和的計策，命侍郎張蔭桓、邵友濂，赴日本議和。日本很是厲害，拒絕兩使。他說這等小官，不配講和。弄得張、邵二人，垂頭喪氣，踉蹌歸來。清廷方議改派，惱了一個安御史維峻，抗詞上奏，雖不似滿員的荒謬，也多牽強附會，都下徧傳誦一時，小子將原奏詳錄，以供看官一粲，道：

奏為疆臣跋扈，戲侮朝廷，請明正典刑，以尊主權而平眾怒，恭折仰祈聖鑑事。竊北洋大臣李鴻章，平日挾北洋以自重，當倭賊犯順，自恐寄頓倭國之私財，付之東流，其不欲戰，固係隱情。及詔旨嚴切，一意主戰，大拂李鴻章之心，於是倒行逆施，接濟倭賊煤米軍火，日夜望倭賊之來，以實其言。而於我軍前敵糧餉火器，故意勒掯之。有言戰者，動遭喝斥。聞敗則喜，聞勝則怒。淮軍將領，望風希旨。未見賊，先退避，偶遇賊，即驚潰，李鴻章之喪心病狂，九卿科道亦屢言之，臣不復贅陳。唯葉志超、衛汝貴均係革職拿問之人，藏匿天津，以督署為逋逃藪，人言嘖嘖，恐非無因。而於拿問之丁汝昌，竟敢代為乞恩，並謂美國人有能作霧氣者，必須丁汝昌駕馭。此等怪誕不經之說，竟敢陳於君父之前，是以朝廷為兒戲也，而樞臣中竟無人敢為爭論者。良由樞臣暮氣已深，過勞則神昏，如在雲霧之中。霧氣之說，入而俱化，故不覺其非耳。張蔭桓、邵友濂為全權大臣，未明奉諭旨，在樞臣亦明知和議之舉，不可對人言，既不能以死生爭，復不能以去就爭，只得為掩耳盜鈴之事，而不知通國之人，早已皆知也。倭賊與邵友濂有隙，竟敢索派李鴻章之子李經方為全權大臣，尚復成何國體？李經方為倭賊之婿，以張邦昌自命，臣前劾之。若令此等悖逆之人前往，適中倭賊之計。倭賊之議和，誘我也。我既不能激勵將士，決計一戰，而乃俯首聽命於倭賊，然則此舉非議和也，直納款耳，不但誤國而且賣國。中外臣民，無不切齒痛恨，欲食李鴻章之肉。而又謂和議出自皇太后意旨，太監李蓮英實左右之，此等市井之談，臣未敢深信。何者？皇太后既歸政皇上矣，若猶遇事牽制，將何以上對祖宗，下對天下臣民？至李蓮英是何人斯？敢干預政事乎？如果屬實，律以祖宗法制，李蓮英豈復可容？唯是朝廷被李鴻章恫喝，未及詳審利害，而樞臣中或係李鴻章私黨，甘心左袒，或恐李鴻章反叛，姑事調停。初不知李鴻章有不臣之心，非不反，實不能反。彼之淮軍將領，皆貪利小人，無大伎倆，其士卒橫被剋扣，則皆離心離德，曹克忠天津新募之卒，制服李鴻章有餘，此其不能反之實在情形，若能反則早反耳。既不能反，而猶事挾制朝廷，抗違諭旨，彼其心目中，不復知有我皇上，並不知有皇太后，而乃敢以霧氣之說戲侮之也。臣實恥之，臣實痛之！唯冀皇上赫然震怒，明正李鴻章跋扈之罪，布告天下，如是而將士有不奮興，倭賊有不破滅，即請斬臣以正妄言之罪。祖宗監臨，臣實不懼。用是披肝膽，冒斧鑕，痛哭直陳，不勝迫切待命之至！謹奏。

奏上，有旨「安維峻呈進封奏，肆口妄言，著即革職，發往軍臺效力！」是日恭親王適請假。次日入朝，始知這事，斥同僚道：「這等奏摺，不值一噱，付諸字簏內，便好了事。諸公欲令豎子成名麼？」恭親王尚是有識。正議論間，朝旨又下，派李鴻章為全權大臣，速赴日本議和。恭王即飭軍機處辦事人員，電達天津。李鴻章接著此旨，明知戰敗求和，還有什麼光采？但事已如此，欲救眉急，不得不硬著頭皮，指日前往。方就道時，先電商各國駐華公使，請為臂助。俄使喀希尼，慨然答覆，願保全中國疆土，代拒日本。言太甘者心必苦。李鴻章始航行而東，到日本山陽道海口，地名馬關，日本已遣專使伊藤博文，及陸奧宗光，在馬關守候。鴻章在途中，屢接中國警耗，日本北據營口，南占澎湖，心中正焦灼，見了伊藤、陸奧兩人，寒暄已畢，便請停戰。伊藤、陸奧不允，必欲先訂和約，方許停戰，經鴻章再三磋商，才提出停戰條件。看官！你道條件是什麼要約？他說要山海關、大沽口及天津三處，作了抵押品。這三處乃是京畿要口，押與日本，簡直是引狼入室，叫這位李欽差如何答應？沒奈何把停戰問題，暫時擱起，先把和款商量起來。伊藤、陸奧煞是厲害，要索各款，統是不堪忍受。鴻章與他辯論，他卻絕不理會，反將冷語譏詞，調侃鴻章。鴻章此時，既不敢反唇相譏，又不便屈意俯就，只得熬了一肚子氣悶，拿出遷延手段，敷衍他們。今朝說，明朝再議，明朝說，後日再議。未免有情，誰能遣此？一日，自會所返寓，鴻章因連日會議，毫無效果，坐在馬車中，正自忐忑不定，突聽得槍聲一發，忙從左邊一顧，不防劈面來了一顆彈子，正中左顴。鴻章忍著痛，急呼日本警察，日警過來，見鴻章顴血直噴，忙去捉拿刺客。鴻章也不及問刺客情狀，匆匆回寓。病了好幾日，警聞直達歐美，各國新聞紙，爭說日人無理，大有攘臂直前，代鳴不平的意見。日本始自知理屈，遣使謝罪，並飭日醫替他調治。伊藤、陸奧亦至李寓道歉，隨允轉圜和議。鴻章即要約停戰，伊藤、陸奧亦即照允。日本刺客，恰是清國功臣。嗣後申定和議，伊藤、陸奧終究不肯多讓，李鴻章無可如何，勉依條約十一款。大綱如下：

一　認朝鮮為自主國。

二　償日本兵費二百兆兩。

三　割讓遼東半島及臺灣澎湖。

四　開沙市、重慶、蘇州、杭州為商埠。

五　中日舊訂之約章，一律廢止，嗣後日貨進口，運往內地，得暫行租棧，免納稅鈔。並於通商各口，得自由製造。

日本全權大使伊藤博文、陸奧宗光，中國全權大使李鴻章，於光緒二十一年三月二十三日簽約。國恥！兩江總督張之洞，憑著書生意見，諫阻和議，內有「賂倭不如賂俄，所失不及一半，就可轉敗為勝，懇請飭總署及出使大臣，急與俄國商定條約，如肯助我攻倭，脅倭盡廢全約。即酌量劃分新疆，或南路數城，或北路數城」等語。非我族類，其心必異，張之洞讀書有素，難道轉忘此說麼？這奏雖留中不發，王大臣等多以為是，紛紛主張親俄政策。

俄使喀希尼，居然請政府仗義責言，聯合德法二國，替清廷索還遼東，先用三國聯名公文，直致日本外部，迫他把遼東還清，日皇睦仁，本是全球著名的英主，到手的遼東，哪裡肯歸還中國？免不得直言抗駁。俄德法三國，遂各派艦隊東來，有幾艘寄泊遼海，有幾艘直薄長崎，聲勢洶洶，要與日本決戰。日本自與中國開釁後，雖連戰連勝，勢如破竹，究竟勞師靡餉，傷亡了若干人，耗費了若干銀子，也弄得財力兩竭。況俄德法統是有名強國，不似中國的空虛，大丈夫能屈能伸，只好暫時抱屈，允還遼東，唯增索贖遼東費一百兆兩。嗣經三國公斷，減至三十兆兩成議。日使林董至北京，與李鴻章訂還遼東半島約，中日戰事，至此才了。

只日本收領臺灣時，臺民大駭，懇請收回成命。清廷不答，臺民推巡撫唐景崧為總統，駐守臺北，拒絕日人。日本發兵赴臺灣，景崧方擬抵敵，不意撫署兵叛，焚署劫庫，擾得景崧手足無措，倉猝內渡。臺北既失，臺南係總兵劉永福駐紮，厲兵秣馬，亦思與日本一戰。終因寡不敵眾，棄臺奔還。臺灣版圖，遂長被日兵占領了。得易失亦易。

中國經此大挫，方歸咎李鴻章，罷直督職，令他入閣。俄使喀希尼，欲來索謝，因李閒居，暫緩申請。越年春，俄皇行加冕禮，各國都派頭等公使往賀，中國亦擬派王之春作賀使。喀希尼入見總署，抗言：「俄皇加冕，典禮最崇，王之春人微望淺，出使我國，莫非藐視我國不成？」總署王大臣，嚇得面色如土，急問喀希尼，須何等大員，方配賀使？喀希尼道：「非資望如李中堂不可。」朝旨乃改派李鴻章。喀希尼復賄通宮禁，轉稟太后，說是還遼義舉，必須報酬，請假李鴻章全權，議結這案。鴻章出使時，由慈禧太后特別召見，密談半日，方辭別出都。一到俄都聖彼得堡，加冕期尚未至，俄大藏大臣微德，佯與李鴻章特別交歡，時常過談，暗中恰利誘威迫，提出條約數件，令鴻章畫押。鴻章方恨煞日人，自思聯俄拒日，也是一策，遂草草定議。俄國不用外務大臣出頭，反差了大藏大臣，與鴻章密議，實是避各國的耳目。明修棧道，暗度陳倉，不怕李伯相不墮計中。巧極狡極！

等到加冕期過，李鴻章遊歷歐洲，俄使喀希尼，竟將俄都所定的草約，遞交總署，要中國皇上親鈐御寶。全署人員，統是驚愕，不得不進呈御覽。光緒帝龍目一瞧，見草約中所列條件，開口是中俄協力禦日六字，頗也心慰。彷彿是釣魚的紅曲鱣。看到後面，乃是吉林、黑龍江兩省鐵路，許俄國專造，復准俄駐兵開礦，暨借俄員訓練滿洲軍隊並租借膠州灣為軍港。光緒帝不禁大怒道：「照這幾條約文，是把祖宗發祥的地方，簡直賣與俄國了。」便將草約擱過一邊，不肯鈐印。俄使喀希尼，聞光緒帝拒絕草約，不肯鈐印，日來總理衙門脅迫。一連幾天，還沒有的確地回報，即告總署王大臣道：「此約若不批准，當即日下旗回國。」王大臣聽了這語，好似雷劈空中，驚惶萬狀，忙即稟報太后，說俄使要下旗回國，明明示決裂的意思。中國新遭敗衄，哪堪再當強俄？慈禧后已與李鴻章，密定聯俄政見，至是命交軍機處，與俄使定約，不由總理衙門，也是掩耳盜鈴。並親迫光緒帝簽押。光緒帝逆不過太后，勉強蓋印，眼中恰忍不住淚，好像珍珠一般，纍纍下垂。獨慈禧后面色如常，毫不動容。印已蓋定，草約變作真約，由軍機處發交俄使，俄使似得了活寶，即日攜約就道，親自送還俄都。東三省的幅員，輕輕斷送，遂釀成日俄戰爭的結果。

法國亦得了滇邊陸地，及廣西鎮南關至龍州鐵路權，並闢河口思茅為商埠，與中國訂了專約，也算有了酬報。獨德國未得謝禮，隱自啣恨，中國亦絕不提起。三國牽率而來，獨令德國向隅，必要待他開口，也是憒憒。過了一年，山東曹州府地方，偏偏出了教案，殺傷德國教士二人。總理衙門得著此信，方慮德使出來要索，又有一番大交涉，不料德使海靖，雖是行文詰責，倒也沒有什麼嚴厲，總署還道是德使有情，延挨了好幾天。忽接山東電報，德國兵艦突入膠州灣，把炮臺占據去了。正是：

漏屋更遭連夜雨，破船又遇打頭風。

欲知中德和戰的結局，小子已寫得筆禿墨乾，俟下回分解。

馬關議和為合肥一生最失意事，敦請再四，毫無成效，至被刺客所擊，始得以釁血博和議，可為痛心！然果以此事為足辱，則應返國圖強，日申儆討，臥薪嘗膽，苦心焦思以為之，安見十年生聚，十年教訓，不能如范大夫之霸越沼吳乎？乃受日本之壓迫，憤而求逞，反欲丐俄人以為助，張之洞等書生管見，尚不足責，合肥名為老成，顧亦作此拒虎進狼之計，殊不可解！俄索遼東，糾合德法，三國何愛於清室，肯作此仗義執言之俠舉，此寧待智者而始知之耶？與日本和，割地償金，所患者猶僅一日本，至俄德法牽率而來，名為助我，實則愚我，我得遼東半島，而仍費三萬萬兩之鉅款，受惠不多，而索酬者已踵相接，種種要挾，貽害無窮，此則合肥最大之咎；而中日一役，全軍皆沒，其為失固猶淺也。觀於此，可知恃人不恃己之失計。

# 爭黨見新舊暗哄　行新政母子生嫌

卻說德國兵艦突入膠州灣內，占據炮臺，驚報傳至總理衙門，總署辦事人員，都異常驚愕，忙派員去問德使海靖。海靖提出六條要約，大致是將膠州灣四周百里，租與德國，限期九十九年。何不湊成一百年？還要把膠州至濟南府的鐵路，歸他建築，路旁百里的礦山，歸他開採。若有半語不從，立刻要奪山東省。看官！你想中國的海軍，已化為烏有，陸軍又一蹶不振，赤手空拳，無可打仗，除奉令承教外，還有何策？只好一律照允。但膠州灣的地方，照中俄密約，已允租與俄國，此番又轉給德人，俄使自然不肯干休，急向總署詰問。總署無詞可答，奈何奈何！好似啞子吃黃連，說不盡的苦楚。虧得李伯爺一場老臉，出去抵擋，把膠州灣一處，換了旅順、大連灣二處，還算是中國便宜，租期二十五年，與德國相較，少了七十四年，這才是中國的真便宜，可惜不好算數。准他建築炮臺，並展長西伯利亞路線，透過滿洲，直到旅順為終點，才算了結。

總署人員，因俄德交涉，已經議妥，方想休息數天，飲酒看戲，挾妓鬥牌，不意英使又來了一個照會，略說：德國租了膠州灣，俄國租了旅順、大連灣，如何我國終沒有租地？難道貴國不記得從前約章，有「利益均霑」四字麼？可見從前約文，都有伏筆，苦在中國不懂，鑄成大錯。總署不好回駁，只得仍請這位李伯爺，與英使商議。英使索租威海衛，並要拓九龍司租界。九龍司在廣東海口，北京和約，割界英國，英人屢思展拓租界，苦無相當機會，此次適得要挾地步，遂與威海衛一同索租。李鴻章允展九龍租界，拒絕威海衛。兩下爭論多時，英使拍案道：「貴國何故將旅順、大連灣租與俄人？膠州灣租與德國！俄德據了這數處地方，儲兵蓄械，一旦南下，是要侵占長江的範圍。長江一帶，是我國通商的勢力圈，若被他侵占，還當了得。所以我國索租威海衛，防他南來，並非我國硬要租借這地。」鴻章還要辯論，英使怫然起座道：「你若能索還旅順、大連灣、膠州灣三處，我國不但不租威海衛，連九龍司也奉還中國。如若不能，休要固執！」言畢，碧眼騦張，虯髯倒豎，簡直是要開仗的情形。比馬關議約，還要難受。鴻章無可奈何，結果是唯唯聽命。前日英名，而今安在。威海衛租期，照俄國旅順、大連灣二處。九龍司展拓租界，照德國租膠州灣年限，這都是光緒二十四年的事情。

翌年，廣州附近，突有法國兵官，被中國人民戕害，法人效德國故智，把兵艦闖進廣州灣，安然占踞。總理衙門料知無力挽回，樂得客氣，與法使訂約，將廣州灣租與法國，限期如德租膠澳例。國恥重重，何時一灑。

俄德英法都得了中國的良港，頓時惹起歐美各國的觀感，歐洲南面的義大利國，無緣無故，也來索租浙江的三門灣，總署這番倒強硬起來，簡直不允。義大利國總算顧全友誼，不願硬索。廷臣以各國紛索海口，不如自己一律開放，索性給各國通商，還可彼此牽制，免生覬覦，雖非上策，卻不失為下策。乃自把直隸省的秦皇島、江蘇省的吳淞口、福建省的三都澳，盡行開埠。各國見海口盡闢，無從要索，才算罷休。自此以後，中國腐敗的情狀，統已揭露，朝野排外的氣焰，索然俱盡，且漸漸變成媚外風氣。外國僑民，勢力益張，華民與有交涉，不論曲直，官府總是袒護洋人。鬱極思奮，憤極思通，中國從此多事了。暗為拳匪伏線。

且說光緒帝親政，已是數年，這數年內喪師失地，一言難盡。光緒帝很是不樂，默唸衰弱至此，非亟思變法不可。只朝臣多是守舊，一般頑固的官員，恐怕朝廷變法，必要另換一種人物，自己祿位不能保住，因此百計營謀，私賄李蓮英，託他在太后前極力轉圜，不可令皇上變法。太后因中日一役，多是皇帝主張，未經慈命，輕開戰釁，弄得六旬萬壽的盛典，半途打消，未免生恨；又經寵監李蓮英，從旁攛掇，遂與皇帝暗生嫌隙。只是外有恭王奕訢，再出為軍機大臣領袖，老成穩練，內有慈禧后妹子醇王福晉，係光緒帝生母，至親骨肉，密為調停，所以宮闈裡面，還沒有意外變動。光緒二十四年二月，恭王得了心肺病，逐日加重，太后率光緒帝視疾，前後三次，又命御醫診治，統是沒效。四月初旬，病歿邸中，遺折是規勸皇上應澄清仕途，整練陸軍；又言一切大政，須遵太后意旨，方可舉行。恭王雖亦阿附太后，然心地尚稱明白，遺折勸光緒帝遵奉慈命，亦是地位使然。若恭王尚存，戊戌之變，庚子之亂，當可不作。太后特降懿旨，臨邸奠醊，賜謚曰忠，入祀賢良祠，即令恭王孫溥偉承襲親王。光緒帝亦隨附一諭，命臣下當效法恭王竭盡忠悃。懿旨在前，太后之有權可知。但天下事福不雙行，禍不單至，醇王福晉又生成一不起的病症，纏綿床褥，服藥無靈，竟爾溘逝。慈禧后未免傷心，光緒帝尤為悲慟，外失賢輔，內喪慈母，從此光緒帝勢成孤立，內外沒有關切的親人。

當時軍機處重要人材，一個是禮親王世鐸，一個是刑部尚書剛毅，一個是禮部尚書廖壽豐，一個是戶部尚書翁同龢。這四個軍機大臣內，剛毅最是頑固，翁同龢要算維新。剛毅在刑部時，與諸司員閒談，稱皋陶為舜王爺，駕前刑部尚書皋大夫，「陶」本讀如「遙」，他卻仍讀本音；每遇案牘中有「庾斃」字樣，常提筆改「瘐」字，反叱司員目不識丁；到了入值軍機，閱四川奏報剿辦番夷一折，內有「追奔逐北」一語，連說川督糊塗，擬請傳旨申斥。適翁同龢在旁，問他何故？他道：「『追奔逐北』一語，定是『逐奔追比』四字誤寫。」翁同龢仍茫然不解。他又說道：「人人稱你能文，如何這語還沒有悟到？逆夷奔逃，逐去捕住，追比他往時劫掠的財物，方是不錯。若作『逐北』字樣，難道逃奔的逆夷，不好向東西南三面，一定要向北麼？」講的有理，我倒很佩服他。翁不禁失笑，勉強忍住，替他解明古義。他尚搖頭不信，只不去奏請。

翁同龢係光緒帝師傅，帝五歲時，翁即入宮。他本是江蘇省常熟縣人，江蘇係近世人文薈萃的地方，翁又學問淹博，看了迂疏愚蠢的滿員，好似眼中釘，滿員遂與翁有隙。光緒二十年，翁曾奏參軍機孫毓汶等，經光緒帝准奏，罷斥孫毓汶，此外亦有數人免職，遂將翁補入軍機。還有李鴻藻，潘祖蔭二人，亦同時補入。李鴻藻係直隸人，與同治帝師傅徐桐友善。兩人為北派領袖，素主守舊。潘祖蔭亦江蘇人，與翁同龢友善，為南派翹楚，素主維新。兩派同直軍機，互爭勢力。守舊派聯結太后，維新派聯結皇帝。於是李黨翁黨的名目，變稱后黨帝黨。后黨又渾名老母班，帝黨渾名小孩班。門戶紛爭，不祥之兆。

光緒二十三年，潘、李統已病故，徐桐失了一個臂助，遂去結交剛毅、榮祿諸人。剛與翁本無夙怨，不過剛毅生平素有滿漢界限，他腦中含著十二字祕訣。看官！你道他是那十二字？乃是：「漢人強，滿人亡；漢人疲，滿人肥」十二字。無論什麼漢人，他總是不肯相容。徐亦漢人，何故友善。榮祿因翁曾訐發私事，應八十三回，暗地懷恨，徐桐與他聯繫，勢力益固。這邊翁師傅孤危得很，恭王在日，尚看重他的學問，另眼相待，恭王一死，簡直是沒有憑藉，單靠了一個師傅的名望，有什麼用處？況這光緒皇上，名為親政，實事事受太后壓制；還有狐假虎威的李蓮英，常與光緒帝反對，從中播弄。這李蓮英本是宮監，專務迎合，為什麼單趨承太后，不趨承光緒帝？其間也有一個原因，小子正在追述禍根，索性也敘了一敘。

蓮英有個妹子，貌甚美麗，性尤慧黠，並識得幾個文字。蓮英得寵，挈妹入宮，慈禧太后見她韶秀伶俐，極力讚美；入侍數月，太后的一舉一動，一顰一笑，統被她揣摩純熟，曲意承歡。慈禧太后憐愛異常，比李蓮英尤加寵幸，常叫她為大姑娘，每日進膳，必令她侍食，且賜旁坐。連太后自己的胞妹，還沒有這般優待。六旬萬壽的時節，醇王福晉蒙懿旨特召，入園看戲，福晉因自己身分反敵不過蓮英妹子，佯稱有疾，不肯赴召。嗣經懿旨再三催促，勉強入園。慈禧后還按禮接待，那蓮英妹子，卻昂然列坐，連身子都不抬一抬。福晉眼中，實在看不過去，仍託疾避席，還歸邸中。但蓮英獻妹的意思，不是單望太后愛寵，他想仗著阿妹的姿色，蠱惑皇上，備選妃嬪，將來得生一子，作慈禧太后第二，自己的後半生，還好比前半生威顯幾倍。第二個李延年。因此光緒帝入園請安時，他的妹子，起初遵兄吩咐，很獻殷勤，眉挑目語，故弄風騷。偏偏這假痴假呆的光緒帝，對了這種柔情，好像守著佛誡，無眼耳鼻舌生意，恁她什麼美豔，什麼挑逗，總是有施無報，惹得美人兒生了懊惱，遇著皇帝入園，索性一眼不睬。這還是籠絡手段，莫認她是無情。光緒帝才窺透心腸，暗想李蓮英如此陰險，不可不防，辜負美人厚情，皇帝真也少福。於是把蓮英也漸漸疏遠。

蓮英一計不中，又生一計，時常到太后面前，揑報光緒帝過失。慈禧后起初倒也明白，遇皇上請安，只勸他性情和平，寬待下人。後來經蓮英兄妹，百端讒構，遂添了太后惡感。太后回宮，皇帝必在宮門外跪接，稍一遲誤，便生間言。若皇帝到園省視，也不能直入太后室中，必跪在門外，候太后傳見。李蓮英又作了一條新例，不論皇親國戚，入見太后，必須先索門包，連皇上也要照例。外面還道皇上什麼尊貴，誰知光緒帝反受這樣荼毒，積嫌之下，不免含恨。本可與別人談敘，借為排遣，奈內外左右，多是太后心腹，連皇后也是個女偵探，替太后監察皇帝。旁皇四顧，鬱將誰語？只有翁師傅素來密切，還好與他密談兩三語。翁師傅見皇帝憂苦，遂保薦一個人材。看官！你道是誰？就是南海康先生有為。

此時康先生才做了工部主事，他生平喜新惡舊，好談變法事宜，只因官卑職小，人微言輕，沒有一人服他偉論。獨翁師傅竟垂青眼，一手提拔。光緒帝特別召見，奏對時洋洋數千言，彷彿淮陰侯壇上陳詞，諸葛公隆中決策，每奏一語，光緒帝點一點頭，良久方令退出。自從清朝開國以來，召見主事，乃是二百數十年來罕有的際遇。康主事感懷知己，連上三疏，統是直陳利弊，暢所欲言。光緒帝本有意變法，經他迭次陳請，自然傾心採用，遂於二十四年四月中，接連降旨，廢時文，設學堂，裁冗員，改武科制度，開經濟特科，又下決意變法的上諭道：

數年以來，中外臣工，講求變法自強。邇者詔書數下，如開特科，裁冗兵，改武科制度，立大小學堂，皆經一再審定，籌之至熟，妥議施行。唯是風氣尚未大開，論說莫衷一是。或狃於老成憂國，以為舊章必應墨守，新法必當擯除。眾喙嘵嘵，空言無補。試問時局如此，國勢如此，若仍以不練之兵，有限之餉，士無實學，工無良師，強弱相形，貧富懸絕，豈真能制梃以撻堅甲利兵乎？朕唯國是不定，則號令不行，極其流弊，必至門戶紛爭，互相水火，徒蹈宋明積習，於國政毫無裨益。即以中國大經大法而論，五帝三王不相襲，譬之冬裘夏葛，勢不兩立。用特明白宣示，中外大小諸臣，自王公以及士庶，各宜努力向上，發憤為雄，以聖賢義理之學，植其根本，又須博採各學之切於時務者，實力講求，以救空疏迂謬之弊。專心致志，精益求精，毋徒襲其皮毛，競騰其口說，務求化無用為有用，以成通經濟變之才。京師大學堂，為各行省之倡，尤應首先舉辦，著軍機大臣總理各國事務王大臣，會同妥速具奏！所有翰林院各部院司員，各門侍衛，候補候選道府州縣以下，各官大員子弟，八旗世職，各武職後裔，其願入學堂者，均准入學肄習，以期人才輩出，共濟時艱。不得敷衍因循，徇私援引，致負朝廷諄諄告誡之至意，將此通諭知之！

這諭未下的時候，光緒帝也預備一著，先往頤和園稟白太后，太后亦未嘗阻撓，恰說：「變法也是要緊，但毋違背祖制，毋損滿洲權勢，方准施行。」太后自問，曾毋違祖制否？又言：「翁同龢斷不可靠，應及早罷官為是。」光緒帝唯唯而出，遂一意飭行新政，特設勤政殿，諮商政要。常召康主事密議一切，擬旨多出康手，康薦同志數人，如內閣候補侍郎楊銳，刑部候補主事劉光第，內閣候補中書林旭，江蘇候補知府譚嗣同，統稱他才識淹通，可以重用。光緒帝便各賞四品卿銜，令在軍機章京上行走。康有高弟梁啟超及胞弟康廣仁，亦經康主事薦引。因他未曾出仕，一時不能超拔，只好緩緩錄用。但這班維新黨人，統是資卑望淺，一旦擢用，盈廷大員，靡不側目。且朝變一制，暮更一令，所有改革事宜，多需禮部核議，弄得禮部人員，日無暇晷。禮部尚書懷塔布，係太后表親，又有許應騤，亦是太后平日信任，兩人素來守舊，見了這番手續，憤悶已極，恨不得將維新黨人，立刻攆逐。因此一切新政，關係禮部衙門，免不得暗中擱置。御史宋伯魯、楊深秀，與康有為等氣味相投，上書參劾許應騤，說他阻撓新政。光緒帝覽奏震怒，本擬即行革職，因礙著太后面子，令他明白復奏。許即按照原奏，逐條辯駁，並劾康有為妄逞横議，勾結朋黨，搖惑人心，混淆國事，請即斥逐回籍。光緒帝見許復奏，揭康短處，心滋不悅。過了數日，御史文悌，又參奏：「宋伯魯、楊深秀二人，欺君罔上，若非立加罷斥，必啟兩宮嫌隙。」頓時觸怒天顏，斥他莠言亂政，挑動黨爭，命即奪職。

文悌忙求懷塔布往頤和園乞救。太后不答，但迫令光緒帝速斥翁同龢。一經下手，便剷本根，太后手腕，畢竟不同。光緒帝沒法，只得令開缺回籍。次日，又由太后特降懿旨，令簡榮祿為直隸總督，裕祿在軍機處行走。光緒帝又不能不允。兩祿攬權，明奪光緒帝天祿。光緒帝暗中探聽消息，乃是從懷塔布讒構所致，遂也赫然下諭，把禮部尚書懷塔布、許應騤，及侍郎坤岫、徐會澧、溥頲、曾廣漢等六人，一律免職。守舊黨見了這旨，嚇得神志頹喪，陸續至頤和園，鑽營運動，求太后重執朝政。太后恰從容不迫，談笑自若，城府深沉。暗地裡恰著著安排。

還有一個不自量力的王照，次第上書，先請翦髮易服，繼請皇帝奉太后遊歷日本。這等奏牘，守舊黨聞所未聞。又有最關重要的一著，觸犯李總管蓮英。維新黨人，以欲行新政，必斥太監，光緒帝深恨李蓮英，正想乘此開刀，急得李蓮英走頭無路，率著嬌嬌滴滴的妹子，泣訴太后，磕頭無數，不由太后不從，當下與蓮英密議，定了一個祕計，密寄榮祿。榮祿隨即上摺，請帝奉太后往天津閱兵。光緒帝覽到此奏，滿腹躊躇，即到頤和園稟聞太后。太后很是喜歡，命光緒帝即行下諭，定期九月初五日，奉太后赴津閱操。光緒帝回宮，雖遵照慈命，准即閱操，心中總懷疑不定，遂傳召一班維新人物，到勤政殿面議。康主事造膝密陳：「此去閱操，前途很險，預乞聖裁！」光緒帝連忙搖手，令他出外商妥，入宮詳奏。康主事退出，與同志暗地商量，議定一釜底抽薪的計策，先殺榮祿於天津督署內，既殺榮祿，即調陸軍萬人，星夜入都，圍住頤和園，劫太后入城，圈禁西苑，俾終餘年。無權無勇，奈何得行此策。商定後，即由康主事入宮密奏，光緒帝沉吟不答。經康力勸，方說待天津事定後再辦。康乃退。

這時候，朝旨已命全國立官報局，任康為上海總局總辦。又設譯書局，命康徒梁啟超總辦。康、梁因密圖大事，尚留住京師。光緒帝聽了康主事祕計，籌劃了好幾日，暗想畿內兵權，握在榮祿手中，不便輕舉，除非得一膽大心細的人物，先奪榮祿兵權，萬難成事。日思夜想，覓不出這樣人材。適值直隸按察使袁世凱入覲，光緒帝聞他膽大敢為，當即召見，先問他新政是否合宜，袁極力讚揚。光緒帝不得不信，隨又問道：「倘令汝統帶軍隊，汝肯忠心事朕否？」袁即磕頭道：「臣當竭力報答皇上厚恩。一息尚存，必思圖效。」未必未必。次日即降諭道：

現在練兵緊要，直隸按察使袁世凱，辦事勤奮，校練認真，著開缺以侍郎候補，責成專辦練兵事務。所有應辦之事宜，著隨時具奏！當此時局艱難，修明武備，實為第一要務。袁世凱當勉益加勉，切實講求訓練，用副朝廷整飭戎行之至意！欽此。

守舊黨見了此諭，彼此猜疑，急去稟報太后。其實宮廷內外，太后已密布心腹，時令傳達，就是康有為入宮，亦經內監密報。只謀圍頤和園的事情，尚未聞知。太后曾令光緒帝下諭，凡二品以上官授任，當親往太后處謝恩，此番袁世凱擢任侍郎，官居從二品，理應照敕奉行。到頤和園謝恩時，太后立即召見，細問召對時語。袁一一照奏，太后道：「整頓陸軍，原是要緊，但皇帝也太覺匆忙，我疑他別有深意，你須小心謹慎方好！」袁自然答應。到八月初五日，袁請訓往天津，光緒帝出乾清宮召見，用盡方法，不使言語漏洩。殿已古舊黑暗，晨光透入頗微，光緒帝坐在龍座，已是末次了。告袁密謀，命袁往津，即向督署內捉殺榮祿，隨即帶兵入都，圍執太后；俟辦事已竣，當續任直隸總督，千萬勿誤！袁唯唯趨出。臨行時付他小箭一支，作為執行證據。袁即坐第一次火車出京。光緒帝總道是委任得人，十有九穩，不意下午五點鐘，榮祿竟乘專車入京。人耶鬼耶？俗語有道：

不如意事常八九，可與人言無二三。

畢竟榮祿何故入京，容待下回說明。

清室不競，外患迭乘，此時不革故鼎新，萬不能挾強返弱。頑固諸徒，迂腐荒謬，固不足責，無論剛毅之顯分畛域，自速其亡，即如徐桐、李鴻藻、懷塔布、許應騤輩，但務株守，各爭黨見，亦何在不足誤國。但維新黨人，銳意更張，亦未免欲速不達。善醫者診治弱症，必先培其元，然後可以祛邪，元氣未培，猛加以克伐之劑，恐轉有立蹶之弊。為政之道，何以異是？且圍園劫后之謀，名不正，言不順，慈禧究非武曌，維新黨人之力，寧及五王？乃欲冒天下之不韙，以皇帝作孤注，甚為計不亦太疏乎？經著書人按事鋪敘，隨手抑揚，益知守舊派固無所逃罪，維新派亦不能免譏。一擊不中，十日大索，可憫亦可惜也。

# 慈禧后三次臨朝　維新黨六人畢命

卻說袁世凱上午赴津，榮祿下午抵京，此中隱情，不煩小子說明，看官當一目了然。含糊得妙。榮祿抵京這一日，正值慈禧后還宮，親祭蠶神。祭畢，退入西苑。照清朝故例，外省官員入京，非奉有召見特旨，不得入宮。榮祿不管禁令，他不用人引導，徑至西苑叩謁。當由守門人阻住，榮祿忙道：「我們有機密要事，入稟太后，懇迅速引見。」守門人本是太后心腹，與榮祿聯同一氣，且榮祿係太后親戚，倉猝入宮，必有特別大事，便引了榮祿直至太后前。榮祿急忙下跪，磕頭如搗蒜，太后忙問何故？榮祿泣道：「求老佛爺救命！」「老佛爺」三字，乃是滿人尊稱帝后的徽號。榮祿因乞命要緊，所以不稱太后，直呼老佛爺。太后道：「禁城裡面，你有什麼事要我救命？這裡沒有什麼危險，宮裡也不是你避難的地方，你如何冒昧前來？」榮祿請屏去左右，太后即令內監退出，只留李蓮英一人。榮祿即將皇帝密謀，一一陳奏。太后問：「此事可真麼？」榮祿從靴中取出小箭一支，作為確證。這支小箭，係光緒帝親授袁侍郎，如何落在榮祿手中？太后大怒，立命榮祿傳集滿親貴數人，並守舊黨首領世鐸、剛毅等俱到，又有懷塔布、許應騤二人，亦蒙特召，皆會集太后前，黑壓壓的跪滿一地，叩請太后速出訓政，挽救危機。太后准議，飭榮祿帶兵入衛。榮祿答稱親兵已有數千人來京，大約此時可到。榮祿確有智識，無怪太后寵任。太后道：「甚好，甚好！」隨令榮祿召兵進來，將禁城內的侍衛，一律調出。再命榮祿仍回天津，截住康黨，毋任狡脫。榮祿奉命而去。

不防會議的時候，有個孫姓太監，素為光緒帝所親信，得了這個消息，忙去報知光緒帝。光緒帝知事已洩漏，恐康有為必遭逮捕，忙自草一諭，令孫太監密遞康主事。其諭道：

諭工部主事康有為：前命其督辦官報局，此時聞尚未出京，實堪詫異！朕深念時艱，思得通達時務之人，與商治法。康有為素日講求，是以召見一次，令其督辦官報，誠以報館為開民智之本，職任不為不重，現籌有的款，著康有為迅速前往上海，毋再遷延觀望！欽此。

康主事瞧罷，見確是皇帝手筆，且諭中有召見一次的話兒，亦係掩飾耳目，暗伏機關，明人不用細說，便謝了孫太監，送別出門，自己匆匆隨出，不暇通報同志，連阿弟廣仁也不及詳告。行至車站，天已微明，當即乘火車出京，一抵塘沽，忙搭輪直往上海。及榮祿到京，康有為已乘輪南下。榮祿忙電飭上海道速即查拏。

這時候，光緒帝已被撤政柄，幽禁瀛臺。原來八月初六日清晨，光緒帝登太和殿，方閱禮部奏摺，預備秋祭典禮，忽由宮監傳出懿旨，宣召帝至西苑。帝出殿，宮監已在殿門外竚候，引帝入西苑內，即由李蓮英帶領閹黨，簇擁光緒帝登舟，直達瀛臺。瀛臺係西苑湖中一個小島，環島皆水，光緒帝到了此間，料知沒有好結果，不禁淚下。李蓮英厲色道：「太后即來，皇后亦至，難道萬歲爺還怕寂靜麼？」言畢自去，留內監守衛。約一時許，太后已到，皇后珍妃等亦在後相隨。光緒帝忙即跪接，太后怒目視帝，戟指叱道：「你入宮時，年只五歲，立你為帝，撫養成人，今已將二十年，不是我一力保護，你哪得有今日？你要變法維新，我也不來阻你，你為什麼聽人唆弄，忘我大德，還要設計害我？你試細想一想，應該不應該的？」光緒帝跪伏地上，顫慄不能出聲。我為光緒帝道，此後願生生世世，勿生帝王家。太后又嘆道：「我想你的薄命，有何福氣做皇帝，現在親貴重臣，統請我訓政，沒有一人向你。就使漢大臣中，有幾個助你為惡，你還道是好人，其實統是奸臣，我自然有法處治。」說至此，恨恨不已，似乎有即行廢立的形狀。惱了一個珍妃，突出皇后前面，向太后跪下，籲請太后寬恕帝罪，勿加斥責。太后怒道：「像你這種狐媚子，也配著與我講話麼？」珍妃憤極，不覺大膽道：「皇帝係一國共主，聖母亦不能任意廢黜。」這句話尚未說完，面上已撲的一聲，受著一個嘴巴，粉靨陡起桃花，不禁垂首。但聽太后厲聲道：「快與我將這狐媚子，牽了出去，圈禁宮內。」當由內監請珍妃起來，帶領回宮，引到一個密室，把她幽閉。長門寂寂，誰慰寂寥，免不得珠淚瑩瑩，長此愁苦，這且慢表。

單說慈禧后尚在瀛臺，痛責光緒帝，經李蓮英從旁解勸，方命還蹕，令皇后留駐帝處，監視皇帝言動，此外不准擅召一人。太后回宮，飛飭步軍統領，逮捕維新黨人，當時拿住楊深秀、譚嗣同、楊銳、林旭、劉光第、康廣仁等六人，下刑部獄中，一面密議廢立事件。王大臣等都不敢決議，慈禧后究屬聰明，暗想驟然廢立，恐惹起中外干涉，乃即以帝名降諭道：

現在國事艱難，庶務待理，朕勤勞宵旰，日綜萬幾，兢業之餘，時虞叢脞。恭溯同治年間以來，慈禧端佑康頤昭穆莊誠壽恭欽獻崇熙皇太后，兩次垂簾聽政，辦理朝政，弘濟時艱，無不盡美盡善。因念宗社為重，再三籲懇慈恩訓政，仰蒙俯如所請，此乃天下臣民之福。由今日始在便殿辦事，本月初八日，朕率諸王大臣，在勤政殿行禮，一切應行禮儀，著各該衙門敬謹預備！欽此。

這諭下後，眼見得光緒皇上與廢立無異了。只是維新黨首康有為未曾拿獲，太后哪裡肯饒恕他？再飭步軍統領，挨戶搜查，務期拿獲嚴辦。十日大索，仍無影響。時康已乘輪赴滬，全然不知京內消息，輪船上又毫無風聲，自己更不便探聽，只好悶坐房艙中，消磨時日。過了三四天，輪船已到吳淞口，有為正開窗瞭望，但見有小火輪一艘，迎面而來。小輪上站著西人，喝令大輪停止，他即駛近大輪，一躍而上。手中持有照相片一紙，向艙內四處尋人，尋到康有為，將照片對證。形容畢肖，便將他一把扯住。有為未免著忙，隨問何事？這個西人已通華語，便道：「你在京中闖什麼禍，由上海道嚴密捉拿。」有為頗諳西國法律，便說：「奉旨來辦官報局，出京時，並沒有這般消息，現在不知何故被逮。想因康某倡行新政，被舊黨挾嫌的緣故。」西人道：「你便是維新黨首康先生麼？據你說來，也不過是政治犯，西國律例上不便引渡，你且放心，快隨我前去！」有為不便多說，即隨著西人，換坐小輪。吳淞口本是西人範圍，哪個敢來過問？有為一走，大輪自然放汽進口，到了碼頭，見滬兵已布列岸上，遇客登岸，加意偵察。誰知這位康先生，早隨西人到關上，改坐英國威海司軍艦，直赴香港去了。命不該死，總有救星。

還有梁啟超聞風尚早，逃出塘沽，徑投日本兵船，由日本救護，直往日本，至橫濱上岸，借宿旅館，專探康先生下落。歇了好幾天，康自香港到來，師弟重逢，好如隔世。談起諸同志被拿，不勝嘆息，淚下沾襟。從此師弟兩人，逋亡在外，遊歷各地，組織報館，倒也行動自由，言論無忌。

直到宣統三年，革命軍起，方才歸國，這是後話。

且說八月八日，清廷大集朝臣，請出這位威靈顯赫的皇太后三次臨朝，光緒帝也暫出瀛臺，入勤政殿，向太后行三跪九叩禮，懇請太后訓政。太后俯允，仍命遵昔時訓政故例。退朝後，光緒帝仍返瀛臺。嗣後雖日日臨朝，卻是不准發言，簡直同木偶一般。這班頑固老朽的守舊黨，統是欣欣得意，喜出望外。太后又借了帝名，屢次下諭，託言朕躬有恙，令各省徵求名醫。當有幾個著名醫生，應徵入都。診治後，居然有醫方脈案，登入官報。實在光緒帝並沒有病，不過悲苦狀況，比生病還要厲害。醫生視病時，又由太后監視，拜跪禮節，繁重得很，已弄得頭昏腦暈，還有什麼診視心思？況醫生視病，不外「望聞問切」四字，到了這處，四字都用不著。臨診時不好仰視，第一個「望」字，是抹掉了。屏氣不息，係臣子古禮，醫官何得故違？第二個「聞」字，又成沒用。醫官不能問皇帝病，只由旁人代述，第三個「問」字，也可除去。名為切脈，實是用手虛按，不敢略重，寸關尺尚不可辨，何況臟腑內的病症？第四個「切」字，有什麼用處？諸名醫視病後，未免得了賄賂，探出帝病形狀，遂模模糊糊的寫了脈案、開了醫方，把無關痛癢的藥味，寫了幾種，上呈軍機處轉奏帝前，也不知光緒帝曾否照服，這也不在話下。

只是海內的輿論，儒生的清議，已不免攻擊政府，隱為光緒帝呼冤。有幾個膽大的，更上書達部，直問御疾。一手不能掩天下目，奈何？其時上海人經元善，夙具俠忱，聯繫全體紳商，頒發一電，請太后仍歸政皇上，不必以區區小病，勞動聖母。倘不速定大計，恐民情誤會，一旦騷動，適召外人干涉，大為可慮。這樣激烈的話頭，確是得未曾有，到了太后眼中，頓時大怒，降旨嚴斥。

還有密旨令江蘇巡撫拿辦。元善恰預先趨避，走匿澳門。太后又密電各省督撫下詢廢立事宜。兩江總督劉坤一守正不阿，首先反對。高崗鳴鳳。各督撫遂多半附和。各國使臣，聞著這信，亦仗義力爭，於是二十多年的光緒帝，實際上雖已失政，名義上尚具尊稱。太后還欲臨幸天津，考察租界情形，兼備遊覽，經榮祿力阻，乃收回天津閱操的成命。召榮祿入都，授軍機大臣，節制北洋軍隊，兼握政治大權。直隸總督一缺，著裕祿出去補授。隱伏拳匪禍亂。太后遂與榮祿商議，處置維新黨事，榮祿力主嚴辦，遂由刑部提出楊深秀、譚嗣同等六人，嚴加審訊，六人直供不諱，又在康寓中抄出檔案甚多，無非攻訐太后隱情。六人寓中，亦有排議太后案件。太后聞報，非常震怒，不待刑部復奏，已將六人處斬，並於次日借帝名下諭道：

近因時事多艱，朝廷孜孜圖治，力求變法自強，凡所設施，無非為宗社生民之計。朕憂勤宵旰，每切兢兢，乃不意主事康有為，首創邪說，惑世誣民，而宵小之徒，群相附和，乘變法之際，隱行其亂法之謀，包藏禍心，潛圖不軌。前日竟有糾約亂黨，謀圍頤和園，劫制皇太后，陷害朕躬之事，幸經覺察，立破奸謀。又聞該亂黨私立保國會，言保中國不保大清，其悖逆情形，實堪髮指。

朕恭奉慈闈，力崇孝治，此中外臣民之所共知。康有為學術乖僻，其平日著述，無非離經叛道，非聖無法之言。前因講求時務，令在總理各國事務衙門章京上行走，旋令赴上海辦理官報局，乃竟逗留輦下，構煽陰謀，若非仰賴祖宗默佑，洞燭幾先，其事何堪設想？康有為實為叛逆之首，現已在逃，著各省督撫一體嚴密查拿，極刑懲治。舉人梁啟超與康有為狼狽為奸，所著文字，語多狂謬，著一併嚴拿懲辦。康有為之弟康廣仁，及御史楊深秀、軍機章京譚嗣同、林旭、楊銳、劉光第等，實係與康有為結黨，陰圖煽惑，楊銳等每於召見時，欺矇狂悖，密保匪人，實屬同惡相濟，罪大惡極。前經將各該犯革職，拿交刑部訊究，旋有人奏，若稽時日，恐有中變，朕熟思審慮，該犯等情節較重，難逃法網，倘語多牽涉，恐致株累，是以未俟覆奏，於昨日諭令將該犯等即行正法。此事為非常之變，附和姦黨，均已明正典刑，康有為首創逆謀，罪惡貫盈，諒亦難逃法網。現在罪案已定，允宜宣示天下，俾眾咸知。

我朝以禮教立國，如康有為之大逆不道，人神所共憤，即為覆載所不容。鷹鸇之逐，人有同心。至被其誘惑，甘心附從者，黨類尚繁，朝廷亦皆察悉，朕心存寬大，業經明降諭旨，概不深究株連。嗣後大小臣工，務當以康有為為炯戒，力扶名教，共濟時艱，所有一切自強新政，胥關國計民生，不特已有者，亟應實力舉行；即尚未興辦者，亦當次第推廣，於以挽回積習，漸臻上理，朕實有厚望焉。將此通諭知之！

看官讀這上諭，似除六人正法，嚴拿康梁外，不再株連，並言新政亦擬續行，表面上很是明恕，不想假名的上諭，又是聯翩直下。尚書李端棻、侍郎張蔭桓、徐致靖、御史宋伯魯、湘撫陳寶箴，或因濫保匪人，或因結連亂黨，輕罪革職，重罪充軍，及永禁官報，罷撤小學，規複制藝，撤銷經濟特科，所有各種革新機關，一概反舊，這便是戊戌政變，百日維新的結果。後人推譚嗣同等六人，為殺身成仁的六君子，並有詩弔他道：

不欲成仁不殺身，瀏陽千古死猶生。
即人即我機參破，斯溺斯飢道見真。
太極先天周茂叔，三閭繼述楚靈均。
洞明孔佛耶諸教，出入無遮此上乘。

東漢前明殷鑑在，輸君巨眼不推袁。
愛才豈竟來黃祖，密詔曾聞討阿瞞。
十日君恩嗟異數，一朝緹騎遍長安。
平戎三策何多事？抔土今還溼未乾。

太后既盡除新黨，力反新政，遂貌托鎮靜，安定了一年。這一年內所降諭旨，不是說母子一體，就是說母子一心，再加幾句深仁厚澤的套語，撫慰百姓。百姓倒也受他籠絡，沒甚變動。不意到光緒二十五年十二月中，竟立起大阿哥溥儁來，究竟是何理由，待至下回再說。

維新諸子之功過，已見上次總評。至若慈禧太后之所為，一經敘述，並未周內深文，而已覺強悍潑辣，彷彿呂武，非經紳商之電爭、江督之抗議、各國使臣之反對，幾何而不如呂后之私立少帝，武后之擅廢中宗也。夫慈禧以英明稱，初次垂簾，削平大難，世推為女中堯舜，胡為歷年愈久，更事益多，反不顧物議，倒行逆施若此？意者其亦由新黨之過於操切，激之使然乎？密謀被發，全局推翻，幸則竄跡海邦，不幸則殺身燕市，自危不足，且危及主上、危及全國，操切之害，一至於此，吾不能為維新諸子諱矣！

# 立儲君震驚匕鬯　信邪術擾亂京津

卻說大阿哥溥儁，係道光帝曾孫，端郡王載漪的兒子，雖與光緒帝為猶子行，然按到支派的親疏，論起繼承的次序，溥儁不應嗣立。且光緒帝年方及壯，何能預料他沒有生育，定要立這儲君？就使為同治帝起見，替他立嗣，當時何不早行繼立，獨另擇醇王子為帝呢？這等牽強依附的原因，無非為母子生嫌而起。慈禧后三次訓政，恨不得將光緒帝立刻去，只因中外反對，不能逕行，沒奈何勉強含忍，蹉跎了一載光陰。但心中未免隨時念及，口中亦未免隨時提起。端郡王載漪，本沒有什麼權勢，因太后疏遠漢員，信任懿親，載漪便乘間幸進。他的福晉，係阿拉善王女兒，素善詞令，其時入直宮中，侍奉太后，太后遊覽時，常親為扶輿，特別討好，遂得太后寵愛。溥儁年方十四，隨母入宮，性情雖然粗暴，姿質恰是聰敏。見了太后，拜跪如禮，太后愛他伶俐，叫他時常進來，隨意頑耍，因此溥儁亦漸漸得寵。載漪趁這機會，覬覦非分，一面囑妻子日日進宮，曲意承歡，一面運動承恩公崇綺及大學士徐桐、尚書啟秀。崇綺自同治后崩後，久遭擯棄，閒居私第，啟秀希望執政，徐桐思固權位，遂相與密議，定了一個廢立的計策，想把溥儁代光緒帝。利慾薰心，不遑他顧。只因朝上大權，統在榮祿掌握，若非先為通意，與他聯繫，斷斷不能成事。當下推啟秀為說客，往謁榮第，由榮祿迎入。寒暄甫畢，啟秀請密商要事，榮祿即導入內廳，屏去侍從，便問何事待商？啟秀便與附耳密談如此如此，這般這般，榮祿大驚，連忙搖首。啟秀道：「康黨密謀，何人先發？太后聖壽已高，一旦不測，當今仍出秉政，於公亦有不利。」榮祿躊躇一會，其心已動。隨道：「這事總不能驟行。」啟秀又道：「伊霍功勳，流傳千古，公位高望重，言出必行，此時不為伊霍，尚待何時？」先以禍怵之，後以利動之，小人真善於措詞。榮祿道：「這般大事，我卻不能發難。」啟秀道：「崇、徐二公，先去密疏，由公從旁力贊，何患不成？」榮祿還是搖首，半晌才道：「待吾細思！」啟秀道：「崇、徐二公，也要前來謁候。」榮祿道：「諸公不要如此鹵莽，倘或弄巧成拙，轉速大禍。崇、徐二公，亦不必勞駕，容我斟酌妥當，自當密報。」啟秀隨即告別，回報崇、徐二人，崇、徐仍乘輿往見榮祿。到了榮第，門上出來擋駕，怏怏退回。又與啟秀商議道：「榮中堂不肯見從，如何是好？」啟秀道：「榮中堂非沒有此心，只是不肯作俑，二公如已決計，不妨先行上疏，就使太后不允，也絕不至見罪，何慮之有？」是夕，二人遂密具奏摺，次晨入朝，當即呈遞。

退朝後，太后覽了密奏，即召諸王大臣入宮議事。太后道：「今上登基，國人頗有責言，說是次序不合，我因帝位已定，不便再易，但教他內盡孝思、外盡治道，我心已可安慰。不料他自幼迎立，以至歸政，我白費了無數心血，他卻毫不感恩，反對我種種不孝，甚至與南方好人，同謀陷我，我故起意廢立，另擇新帝，這事擬到明年元旦舉行。汝等今日，可議皇帝廢後，應加以何等封號？曾記明朝景泰帝，當其兄復位後，降封為王，這事可照行否？」諸王大臣面面相覷，不發一言。獨大學士徐桐，挺然奏道：「可封為昏德公。從前金封宋帝，曾用此號。」喪心之言。太后點頭，隨道：「新帝已擇定端王長子。端王秉性忠誠，眾所共知，此後可常來宮中，監視新帝讀書。」端王聞了此語，比吃雪還要涼快，方欲磕頭謝恩，忽有一白髮蒼蒼的老頭子，叩首諫道：「這事還求從緩！若要速行，恐怕南方騷動。太后明睿，所擇新帝，定必賢良，但當待今上萬歲後，方可舉行。」太后視之，乃是軍機大臣大學士孫家鼐，陡然變色，向孫道：「這是我們一家人會議，兼召漢大臣，不過是全漢大臣體面，汝等且退！待我問明皇帝，再宣諭旨。」王大臣等遵旨而退。獨端王怒目視孫，大有欲得甘心的形狀，孫即匆匆趨出，於是端王等各回邸中。

是時榮祿尚在宮內，將所擬諭旨，恭呈御覽。太后瞧畢，便問榮祿道：「廢立的事情，究屬可行不可行？」榮祿道：「太后要行便行，誰敢說是不可。但上罪不明，外國公使，恐硬來干涉，這是不可不慎！」太后道：「王大臣會議時，你何不早說？現在事將暴露，如何是好？」榮祿道：「這也無妨，今上春秋已盛，尚無皇子，不如立端王子溥儁為大阿哥，繼穆宗後，撫育宮中，徐承大統，此舉才為有名，未知慈意若何？」太后沉吟良久，方道：「我言亦是。」遂於十二月二十四日，召近支王貝勒、御前大臣、內務府大臣、南上兩書房翰林、各部尚書，齊集儀鑾殿。景陽鐘響，太后臨朝，光緒帝亦乘輿而至，至外門下輿，向太后拜叩。太后召帝入殿，帝復跪下，諸王公大臣等仍跪在外面。太后命帝起坐，並召王公大臣皆入，共約三十人，太后宣諭道：「皇帝嗣位時，曾頒懿旨，俟皇帝生有皇子，過繼穆宗為嗣，現在皇帝多病，尚無元嗣，穆宗統系，不便虛懸，現擬立端王子溥儁為大阿哥，承繼穆宗，免致虛位。」言至此，以目視光緒帝道：「你意以為是否？」光緒帝哪敢多說，只答「是是」兩字。隨命榮祿擬旨，擬定後，呈太后閱過，發落軍機，次日頒發。太后即命退朝，翌晨即降旨道：

朕衝齡入承大統，仰承皇太后垂簾訓政，殷勤教誨，巨細無遺，迨親政後，正際時艱，亟思振奮圖治，敬報慈恩，即以仰副穆宗毅皇帝付託之重。乃自上年以來，氣體違和，庶政殷繁，時虞叢脞，唯念宗社至重，前已籲懇皇太后訓政。一年有餘，朕躬總未康復，郊壇宗廟諸大祀，不克親行。值茲時事艱難，仰見深宮宵旰憂勞，不遑暇逸，撫躬循省，寢食難安。敬溯祖宗締造之艱難，深恐勿克負荷，且入繼之初，曾奉皇太后懿旨，俟朕生有皇子，即承繼穆宗毅皇帝為嗣。統係所關，至為重大，憂思及此，無地自容。諸病何能望愈，用再叩懇聖慈，就近於宗室中，慎簡賢良，為穆宗毅皇帝立嗣，以為將來大統之界。再四懇求，始蒙俯允，以多羅郡王載漪之子溥儁，繼承穆宗毅皇帝，欽承懿旨，欣幸莫名。謹敬仰遵慈訓，封載漪之子為皇子，將此通諭知之。

旨下後，大阿哥入居青宮，仍闢弘德殿，命崇漪充師傅，徐桐充監管。大阿哥不喜讀書，只有兩隻洋狗，是他所鍾愛，入宮第二日，即帶了進去，有識的人，已料他是不終局了。只大阿哥正位青宮，端王權力，從此益大。徐桐、剛毅、啟秀等，極力贊助，遂鬧出一場古今罕有的奇禍。看官！你道是什麼禍祟？便是拳匪肇亂，聯軍入京，兩宮出走，城下乞盟，訂約十數款，償金數百兆，弄得清室衰亡，中國貧弱，一點兒沒有生氣。說將起來，正是傷心！小子未曾下筆，身已氣得發顫，淚已落了無數，若使賈太傅、陳同甫一班人物，猶在此時，不知要痛哭到哪樣結果？憤激到什麼地步？拳匪之禍，關係中國興亡，故不得不慨乎言之。

話休敘煩，待小子細細表明。拳匪起自山東，就是白蓮教遺孽。本名梅花拳，練習拳棒，捏造符咒，自稱有神人相助，槍炮不能入。山東巡撫李秉衡，人頗清廉，性質頑固，聞得拳匪勾結，他卻不去禁阻，反許聚眾練習。秉衡奉調督川，繼任的名叫毓賢，乃是一個滿員，比秉衡還要昏謬，竟視拳匪為義民，特別優待。因此拳匪遂日盛一日，蔓延四境。當中東開戰的時候，直隸、山東，異常恐慌，官商裹足，人民遷徙，未免有蕩析流離的苦趣。到了馬關約成，依然無恙，官商人民等，方漸漸安集。適天津府北鄉，開挖支河，掘起一塊殘碑，字跡模糊，仔細辨認得二十字，略似歌訣，其文道：「這苦不算苦，二四加一五。滿街紅燈照，那時才算苦。」眾人統莫名其妙。及拳匪起事，碑文方有效驗。難道真有天數麼？拳匪中有兩種技藝，一種叫做金鐘罩，一種叫做紅燈照。金鐘罩係是拳術，向來習拳的人，有這名號，說是能避刀兵。只紅燈照的名目，未經耳聞，究竟紅燈照是什麼技術？原來紅燈照中，統是婦女，幼女尤多。身著紅衫褲，挽雙丫髻，年長的或梳高髻，左手持紅燈，右手持紅巾，及紅色摺扇，先擇靜室習踏空術，數日術成，持扇自煽，說能漸起漸高，上躡天空，把燈擲下，便成烈焰。時人多信為實事，幾乎眾口一詞，各稱目睹，其實統是謠傳。所造經咒，尤足令人一噱。唐僧、沙僧、八戒、悟空八字，乃是無上祕訣。八字念畢，猝然倒地，良久乃起，即索刀械，捏稱齊天大聖等附體，跳躍而去。又有幾個，說是楊香武、紀小唐、黃飛虎附身，怪誕絕倫，不值一辯。偏偏這巡撫毓賢，尊信得很。

毓賢本係端王門下走狗，趨炎附熱，得放東撫，他即密稟端王，內稱：「東省拳民，技術高妙，不但刀兵可避，抑且槍炮不入。這是皇天隱佑大阿哥，特生此輩奇材，扶助真主，望王爺立即招集，令他保衛宮禁，預備大阿哥即真」等語。端王接稟，喜歡得了不得，暗想太后不即廢立，實是怕洋人干涉，若得這種拳民保護，便可驅逐洋人，那時大阿哥穩穩登基，自己好作太上皇，連慈禧后都可廢掉，何況這光緒帝呢？如見肺肝。便即入宮告知太后。太后起初不信，援述張角、孫恩故事，拒駁端王。若說是立刻輕信，便不成為通文達史的慈禧后！端王道：「老佛爺明見千里，欽佩莫名！但據撫臣毓賢密報，的確是真。毓賢心性忠厚，或不至有欺罔等情。奴才愚見，不如飭直督裕祿，招集拳民數十人，先行試驗。果有異術，然後添募，選擇忠勇諸徒，送到內廷供奉，傳授侍衛太監，將來除滅洋人，報仇雪恨，老佛爺得為古今無二的聖後，奴才等亦得叨附旂常，寧不甚妙？」太后聞他說得天花亂墜，不由得不動心，便道：「這語也是有理，就飭裕祿查明真偽便了。」誤入迷途，可恨可嘆。

端王退出，即命軍機擬旨，密飭裕祿招集拳民，編為團練，先行試辦。裕祿與端王，又是一鼻孔出氣，忙行文到山東諮照毓賢，毓賢即將大隊拳民送至，由裕祿一一試驗，只見他個個強壯，人人精悍，紅巾紅帶，揮拳如籌。唯槍炮有關性命，不便輕試，只好模糊過去。便令設立團練局，居住拳民，豎起大旗一面，旗中大書義和團三字。拳民輾轉勾引，逐漸傳授，不數月間，居然聚成數萬，裕祿竟當他作十萬雄師。光緒二十六年春，山東直隸一帶，已成拳匪世界。在天津的匪首，第一個叫做王德成，第二個叫做曹福田，第三個叫做張德成。王自稱老師傅，曹稱大師兄，張稱二師兄，其餘還有許多首領，敘不勝敘。團練局中，不敷居住，遂分居廟宇。廟宇又不足，散入民宅。令家家設壇，人人演教。見有姿色婦女，強迫她們習紅燈照，日間陽令學習，夜間恣意姦淫。令人髮指。又姘識津門土娼，推了一個淫妓為紅燈照女首領，託名黃連聖母，能療團民傷痛。這位糊塗昏聵的裕制軍，聞聖母到津，竟朝服出迎，恭恭敬敬的接入署內，向她參拜。聖母傲然上坐，絕不少動。制軍行禮畢，由團民簇擁出署，入神廟中，彷佛如城隍娘娘一般，上供神食，黃幔低垂，紅燭高燒，一班愚民，跪拜擁擠，幾乎沒有插足地。聖母以下，又有三仙姑、九仙姑等，年紀統不過二十歲上下，面上各帶妖態，其實多是平康里中人物。後來津城失陷，聖母仙姑，都不知去向，大約已升入仙班去了。涉筆成趣。

天津拳匪，越聚越多，尋至四散，於是淶水戕官的警報，接沓而來。淶水縣有天主教堂，招收教徒，某鄉民與教徒涉訟，始終不勝，挾嫌成仇，適拳匪散入淶水，即在某鄉民家，招眾習拳。某鄉民想藉他勢力，報復教徒，教徒也預防禍害，密稟淶水縣官。縣官祝芾，據情詳報大憲，由大憲札覆，說是愚民無知，不必勦捕，日久自當解散。祝大令奉了此札，自然不敢勦辦。旋經教士再四稟懇，又經領事照會大吏，乃由省中派出楊副將福同，率領馬步兵數百人，到場彈壓。楊尚未到，拳匪已號召徒黨，圍住教堂，攻進大門，見人便殺，不論男女長幼，統是亂刀齊下，砍成肉醬。霎時間火焰衝霄，屍骨塞路。拳匪手舞足蹈，歡聲雷動。適楊副將兼程馳到，先用勸諭手段，令他拋棄兵械，便是良民。拳匪不從，各執刀槍相向。官兵僅執空槍，未及裝彈，只得退後數步。不料拳匪糾眾直上，亂擊亂刺，楊副將飭兵士裝彈，彈一裝好，槍聲齊發，拳匪多應聲倒斃，當即潰散。既曰槍炮不入，何故應聲倒斃？次日，楊副將率兵進勦，又斃拳匪數十名。匪徒到處號召，分途四伏，用了誘敵的計策，引楊入伏。楊副將身先士卒，冒險直進，經過好幾個村落，樹盡匪起，蜂擁而來。楊副將連忙抵敵，不料馬驚踣地，把楊副將掀翻地上，匪徒乘勢亂戮，眼見得一位協戎，死於非命。官軍失了主將，自然奔回。拳匪得勝，越加驕橫，蔓延各處。裕祿不得已奏聞，朝旨雖令嚴拿首要，解散脅從，暗中恰飭直督妥為安插，並令協辦大學士剛毅及順天府尹兼軍機大臣趙舒翹，出京勦辦。

剛毅、趙舒翹到了涿州，正值涿州地方官緝捕拳匪，拿住數人。剛毅即命放還，趙舒翹亦不敢多嘴，隨同附和。當由剛毅帶了許多拳匪，回到京師。二人入朝覆旨，請太后信任義和團，用為軍隊，抵制洋人，斷不至有失敗等事。總管太監李蓮英，也在內竭力贊助，屢述義和團神奇。六十多歲的老太后，至此遂誤入迷團，變成守舊黨的傀儡。只大學士榮祿，獨說義和團全係虛妄，就使有小小靈驗，亦係邪術，萬不可靠，屢將此意稟白太后。怎奈太后左右，統是端王黨羽，滿口稱讚義和團，單有榮祿一人反對，彼眾我寡，哪裡還能挽回？太后又令端王管轄總理衙門，啟秀為副，對付交涉。莊王載勳，協辦大學士剛毅，統率義和團，準備戰守。於是京城裡面，來來往往，無非拳匪，騷擾得了不得。

是時京畿設武衛前後左右四軍，由宋慶、聶士成、馬玉崐、董福祥四人分領。董福祥本甘肅巨匪，經左宗棠收撫後，超擢甘肅提督，調入內用，統帶武衛後軍，駐紮薊州。董軍部下，純係甘勇，董又一粗莽武夫，受端王暗中籠絡，命他率軍入衛。看官！你想此時的拳匪，已是橫行京都，肆無忌憚，又加那一班輕躁狂妄，毫無紀律的甘勇，成群結隊，驅入京中，這京城還能安靜麼？當下毀鐵路，拆電線，搗洋房，紛紛擾擾，鬧個不休。並擁到正陽門內東交民巷，把各國公使館，團團圍住，鎮日攻打。各公使拚命防守，一面諮照總署，嚴詞詰問。總署已歸端王管理，所有洋人公文，簡直不理。正陽門內外，被焚千餘家，獨使館仍巋然存在，不被攻入。一個使館尚不能攻入，還想抵制聯軍，煞是可笑。清廷還要降旨，嘉獎拳民及甘勇，拳匪越加得勢，甘勇也越發胡行。那個意氣揚揚的端郡王，坐在總署，只望攻入使館的捷音，忽報日本使館書記官杉山彬，被甘勇殺死永定門外，端王大叫道：「殺得好，殺得好。」隨又報德國公使克林德男爵，擬來總署，途次由拳民擊斃，端王喜極，又連聲叫道：「好義民！好義民！」正在說著，由外面遞進一角緊急公文，乃直督裕祿所發。端王拆開一瞧，皺了皺眉，與啟秀密談數語，遂入宮奏報太后。太后道：「洋人真是可惡，聯繫八國，來索大沽炮臺，這事倒不易處置。」端王道：「有這班義民效力，還怕什麼樣鬼子？請太后即降旨宣戰便了。」太后遲疑未決，端王道：「這事已成騎虎，萬難再下。老佛爺若瞧著外交團照會，就要不戰，也是不能。」太后道：「什麼照會？」端王道：「奴才已著啟秀進呈，在門外恭候懿旨。」太后立命宣入，啟秀行過了禮，即把照會呈上。太后不瞧猶可，瞧了一瞧，不覺大怒，把照會一擲，起座拍案道：「他們怎麼敢干涉我的大權？這事可忍，何事不可忍？我也顧不得許多了。拚死一戰，比受他們的欺侮，還強得多哩。」隨命端王後秀，預召各王大臣，於明晨會議儀鑾殿，二人唯唯退出。看官！你道這照會中是什麼言語，激怒太后？小子探聽明白，乃是端王囑啟秀假造出來，內說：「要太后歸政，把大權讓還皇帝，廢大阿哥，並許洋兵一萬入京。」太后不辨真偽，因此大怒，決意主戰。正是：

既不知己，又不知彼；
以一敵八，何往不殆？

欲知王大臣會議情形，俟至下回續敘。

端王不見用，則大阿哥不立，大阿哥不立，則亦無拳匪之亂。拳匪係白蓮教餘孽，種種荒誕，稍有識者，即知虛妄，寧以聰明英毅之慈禧后，獨見不及此？就令一時誤聽，偶信邪言，而最蒙親信之榮祿，再三諫阻，則應亦幡然悔悟，胡為始終不悛，長此執迷乎？蓋一念之誤，在憎光緒帝，再念之誤，在愛大阿哥，愛憎交迫，憧憧往來，於是聰明英毅之美德，均歸烏有，而為端王輩所播弄，開古今未有之大禍，斯即欲為慈禧諱，要亦無能諱矣。詩曰：「哲婦傾城」。婦既哲矣，何故有傾城之禍？觀於此而始知詩言之非誣也。

# 袒匪殃民聯軍入境　見危授命志士成仁

卻說清廷會議這一日，軍機大臣世鐸、榮祿、剛毅、王文詔、啟秀、趙舒翹皆到。天色將明，太后獨御儀鑾殿，垂詢開戰事宜。榮祿含淚跪奏道：「中國與各國開戰，原非由我啟釁，乃是各國自取；但圍攻使館，絕不可行，若照端王等主張，恐怕宗廟社稷，俱罹危險。且即殺死使臣數人，也不能顯揚國威，徒費氣力，毫無益處。」太后怒道：「你若執定這個意見，最好是勸洋人趕快出京，免至圍攻，我不能再壓制義和團了。你要是除這話外，再沒有別的好主意，可即退出，不必在此多話。」榮祿叩頭而退。啟秀由靴中取出所擬宣戰諭旨，進呈慈覽。太后隨閱隨語道：「很好，很好！我的意思，也是這樣。」又問各軍機大臣是否同意？軍機大臣不敢異言，都說：「誠如聖意。」

太后乃入宮早膳，約過一二小時，復御勤政殿，召見各王公。光緒帝亦到，候太后轎至，跪接而入。端王載漪、慶王奕劻、莊王載勳、恭王溥偉、醇王載灃、貝勒載濂、載瀅及端王弟載瀾、載瀛，並軍機大臣、六部滿漢尚書、九卿、內務府大臣、各旗副都統，黑壓壓的擠滿一殿。飯桶何多。但聽太后厲聲道：「洋人此次侮我太甚，我不能再為容忍。我始終約束義和團，不欲開釁，直至昨日看了外交團致總理衙門的照會，竟敢要我歸政，才知此事不能和平解決。皇帝自己承認不能執掌政權，外國何得干預？現在聞有外國兵艦，駛至大沽，強索大沽炮臺，無禮已極，如何忍耐得住？諸下大臣等如有所見，不妨直陳！」言畢，坐待了好一歇，不見有什麼奏請。太后又側視光緒帝，問他意見。光緒帝遲疑良久，方說：「請聖母聽榮祿言，勿攻使館，應即將各國使臣，送至天津。」言至此，仰瞻太后容貌，已是略變。太后後面站著李蓮英，好像護法韋馱，威稜四射。光緒帝不禁震慴，回看各王公，正對著端王眼光，彷彿如惡煞神一般，非常凶悍，嚇得戰戰兢兢，急回臉稟太后道：「這乃最大的國事，不敢決斷，仍請太后作主。」做這種皇帝，實是可憫。太后不答。

時趙舒翹已升任刑部尚書。當即上奏，請明發上諭，滅除內地洋人，免作外國間諜，洩漏軍情。太后命軍機大臣斟酌復奏。於是兵部尚書徐用儀、戶部尚書立山、吏部左侍郎許景澄、內閣學士聯元、太常寺卿袁昶，依次進諫，統說：「與世界各國宣戰，寡不敵眾，必至敗績。外侮一入，內亂隨發，後患不堪設想，懇求皇太后皇帝聖明裁斷」等語。袁昶並言：「臣在總理衙門當差二年，見外國人多和平講禮，不致干涉中國內政。據臣愚見，請太后歸政的照會，未必是真。」這句話，正打動端王心坎，即勃然變色，斥袁昶道：「好膽大的漢奸，敢在殿中妄說！」隨又向太后道：「老佛爺肯聽這漢奸的說話麼？」太后命袁昶退出，並責端王言語暴躁，不應面辱廷臣。面辱不可，擅殺其可乎？隨命軍機頒發宣戰的諭旨，電達各省，又令榮祿明白通知各使，如願今晚離京，即應派兵保護，妥送至津。各王公陸續退出，只端王及弟載瀾，尚留殿中，奏對多時，大約是密陳戰術，外人無從聞知，小子亦無從臆造。

只許、袁二公自退朝後，又聯銜上奏，極陳拳匪縱橫恣肆，放火殺人，激怒強鄰，震驚宮闕，實屬罪大惡極，萬不可赦。請責成大學士榮祿，痛行剿辦，並懸賞緝獲拳匪首領，務絕根株，然後可阻住洋兵，削平巨患。正是語語剴切，言言沉摯。奏上後，好似石投大水，毫無影響，此外都作仗馬寒蟬；許、袁二公不勝焦灼，方擬續上諫章，忽聞外省督撫，亦通電力阻，因此暫行擱筆，再探宮廷消息。

看官！你道外省督撫，是哪個最識時務？最矢忠忱？待小子一一表來：原來這時的山東巡撫毓賢已調任山西，後任便是袁世凱。世凱知拳匪難恃，決意痛剿，只因端王等袒護拳匪，不好違背，他卻想了一個妙法，札飭屬吏，略說：「真正拳民，已赴京保衛宮廷，若留住本省，練拳設壇，必是匪徒冒託，應立懲無赦！」於是山東省內文武各官，日夕搜捕，所有拳匪，死的死，逃的逃，不到數日，全省肅清。此公恰是多材。還有兩廣總督李鴻章，老成練達，他自中東戰後，調入內閣，做個閒官，因見溥儁入嗣，端王專權，宮中必生亂端，將來左右為難，不如討個差使，離開宮禁，免致牽連。天緣湊巧，兩廣總督譚鐘麟開缺，他正好乘機運動，果然得旨外放，補授粵督，權勢自然不弱。此公恰是多智。又有一個總督張之洞，文采風流，善觀時勢，朝野想望丰采，也算是總督中的翹楚。此公實是狡猾。這三省外，最忠誠的要算兩江總督劉坤一。劉係湖南人，洪楊亂時，曾隨曾、左、彭、楊諸人，屢立戰功。曾、左、彭、楊，次第病歿，單剩他管轄兩江，與李伯相同為遺老。光緒帝未遭廢立，全虧他倡議保全，這番聞拳匪肇亂，已經憤激萬分。一日，正在簽押房閱視文書，忽由京中傳到電報，急忙譯出，低聲讀道：

我朝二百數十年深仁厚澤，凡遠人來中國者，列祖列宗，罔不待以懷柔。迨道光、咸豐年間，俯准彼等互市，並乞在我國傳教，朝廷以其勸人為善，勉允所請。初亦就我範圍，遵我約束，詎料三十年來，恃我國仁厚，一意拊循，乃益肆梟張，欺凌我國家，侵犯我土地，蹂躪我人民，勒索我財物，朝廷稍加遷就，彼等負其凶橫，日甚一日，無所不至。小則欺壓平民，大則侮慢神聖，我國赤子，仇怨鬱結，人人欲得而甘心。此義勇焚燒教堂，屠殺教民所由來也。

讀至此，不禁失色道：「這等亂民，還說他是義勇，真正奇怪！」隨又讀道：

朝廷仍不開釁，如前保護者，恐傷我人民耳。故再降旨申禁，保衛使館，加恤教民，故前日有拳民教民，皆我赤子之諭，原為民教解釋宿嫌，朝廷柔服遠人，至矣盡矣。乃彼等不知感激，反肆要挾，昨日公然有杜士立照會，令我退出大沽口炮臺，歸伊看管，否則以力襲取，危詞恫喝，意在肆其猖獗，震動畿輔。平日交鄰之道，我未嘗失禮於彼，彼自稱教化之國，乃無禮橫行，專恃兵堅器利，自取決裂如此乎？朕臨御將三十年，待百姓如子孫，百姓亦戴朕如天帝，況慈聖中興宇宙，恩德所被，浹體淪肌，祖宗憑依，神祇感格，曠代所無。朕今涕泣以告先廟，慷慨以誓師徒，與其苟且圖存，貽羞萬古，孰若大張撻伐，一決雌雄？

讀到這句，又大驚道：「阿喲！不好了！竟要同各國開戰麼，這事還當了得。」隨即停住讀聲，一目瞧下：

連日召見大小臣工，詢謀僉同。近畿及山東等省義兵，同日不期而集者，不下數十萬人，下至五尺童子，亦能執干戈，衛社稷。彼尚詐謀，我恃天理；彼憑悍力，我恃人心。無論我國忠信甲冑，禮義干櫓，人人敢死，即土地廣有二十餘省，人民多至四百餘兆，何難翦彼凶焰，張國之威？其有同仇敵愾，臨陣衝鋒，抑或仗義捐資，助益餉項，朝廷不惜破格懋賞，獎勵忠勳。苟其自外生成，臨陣退縮，甘心從逆，竟作漢奸，即刻嚴誅，決無寬貸。爾普天臣庶，其各懷忠義之心，共洩神人之憤，朕實有厚望焉！欽此。

閱畢，嘆息一會，即令辦理摺奏的老夫子，先擬電稿，後擬奏摺，統是力阻戰事，次第拜發。一面分電各省督撫，詳詢意見，經李鴻章、張之洞、袁世凱等覆電，都說：「拳匪難恃，不應開戰，已發電諫阻。」劉制軍稍稍放心。忽聞大沽炮臺失守，羅提督榮光逃回天津，警報如雪片相似，擬再上書極諫；適前川督李秉衡，奉旨巡閱長江，亦電覆到來，大致與各督撫相同，接連又來了北京電報，譯出後，又有一道催辦兵餉的上諭。其辭道：

昨已將團民仇教，剿撫兩難，及戰釁由各國先開各情形，諭李鴻章、李秉衡、劉坤一、張之洞矣。爾各督撫度勢量力，不欲輕搆外釁，誠老成謀國之道。無如此次義和團民之起，數月之間，京城蔓延已遍，其眾不下數十萬，自民兵以至王公府第，處處皆是，同聲與洋教為難，勢不兩立。剿之則即刻禍起肘腋，生靈塗炭，只合徐圖挽救。奏稱：「信其邪術以保國」，似不諒朝廷萬不得已之苦衷。爾各督撫知內亂如此之急，必有寢食難安，奔走不遑者，安肯作一面語耶？此乃天時人事，相激相隨，遂至如此。爾各督撫勿再遲疑觀望，迅速籌兵籌餉，立保疆土。如有疏失，唯各督撫是問！特此電諭。

劉制軍覽到此諭，料知朝廷已執意主戰，非筆舌可以挽回，就使屢次諫爭，也是無益。但北方已經開仗，各國兵艦，必陸續來華，將來游弋海面，東南亦必吃緊，牽動全局，塗炭生靈，在所不免。當下左思右想，苦無良策，正躊躇間，接各國領事來文，都是：「中外開釁，禍由拳匪，洋人在華，仍求保護」等情。劉制軍忽然觸悟，想出一個保護東南，為民造福的法子來。虧得有此一著。隨即電達各督撫商議大計。又由東南各督撫回電，極力贊成，遂由自己倡首，聯合李鴻章、張之洞、袁世凱三總督，與各國領事開議，東南一帶，絕不開戰，洋人亦不得無故侵擾。各國領事，統言：「須請命政府，猝難定約。」巧值聯軍統帥英提督西摩爾，簡率輕軍，自大沽進攻楊村，被董軍及拳匪擊退，中國嘩傳大捷。外人確遭小挫，各國領事，未免驚心動魄，遂竭力慫恿政府，與中國東南各督撫定約。此約一定，東南才得安枕。到了後來議和的時節，還可援為話柄，這也是東南不該遭劫，中國不應滅亡，方得此救國救民的好督撫，主持大計，這且按下慢表。各省獨立之機，亦未始不萌芽於此。

且說各國兵艦，自齊集大沽口後，即索讓炮臺，提督羅榮光婉詞拒絕，洋兵即開炮轟擊。羅提督不能守，奔回天津。是時天津一帶，統被拳匪蟠據，山東拳匪，為巡撫袁世凱驅逐，亦相率到津，勒民供給，兼索官餉，稍有不從，肆行擄掠。並至紫竹林租界，殺人放火，見有洋行洋房，立即焚毀；並四處張貼俚詞，語多不倫不類。有「天兵天將，八月齊降，重陽滅盡洋人，神仙歸洞」等語。此等無稽之言，大半為小說所誤。各國聯軍統帥西摩爾，登陸馳援，帶兵不多，遇著大股拳匪及董福祥部下甘勇，略開戰仗，死了幾個洋兵，西摩爾以寡眾不敵，當即折回。在津拳匪，越發興高采烈，似乎洋人已被他滅盡。總督裕祿，連忙奏捷，朝旨特別褒獎，賞拳匪及甘軍銀子各十萬兩。自是兵匪聯結，搶奪不休，只有聶提督士成，素嫉拳匪，飭部眾不得袒護，拳匪亦仇視聶軍。當戰事未開的時候，聶軍門駐紮蘆臺，保護鐵路，拳匪擬把鐵路燒毀，正在傾澆煤油，沿軌放火，不料聶軍門猝至，勒令解散。拳匪佯為聽令，乘聶不備，挺刃而起，猛撲聶軍。虧得聶軍素有紀律，結陣自固。拳匪四面圍攻，一匪首猱上電桿，執旗指揮，被聶軍門望見，開槍遙擊。初擊不中，再擊，正中匪首股中，顛踣地上。遂有軍門親衛躍馬而出，刃及匪首腰際，匪首隨仆隨起，連受數刃，仍不見斃，衛卒亦驚為神；迨至下馬追及，猛斫匪首項領，領始隨手而落，才知拳匪實無異術，不過與江湖賣藝，稍知運氣者相同，這是拳匪真本領。隨即攜首返報。拳匪見首領被殺，連忙逃遁，已被聶軍擊死數百人，拳匪遂恨聶不置。

後來大沽失守，聶奉旨赴津防守，途遇拳匪，各持刀奔至，急馳入督署；拳匪亦直入署中，指名硬索。裕祿先為剖辯，繼為緩頰，復邀聶與匪首相見。匪首尚欲挾聶至壇，聶堅持不往，匪首悻悻而去。自此聶軍每為拳匪所戕，訴諸裕祿。裕祿陽出排解，暗中恰上疏彈劾，朝命革職留任。聶軍憤無可洩，會馬提督玉昆，隨宋慶來津防守，聶入馬營訴苦。馬玉昆道：「君斯時疑謗交乘，只有直前赴敵一法，若能勝敵，原是最妙，否則馬革裹屍，也算是以身報國的大丈夫。是非千古，聽諸後人。今欲與拳匪爭論，實是無益。九重深遠，呼籲無聞，請明見裁察！」聶聞言，亦料得進退兩難，只好謹遵友教。會聞洋兵又鼓勇殺來，勢如破竹，將薄天津城下，遂與母太夫人訣別，命護衛親校，送太夫人回里，彷彿周遇吉別母。並揮將弁使去。將棄跪請效命。聶軍門不禁淚下，隨道：「我死是分內事，汝等進不死於敵，退必死於匪，既死還被通洋的惡名，汝等何必隨我俱盡？」將弁仍不肯去，隨聶出營。行了數十里，遇著洋兵前鋒，聶已自知必死，當先衝敵，將校隨上，勇氣百倍，互擊了四五時，敵已少卻，戰頗得手。不防後面喊聲大起，槍彈齊飛，聶軍道是洋兵掩襲，回首一望，乃是頭裹紅巾，腰紮紅帶的拳匪，急呼將校道：「汝等殺退拳匪，自行逃生，我死於此便了。」將校牽著馬韁，乞軍門回營，軍門用刀將馬韁割斷，衝入敵陣，身中數彈而亡。洋人嘉他勇敢，不忍傷屍，聽部卒負歸。拳匪反挾刃相向，意欲捽屍萬段，方足洩忿。幸虧洋兵趕上，擊退拳匪，始得全屍歸葬。朝命還說他：「督師多年，不堪一試，殊堪痛恨！姑念他為國捐軀，著加恩開復處分，照提督陣亡例賜恤！」這正是冤枉到底呢。

聶軍已敗，只馬玉昆統率數營，扼守京津車道，並令拳匪協力對敵。洋兵節節攻入，拳匪跳舞而前，一遇槍炮，立即反奔，反致衝動官軍。官軍還要讓他歸路，否則拳匪且倒戈相向，因此官軍越加困難。會馬軍統帶草笠，拳匪指為洋奴。屢向裕祿嘵嘵，欲與馬軍開仗，裕祿與馬軍門婉商數次，不得已將草笠除去。馬軍門亦憤恨異常，與洋人交戰，常拚命相爭，願隨聶軍門於地下。洋兵見他奮勇，倒也懼怯三分。一日，馬軍又與洋兵對壘，酣戰多時。馬軍前仆後繼，一往無前，把洋兵逼還租界，正擬乘勝追逐，忽東南風大起，暴雨驟下，馬軍被雨撲面，不能開目，反被洋兵順風轟擊，大半傷亡，只得退回原地。自聶軍門陣亡，善陣善戰，要算馬軍門部下，亦謹守軍法，臨敵不避，非義不取，洋兵推為中國名將。這次敗挫，全因草笠不戴，無從蔽雨，致為洋兵所乘，傷斃甚眾。不特軍門痛恨拳匪，即將校也辱罵不止。時宋慶已奉旨節制各軍，聞馬軍敗退，已知津城難守，三十六著，走為上著，復檄馬軍退守北倉，防洋兵北上。馬軍奉檄退守，洋兵遂進薄津城。宋慶本是無能，中日一役，已是可鑑。

裕祿不勝驚慌，忙請拳首商議守禦，拳首還說：「不妨，已遣神團守護城南，定可無慮。」裕祿深信不疑。至死不變，強哉矯！拳首自去，次日召集匪黨，託詞開城出戰，一出了城，鬨然四散。洋兵趁這機會，攻入城南，裕祿尚在署中，恭候義民捷音，忽由巡捕入報，洋兵已經入城。裕祿起身便逃，耳中但聞一片槍炮聲，嚇得心膽俱裂，馳出北門，徑投馬營。只羅榮光已先服藥自盡，天津既陷，聯軍大振。日本兵最多，計萬二千人，俄兵八千人、英美兵各二千五百人、法兵千人、德兵二百五十人、奧兵一百五十人、義兵最少，只五十人。適德國統領瓦德西，復率德奧美軍繼至，聯軍遂改推瓦德西為統帥，長驅北向。

宮廷中屢聞驚耗，軍機大臣，還不敢據實奏聞，只端王仗膽入奏道：「天津已被洋鬼子占去，都是義和團不肯虔守戒律，以致戰敗。現聞直督裕祿，與宋慶、馬玉昆等，退守北倉，洋鬼子頗占勢力。但北京極其堅固，鬼子絕不能來。」太后怒道：「今晨榮祿上奏，據言前日外國照會，現已查出，乃是軍機章京連文沖捏造，你同啟秀唆使，現在弄到這個地步，你有幾個頭顱，敢這般大膽？」端王連忙叩頭道：「奴才不、不敢！」太后道：「我今朝才曉得你的心肝了。你想兒子即位，你好監國，這等痴心妄想，勸你趁早罷休！我一天在世，一天沒有你做的，放小心點，再不安分，就趕出宮去，家產充公。像你的行為，真配你的狗名！」端王名載漪，乃是犬旁，所以有如此云云。端王自用事以來，從沒有太后喝斥，此番是破題兒第一遭，俯伏在地，只是磕頭。由內監奏聞太后，報稱甘軍統領董福祥求見。太后厲色道：「叫他進來！」董入內跪下，太后道：「你好！你好！從上月起，已來奏過十多次，都說圍攻使館的勝仗，為什麼到今朝還不攻破呢？」董福祥答道：「臣來求見，正為這事。臣聞武衛軍中有大砲，若攻使館，立即片瓦不留，臣向他索取幾回，榮祿立誓不肯借用。並言老佛爺即使有旨，也是不從。請老佛爺速即罷斥榮祿！」太后大怒道：「不許說話！你是強盜出身，朝廷用你，不過叫你將功贖罪，像你這狂妄樣子，目無朝廷，仍不脫強盜行徑，大約活得不耐煩了。快滾出去！以後非奉旨意，不准進來！」董謝恩趨出，太后命速召榮祿，內監奉旨而去。

太后見端王尚是跪著，亦令滾出。端王出宮，正值榮祿趨入，端王在外探聽消息，約有兩三小時，方聞榮祿出來。當由內監密報，太后令榮中堂速辦禮物，送與使館，並要他轉飭慶王，前往慰問。又命調李鴻章補授直督，由榮中堂擬旨電發。連忙回頭，已經遲了。端王道：「迅雷不及掩耳，真是出人意外。」那密報端王的內監道：「還有許侍郎、袁京卿二人，又上疏參劾各大臣，聞連王爺亦被劾在內。」端王聞言，不禁氣沖牛鬥，大聲道：「都是這班漢奸，矇蔽太后，所以太后痛責我們，我總要殺死了他，才見老子手段。」次晨，已由軍機處發出奏稿，端王不待瞧畢，便請徐桐、剛毅、趙舒翹、啟秀等密議，定下計策。徐桐等方去，忽報李秉衡進謁，即由端王迎入，談論間頗為款洽。端王又密囑周旋，李秉衡應命而退。原來李秉衡應詔勤王，一入北京，把從前袒匪的故態，又流露出來。太后召見時，稟稱：「願自赴敵，決一死戰。」太后喜甚，大加信任，因此端王託他臂助，秉衡即密奏：「許、袁二人，擅改諭旨，從前太后頒發各諭，於待遇洋人事件，殺字統改為保護字樣，專擅不臣，應加誅戮。」太后又勃然怒發，斥為趙高復生，應加極刑。這語一傳，端王不待奉旨，便令刑部尚書趙舒翹，拿許、袁二人下獄，絕不審訊，即於次日押赴市曹，令刑部侍郎徐承煜監斬，兩公都以直諫得禍。袁公文學治術，尤稱卓絕，所上奏本，統係袁主稿。後人有詩三章弔之云：

八國聯兵竟叩闕，知君卻敵補青天。
千秋人痛晁家令，曾為君王策萬全。
民言吳守治無雙，士道文翁教此邦。
黔首青衿各私祭，年年萬淚咽中江。

西江魔派不堪吟，北宋新奇是雅音。
雙井半山君一手，傷哉斜日廣陵琴。

欲知二公臨刑情狀，請看官續閱下回。

拳匪亂起，京津塗炭，八國聯兵，合從而來，猶逞其一時意氣，憤然主戰，真令人不可思議。中東之役，以一敵一，尚且全軍覆沒，乃反欲以一服八耶？就使拳匪果有異術，亦未便輕於嘗試，外人並未嘗與我啟釁，而我乃毀教堂、戕教士，甚至圍攻使館，甚且殺害公使，野蠻已甚，無一合理。證諸有史以來，從未聞有此背謬者。聶、馬二軍門，良將也，以仇匪而致敗，聶且甘心殉難。許侍郎、袁京卿二人，名臣也，以忠諫而致禍，同罹慘刑。丹心未泯，碧血長埋。誰為為之，以至於此？或謂東南督撫，不奉朝命，徒令一隅開戰，致陷孤危。是不然。中國孱弱久矣，寧有以一服八之理？且幸得此督撫之反抗，始得障護東南，保全大局，再造之恩，殊不在曾左下。故吾謂清之亡，實皆自滿人使之，於漢人無尤焉。

# 傳諫草抗節留名　避聯軍蒙塵出走

卻說許、袁二公，被刑部飭赴市曹，刑部侍郎徐承煜，係徐桐子，比乃父還要昏憒，至是奉端王命，作監斬官，既到法場，叱褫二公衣。許侍郎道：「未曾奉旨革職，何為褫衣？」承煜不能答。袁京卿道：「我等何罪遭刑？」承煜道：「你乃著名的漢奸，還要狡辯什麼？」袁京卿道：「死也有死的罪名。我死不足惜，只是沒有罪證。汝等狂愚，亂謀禍國，罪該萬死！我死之後，看汝等活到幾時？」又轉語許景澄道：「不久即相見地下，將來重見天日，消滅僭妄，我輩自能昭雪，萬古留名。」說著，兩邊已是拳匪環繞，拔刀擬頸。袁京卿亦厲聲道：「士可殺不可辱，我輩大臣，自有朝廷國法，何煩汝等動手？」言至此，號炮已發，二公從容就刑。忠臣殉國，諫草流傳，參劾通匪各大臣，已是第三次奏章。第一疏已略見上文，第二疏是請保護使館，萬勿再攻；第三疏尤為切直，小子不忍割愛，錄出如下：

奏為密陳大臣信崇邪術，誤國殃民，請旨嚴懲禍首，以遏亂源而救危局，仰祈聖鑑事：竊自拳匪肇亂，甫經月餘，神京震動，四海響應，兵連禍結，牽掣全球，為千古未有之奇事，必釀成千古未有之奇災。昔咸豐年間之發匪捻匪，負嵎十餘年，蹂躪十數省，上溯嘉慶年間之川陝教匪，淪陷三四省，竊據三四載，當時興師振旅，竭中原全力，僅乃克之。至今視之，則前數者為手足之疾，未若拳匪為腹心之疾也。蓋發匪捻匪教匪之亂，上自朝廷，下自閭閻，莫不知其為匪。而今之拳匪，竟有身為大員，謬視為義民，不肯以匪目之者。亦有知其為匪，不敢以匪加之者。無識至此，不特為各國所仇，且為各國所笑。

查拳匪揭竿之始，非槍炮之堅利，戰陣之訓練，徒以「扶清滅洋」四字，號召群不逞之徒，烏合肇事，若得一牧令將弁之能者，蕩平之而有餘。前山東撫臣毓賢，養癰於先，直隸總督裕祿，禮迎於後，給以戰具，傳虎以翼。夫「扶清滅洋」四字，試問何從解說？謂我國家二百餘年深恩厚澤，浹於人心，食毛踐土者，思效力馳驅，以答覆載之德，斯可矣。若謂際茲國家多事，時局艱難，草野之民，具有大力，能扶危而為安，扶者傾之對，能扶之即能傾之，其心不可問，其言尤可誅。臣等雖不肖，亦知洋人窟穴內地，誠非中國之利，然必修明內政，慎重邦交，觀釁而動，擇各國中之易與者，一震威稜，用雪積憤。設當外寇入犯時，有能奮發忠義，為滅此朝食之謀，臣等無論其力量何如，要不敢不服其氣概。今朝廷方與各國講信修睦，忽創滅洋之說，是謂横挑邊釁，以天下為兒戲。且所滅之洋，指在中國之洋人而言，抑括五洲之洋人而言？僅滅在中國之洋人，不能禁其續至。若盡滅五洲各國之洋人，則洋人之多於華人，奚啻十倍？其能盡滅與否，不待智者知之。

不料毓賢、裕祿，為封疆大吏，識不及此。裕祿且招攬拳匪頭目，待如上賓，鄉里無賴棍徒，聚千百人，持義和團三字名帖，即可身入衙署，與該督分庭抗禮，不亦輕朝廷羞當世士耶？靜海縣之拳匪張德成、曹福田、韓以禮、文霸之、王德成等，皆平日武斷鄉曲，蔑視官長，聚眾滋事之棍徒，為地方巨害，其名久著，土人莫不知之，即京師之人，亦莫不知之。該督公然入諸奏報，加以考語，為錄用地步，欺君罔上，莫此為甚。又裕祿奏稱：「五月二十夜戌刻，洋人索取大沽炮臺屯兵，提督羅榮光，堅卻不允，相持至丑刻，洋人竟先開炮攻取，該提督竭力抵禦，擊壞洋人停泊輪船二艘。二十二日，紫竹林洋兵分路出戰，我軍隨處截堵，義和團分起助戰，合力痛擊，焚毀租界洋房不少。」臣詢由津來京避難之人，僉謂擊沉洋船、焚毀洋房，實屬並無其事。而我軍及拳匪，被洋兵擊斃者，不下數萬人，異口同聲，絕非謠傳之訛。甚有謂：「二十日洋人攻擊大沽炮臺，係裕祿令拳匪攻紫竹林先行挑釁」等語。此說或者眾怨攸歸，未可盡信，而誑報軍情，竟與提督董福祥，詐稱使館洋人，焚殺淨盡，如出一轍。董福祥本係甘肅土匪，窮迫投誠，隨營戰力，積有微勞，蒙朝廷不次之擢，得有今職，應如何束身自愛，仰答高厚鴻慈？乃比匪為奸，形同寇賊，跡其狂悖之狀，不但辜負天恩，益恐狼子野心，或生他患。裕祿屢任兼圻，非董福祥武員可比，而竟昏憒乃爾，令人不可思議。要皆希合在廷諸臣謬見，誤為我皇太后皇上聖意所在，遂各倒行逆施，肆無忌憚，是皆在廷諸臣欺飾錮蔽，有以召之也。

大學士徐桐，索性糊塗，罔識利害；軍機大臣協辦大學士剛毅，比奸阿匪，頑固性成；軍機大臣禮部尚書啟秀，膠執己見，愚而自用；軍機大臣刑部尚書趙舒翹，居心狡獪，工於逢迎。當拳匪甫入京師之時，仰蒙召見王公以下，內外臣工，垂詢剿撫之策。臣等有以團民非義民，不可恃以禦敵，無故不可輕與各國開釁之說進者。徐桐、剛毅等，竟勇於皇太后皇上之前，面斥為逆說。夫使十萬橫磨劍，果足制敵，臣等凡有血氣，何嘗不欲聚彼族而殲旃。否則自誤以誤國，其逆恐不在臣等也。五月間，剛毅、趙舒翹奉旨前往涿州，解散拳匪，該匪勒令跪香，語多誣妄。趙舒翹明知其妄，語其隨員人等，則太息痛恨，終以剛毅信有邪術，不敢立異，僅出告示數百紙，含糊了事，以業經解散覆命。既解散矣，何以群匪如毛，不勝獮薙？似此任意妄奏，朝廷盍一詰責之乎？近日天津被陷，洋兵節節進逼，曾無拳匪能以邪術阻令前進，誠恐旬日之間，勢將直撲京師。萬一九廟震驚，兆民塗炭，爾等作何景象？臣等設想及之，悲來填膺，而徐桐、剛毅等，談笑漏舟之中，晏然自得，一若仍以拳匪可作長城之恃，盈廷惘惘，如醉如痴。親而天潢貴胄，尊而師保樞密，大半尊奉拳匪，神而明之。甚至王公府第，聞亦設有拳壇，拳匪愚矣，更以愚徐桐、剛毅等。徐桐、剛毅等愚矣，更以愚王公。是徐桐、剛毅等，實為釀禍之樞紐，若非皇太后皇上，立將首先袒護拳匪之大臣，明正其罪，上伸國法，恐廷臣僉為拳匪所惑，疆臣之希合者，接踵而起，又不止毓賢、裕祿數人。國朝數百年宗社，將任謬妄諸臣，輕信拳匪，為孤注之一擲，何以仰答列祖列宗在天之靈？

臣等愚謂時止今日，間不容髮，非痛剿拳匪，無詞以止洋兵。非誅袒護拳匪之大臣，不足以剿拳匪。方匪初起時，何嘗敢抗旨辱官，毀壞官物？亦何敢持械焚劫，殺戮平民？自徐桐、剛毅等稱為義民，拳匪之勢益張，愚民之惑滋甚，無賴之聚愈眾。使去歲毓賢能力剿該匪，斷不至為蔓延直隸，使今春裕祿能認真防堵，該匪亦不至闌入京師。使徐桐、剛毅等，不加以義民之稱，該匪尚不敢大肆焚掠殺戮之慘。推原禍首，罪有攸歸，應請旨將徐桐、剛毅、趙舒翹、啟秀、裕祿、董福祥、毓賢，先治以重典，其餘袒護拳匪，與徐桐、剛毅等謬妄相若者，一律治以應得之罪。不得援議親議貴，為之末減，庶各國恍然於從前縱匪肇釁，皆謬妄諸臣所為，並非朝廷本意。棄仇尋好，宗社無恙，然後誅臣等以謝徐桐、剛毅諸臣。臣等雖死，當含笑入地。無任流涕具陳，不勝痛憤惶迫之至，伏乞皇太后皇上聖鑑！

小子統觀清朝奏議，諂媚居多，切直很少，就使君相有失，也是亂拍馬屁，不是說欽佩莫名，就是說莫名惶悚，哪個犯顏敢諫呢？許、袁二公，彈劾當道，不避權貴，老虎頭上抓癢，雖被老虎吞噬，究竟直聲義膽，流傳千古，好算替清史增光了。端王殺了許、袁，又想漢尚書徐用儀、滿尚書立山，及學士聯元，也是與我反對，一不做，二不休，索性也把他除滅。只有榮祿得寵太后，不好妄動，暫且寄下頭顱，再作計較。不論滿漢，一概斬首，很是妙法。當下密囑拳匪矯詔逮捕，將徐用儀、聯元、立山三人，次第拿到，送刑部獄。徐用儀居官四十多年，謹慎小心，遇事模稜，本沒有什麼肝膽，此次因拳匪事起，恰也忍耐不住，誰知竟觸怒權奸，陷入死地。聯元本崇綺門下士，起初亦鄙塞不通，嗣因女夫壽富，與言歐美治術，始漸開明，至是因反抗端王，疏劾拳匪，亦同罹禍。立山內務府旗籍，任內府事二十年，積資頗饒，素性豪侈，最愛的是菊部名伶、北里歌伎，都下有名伎綠柔，與立山相暱，載瀾亦暱綠柔，紅粉場中，惹起醋風。且載瀾雖封輔國公，入不敷出，所費纏頭，不敵立山，妓女見錢是血，遇著有錢的闊老，特別巴結，載瀾相形見絀，挾嫌成恨。與許袁二公相較，亦有優劣。立山死後，門客星散，獨伶人十三旦，往收屍首，經理喪事。立尚書生平得了這個知己，也不枉做官一場。奚落立山，亦諷刺門客。

端王殺了五大臣，餘怒尚未平息，暗地裡還排布密網，羅織成文。到了七月初旬，聞報北倉敗績，裕祿退走楊村，隨又報楊村失陷，裕祿自殺，端王雖然著急，心中還仗一著末尾的棋子。看官！你道是哪一著殘棋？原來李秉衡奏請赴敵，朝旨遂命他幫辦武衛軍務，所有張春發、陳澤霖各軍，統歸節制。李秉衡出京督師，端王日盼捷音，誰料李秉衡到河西務，用盡心力，招集軍隊，張春發、陳澤霖等陽聽調遣，陰懷攜貳。洋人日逼日近，官兵轉日懈日弛，恁你愛戴端王，有志滅洋的李秉衡，也是沒法，只好服了毒藥，報太后、端王的恩遇。秉衡一死，不但張、陳各軍，紛紛潰退，就是各路武衛軍隊，也四散奔逃。還有這班義和團，統已改易前裝，大肆搶掠。可憐潰兵敗匪，擠做一糟，百姓不堪騷擾，反眼巴巴的專望洋兵。洋兵到一處，順民旗幟，高懸一處。百姓雖之愛國心，然非權奸激變，亦絕不至此。

七月十七日聯軍入張家灣，十八日進陷通州，二十日直薄京城。榮祿連日入宮稟報太后，太后自悔不及，只有對著榮祿，嗚嗚哭泣。啜其泣矣，何嗟及矣！榮祿道：「事已至此，請太后不必悲傷，速圖善後事宜！」太后止淚道：「前已電召李鴻章入京議和，奈彼逗留上海，不肯進來，反來一奏，說我議和不誠，硬要我先將妖人正法，並罷斥信任拳民的大臣。他是數朝元老，還作這般形態，奈何，奈何？」說著，即檢出李鴻章原奏，遞交榮祿。榮祿接著瞧道：

自古制夷之法，莫如洞悉虜情，衡量彼己，自道光中葉以來，外患漸深，至於今日，危迫極矣。咸豐十年，英法聯軍入都，毀圓明園，文宗出走，崩於熱河，後世子孫，固當永記於心，不忘報復；凡我臣民，亦宜同懷敵愾者也。自此以後，法並安南，日攘朝鮮，屬地漸失，各海口亦為列強所據。德占膠州，俄占旅順、大連，英占威海、九龍，法占廣灣，奇辱極恥，豈堪忍受？臣受朝廷厚恩，若能於垂暮之年，得睹我國得勝列強，一雪前恥，其為快樂，夫何待言！

不幸曠觀時勢，唯見憂患之日深，積弱之軍，實不堪戰，若不量力，而輕於一試，恐數千年文物之邦，從此已矣。以卵敵石，豈能倖免？即以近事言之，聚數萬之兵，以攻天津租界，洋兵之為守者，不過二三千人，然十日以來，外兵之傷亡者，僅數百人，而我兵已死二萬餘人矣。又以京中之事言之，使館非設防之地，公使非主兵之人，而董軍圍攻，已及一月，死傷數千，曾不能克。現八國聯軍，節節進攻，即得京師，易如反掌。皇太后皇上即欲避難熱河，而今日尚無勝保其人，足以阻洋兵之追襲者。若至此而欲議和，恐今日之事，且非甲午之比。蓋其時日本之伊藤，猶願接待中國之使，如今日任田拳匪，圍攻使館，犯列強之眾怒，朝廷將於王公大臣中，簡派何人，以與列強開議耶？以宗廟社稷為孤注之一擲，臣思及此，深為寒心！若聖明在上，如拳匪之妖術，早已剿滅無遺，豈任其披猖為禍，一至於此？歷覽前史，漢之亡，非以張角黃巾乎？宋之削，非以信任妖匪，倚以禦敵乎？

臣年已八十，死期將至，受四朝之厚恩，若知其危而不言，死後何以見列祖列宗於地下？故敢貢其戇直，請皇太后皇上立將妖人正法，罷黜信任邪匪之大臣，安送外國公使至聯軍之營，臣奉諭速即北上，雖病體支離，仍力疾冒暑遄行。但臣讀寄諭，似皇太后皇上仍無誠心議和之意，朝政仍在跋扈奸臣之手，猶信拳匪為忠義之民，不勝憂慮！臣現無一兵一餉，若冒昧北上，唯死於亂兵妖民，而於國毫無所益。故臣仍駐上海，擬先籌一衛隊，措足餉項，並探察列強情形，隨機應付，一俟辦有頭緒，即當兼程北上，謹昧死上聞！

榮祿瞧畢，呈還原奏，便道：「李鴻章的奏摺，恰也不錯。現在欲阻止洋人，只好將袒護拳匪的罪魁，先行正法，表明朝廷本心，方可轉圜大局。」太后默然，忽見瀾公踉蹌奔入，大聲叫道：「老佛爺！洋鬼子來了。」言未已，剛毅也隨了進來，報稱有洋兵一隊，駐紮天壇附近。太后道：「恐怕是我們的回勇，從甘肅來的。」剛毅道：「不是回勇，是外國鬼子，請老佛爺即刻出走。不然，他們就要來殺了。」太后遲了半晌，才道：「與其出走，不如殉國。」榮祿道：「太后明見很是。」太后道：「你快去收集軍隊，準備守城，待我定一會神，再作計較。」榮祿應命退出。載瀾、剛毅亦退。

是日召見軍機，接連五次，直到夜半，復行召見。光緒帝亦侍坐太后旁，等了好一會，只剛毅、趙舒翹、王文韶三人進來。太后道：「他們到哪裡去了，丟下我母子二人不管，真是可恨！」剛毅道：「洋兵已經攻城，皇太后皇上不如暫時出幸，免受洋鬼子惡氣！」太后道：「榮祿叫我留京，我意尚在未定。」剛毅道：「洋鬼子厲害得很，聞他帶有綠氣炮，不用彈子，只叫炮火一燃，這種綠氣噴出，人一觸著，便要僵斃，所以我兵屢敗，兩宮總宜保重要緊，何苦輕遭毒手。」何不叫拳匪前去抵敵？太后道：「照此說來，只好暫避。但你們三人總要跟隨我走。」三人齊聲遵旨。太后復向王文韶道：「你年紀太大了，我不忍叫你受此辛苦，你隨後趕來罷！」王文韶道：「臣當盡力趕上。」光緒帝聞言，亦開口道：「是的，你總快快盡力趕上罷！」太后又語剛毅、趙舒翹道：「你們兩人會騎馬，應該隨我走，沿路照顧，一刻也不能離開！」二人又唯唯連聲。太后令他退出，整備行裝，候旨啟行。三人才退，宮監來報洋鬼子已攻進外城了，太后忙回入寢宮，卸了旗裝，喚李蓮英梳一漢髻。太后平時最愛惜青絲，烏雲壓鬢，垂老不白一莖，相傳同治年間，李蓮英曾得何首烏，獻入太后蒸服，因有此效。每當梳洗，必令蓮英篦刷，蓮英做了梳頭老手，每日不損太后一髮，又善替太后裝飾，向例宮中梳髻，平分兩把，叫做叉子頭，垂後的叫做燕尾，蓮英為太后梳成新式，較往時髻樣尤高，油光脂澤，不亞玄妻。淡淡點綴，已見慈禧后性質。這時改作漢髻，太后尚顧影自憐道：「詎料今天到這樣地步。」當下叫宮監取一件藍夏布衫，穿在身上，又命光緒帝、大阿哥及皇后瑾妃，統改了裝，扮作村民模樣，隨召三輛平常騾車，帶進宮中，車伕也沒有官帽。眾妃嬪等，統於寅初齊集，太后諭眾妃嬪道：「你們不必隨去，管住宮內要緊！」又命崔太監至冷宮，帶出珍妃。珍妃到太后前，磕頭請安。太后道：「我本擬帶你同行，奈拳眾如蟻，土匪蜂起，你年尚韶稚，倘或被擄遭汙，有損宮闈名譽，你不如自裁為是。」珍妃到此，自知必死，便道：「皇帝應該留京。」太后不待說完，大聲道：「你眼前已是要死，還說什麼？」便喝崔某快把她牽出，叫她自尋死路。光緒帝見這情形，心中如刀割一般，忙跪下哀求。太后道：「起來，這不是講情時候，讓她就死罷，好懲戒那不孝的孩子們，並叫那鴟梟看看，羽毛尚未豐滿，就啄他孃的眼睛。」光緒帝向外一顧，見崔太監已牽出珍妃。珍妃還是向帝還顧，淚眼瑩瑩，慘不忍睹。我且不忍讀此文，況在當局？不到一刻，崔監回報，已將珍妃推入井中。一個凶到底，一個硬到底。光緒帝嚇得渾身亂抖。太后道：「上你的車子，把簾子放下，免得有人認識。」光緒帝上了車，太后令溥倫跨轅，自己亦坐入車內，放下簾子，叫大阿哥跨轅，令皇后瑾妃亦同坐一車。又命李蓮英道：「我知道你不大會騎馬，總要盡力趕上，跟我走。」蓮英應命。太后復飭車伕，先往頤和園，倘有洋鬼子攔阻，你就說是鄉下苦人，逃回家去。車伕唯唯，天尚未明，三輛騾車，已自神武門出走，只端王載漪，及剛毅、趙舒翹，乘馬隨行。途中幸沒有洋兵攔阻，一直到頤和園，太后等入園坐了片刻，略用茶膳。外面又有太監來報，洋鬼子追來了。太后忙率著皇帝等，上車急奔。

行了六七十里，日已西斜，還沒有吃飯的地方。又行數里，到了貫市。貫市是個荒涼市鎮，只有一個回回教堂，有幾個回子居住。太后見天色將晚，便令車伕向教堂借宿，回子還算有情，慨然應允。進了教堂，便飭車伕覓購食物，怎奈貫市地方，尋不出什麼佳點，只有綠豆粥一物，由車伕買了一大盂，呈上兩宮。太后、皇帝等人，見了這物，既是齷齪，又是冰冷，本想不去吃它，怎奈飢腸轆轆，沒奈何吃了一碗，勉強充飢。這等美味，應該叫他一嘗。教堂中本沒有被褥等件，太后又不說真名真姓，哪個來侍奉老佛爺，到了夜間，隨地臥著，只太后睡一土炕，忍凍獨眠，朦朦朧朧的睡了一回。比寧壽宮況味何如？光緒帝寤不成寐，輾轉反側，未免自言自語道：「這等況味，統是義民所賜。」太后偏偏聽見，便嗔道：「你豈不知屬垣有耳麼？休要多嘴！」翌晨早起，出了教堂，又坐著騾車趕路。接連三日，尚無官廳，統是隨便歇宿，無被無褥，無替換衣服，也無飯吃，只有小米粥充飢。直到懷來縣，縣令吳永，起初未得報告，毫無預備。忽聞太后到署，手忙腳亂，連朝服都不及穿著，即由便衣跪接，迎入署中。太后住縣太太房，皇上住簽押房，皇后住少奶奶房。太后至房中，手拍梳頭桌道：「我腹飢得很，快弄點食物來吃！無論何物，都可充飢。」吳大令哪敢怠慢，囑廚師備了上等菜蔬，雖不及宮中的美備，比途次的粗茶稀粥，何止十倍？這時李蓮英早到，太后急命他改梳滿髻，梳畢進膳。正大嚼間，慶親王奕劻及軍機大臣王文韶趕到。太后極喜，並分燕窩湯賞給，且道：「你們三日內所受困苦，大約與我等相同，我等已狼狽不堪了。」慶王、王文韶，謝過了恩，太后命慶王回京，與聯軍議和。慶王支吾了一會，太后道：「看來只好你去。從前英法聯軍入都，虧得恭王奕訢，商定和議，你也應追效前人，勉為其難罷了。」慶王見太后形容憔悴，言語淒楚，不得已硬著頭皮，遵了懿旨，在懷來縣休息一天，即告別回京。後人有詩詠兩宮西狩道：

宮車曉出鳳城隈，豆粥蕪蔞往事哀。
玉鏡牙梳渾忘卻，慈幃今夜駐懷來。

欲知兩宮西狩詳情，及京中議和略狀，統在下回表明，請看官再行續閱。

本回兩錄諫草，一為許、袁二公文，一為李伯相文。當時宮廷昏憒情狀，兩諫草中已備載無遺，閱者讀之，不能不為慈禧咎。迨聯軍入京，倉猝西走，猶必置珍妃於死地，然後啟程，婦人情性，輒蹈偏端，愛之則非常寵幸，雖為所播弄，至身敗名裂而不恤；惡之則非常痛恨，當艱難困苦之遭，且出一潑辣手段，殄絕私仇，以洩昔時之忿。故牝雞司晨，唯家之累，古人有深戒焉。西走之時，三日薄粥，一飽難求，曾不足以示罰，冥冥中殆隱有主宰，不欲因此斃後，必俟瓦解土崩，而後促登冥籙歟？天道無憑若有憑，葉赫亡清之讖，其信也夫！

# 悔罪乞和兩宮返蹕　撤戍違約二國釐兵

卻說兩宮西狩，京城已自失守，日本兵先從東直門攻入，占領北城，各國兵亦隨進京城，城內居民，紛紛逃竄。土匪趁勢劫掠，典當數百家，一時俱盡，這北城先經日兵占據，嚴守規律，禁止騷擾，居民叨他庇護，大日本順民旗，遍懸門外。可為一嘆。各國兵不免搜掠，卻沒有淫殺等情，比較亂兵拳匪，不啻天淵。紫禁城也虧日兵保護，宮中妃嬪，仍得安然無恙。滿漢各員，也有數十人殉難。聯元女夫壽富，慷慨賦詩，與胞弟仰藥自盡。大學士徐桐，也總算自縊。承恩公崇綺，偕榮祿同奔保定，住蓮花書院。崇綺亦賦絕命詩數首，投繯畢命。榮祿先取崇綺遺折，著人馳奏，自己亦趕赴行在。太后聞崇綺自盡，甚為傷悼，降旨優恤。等到榮祿趕到，兩宮已走太原，召見時，先問崇綺死時情狀，既殺其女，焉用其父？慈禧之意，無非一「順我生逆我死」之私見耳。然後議及善後計策。榮祿答道：「只有一條路可走。」太后問是哪一條路，榮祿道：「殺端王及袒拳匪的王公大臣，以謝天下，才好商及善後事宜。」太后不答。總是左袒。光緒帝亦獨傳榮祿入見，囑他快殺端王，不可遲緩。榮祿答道：「太后沒有旨意，奴才何敢擅行？皇上獨斷下諭的時候，現在業已過了。」滿口怨憤，難為光緒帝。

太后僑居太原，山西巡撫毓賢殷勤供奉，太后也不加詰責，還道他是忠心辦事，只是要瞞中外耳目，不得不推皇帝出頭，頒發幾句罪己話頭，並令直督李鴻章為全權大臣，會同慶王奕劻，與各國議和。李伯相雖是個和事佬，但到這個地步，要與各國協定和局，正是千難萬難，所以卸了廣東督篆，行至上海，只管逗留，等到聯軍入京，行在的詔旨，屢次催逼，不得已啟程北上，由海道至天津，由天津至北京。但見京津一帶，行人稀少，滿目荒涼，未免嘆息。大有箕子過殷之感。既到京中，慶王奕劻先已在京，兩人商議一番，遂去拜會這位瓦德西統帥。

瓦德西自入京後，占居儀鑾殿。當時聯軍駐京，多守規則，唯德軍較為狠鷙，苛待居民，留守王大臣，哪個敢去爭論？甚且肆筵設席，供應外國兵官，把自己的姨太太，請出侍宴，巴結得了不得，廉恥喪盡。德軍益任意橫行。就中有個名妓賽金花，借色迷人，居民倒受了好些厚惠。賽金花原姓傅名彩雲，籍隸皖省，年十三，僑居滬上，豔幟高張，里門如市。洪學士鈞，一見傾心，慨出重金，購為簉室，攜至都下，寵擅專房。旋學士升任侍郎，持節使英，一雙比翼，飛渡鯨波。英女皇維多利亞年垂八十，雄長歐洲，見了彩雲，亦驚為奇豔，曾令她並坐照相。青樓尤物，居然象服雍容。學士卸任後，載回京邸。相如固然消渴，文君別具琴心，兩三俊僕，替學士夜半效勞，學士作了元緒公，於心不甘，於情難捨，憂瘵而死。彩雲不惜降尊，竟與洪僕結成膩友，既而私蓄略盡，仍返滬作賣笑生涯，改名賽金花。蘇人公檄驅逐，轉入津門，徐娘半老，丰韻依然。會值瓦德西統軍過津，心喜獵豔，得了賽金花，很加寵愛。大清的儀鑾殿，作了德帥的藏嬌屋。帳中密語，枕畔私盟，瓦將軍無不俯從。賽金花乘間進言，願為京民請命，因此瓦帥嚴申軍法，部勒各軍，京民賴以少靖。王大臣的姨太太，反不及一淫妓，可愧可醜！後來聯軍撤回，賽金花仍入歌樓，虐婢致死，被刑官押解回籍。既知保民，何故虐婢？瓦將軍返國，德皇聞他穢行，亦加嚴譴，這也不在話下。尤物畢竟害人。

且說慶王、李相拜會德帥瓦德西，瓦德西頗為歡迎。李相又曾與瓦德西會過，彼此握手，歡顏道故。及談到和議，瓦德西亦曾首肯，不過說要與各國會議。慶王、李相又去拜會各國公使，各公使接見後，主張不一，嗣後與瓦帥協定，先提出兩大款：第一條是嚴辦罪魁，第二條是速請兩宮回京。兩條照允，方可續議和款。慶王、李相只得電奏行在，太后猶豫未決。各國聯軍，因未見覆音，整隊出發，攻陷保定，旁擾張家口。慶、李急得沒法，一面飛電報聞，一面再晤瓦帥，極力勸阻。瓦帥擁豔尋歡，恰還無意西進，只要求速允前議。偏偏慈禧太后，聞聯軍從北京殺來，越奔越遠，竟由太原轉趨西安。臨行時接著慶、李電奏，勉強敷衍，毓賢開缺，又命大臣擬諭一道，電覆北京，其詞云：

此次開釁，變出非常，推其致禍之由，實非朝廷本意，皆因諸王大臣縱庇拳匪，開釁友邦，以致貽憂宗社，乘輿播遷。朕固不能不引咎自責，而諸王大臣等無端肇禍，亦亟應分別重譴，加以懲處。莊親王載勳、怡親王溥靜、貝勒載濂、載瀅，均著革去官職！端郡王載漪，著從寬撤去一切差使，交宗人嚴加議處，並著停俸！輔國公載瀾、都察院左都御史英年，均著交該衙門嚴加議處！協辦大學士吏部尚書剛毅、刑部尚書趙舒翹，著交都察院交部議處，以示懲儆！朕受祖宗付託之重，總期保全大局，不能顧及其他。諸王大臣等謀國不臧，咎由自取，當亦天下所共諒也！欽此。

這道上諭，明明是袒護罪魁，並沒一個嚴刑重罰。各國公使，不是小孩子，哪裡肯聽他搪塞，就此干休呢？慶、李二大臣，宣布電諭，各使臣當即拒絕。慶、李不得已，再行電奏。是時兩宮已到西安，剛毅在途中病死，得全首領，要算萬幸。又接慶、李奏牘，方將端王革職圈禁，毓賢充戍邊疆，董福祥革職留任。這諭頒到北京，各使仍然不允，慶、李兩大臣，因屢次遷延，一年已過，只好遵著便宜行事的諭旨，決意將各國提出兩事，徑行照允，然後商訂和議。議了數次，聽過了多少冷話，看過多少臉面，方才有些頭緒，共計十二款，錄下：

一　戕害德使，須謝罪立碑。
二　嚴懲首禍，並停肇禍各處考試五年。
三　戕害日本書記官，亦應派使謝罪。
四　汙掘外人墳墓處，建碑昭雪。
五　公禁輸入軍火材料凡二年。
六　償外人公私損失，計四百五十兆兩，分三十九年償清，息四厘。
七　各國使館劃界駐兵，界內不許華人雜居。
八　大沽炮臺及京津間軍備，盡行撤去。
九　由各國駐兵，留守通道。
十　須帖永禁軍民仇外之諭。
十一　修改通商行船條約。
十二　改變總理衙門事權。

以上十二大綱，經雙方議定，由慶、李電奏，預請照行。太后到此，無可如何，即命兩人全權簽定草約，隨又降懲辦罪魁的上諭道：

京師自五月以來，拳匪倡亂，開釁友邦，現經奕劻、李鴻章與各國使臣在京議和，大綱草約，業已畫押。追思肇禍之始，實由諸王大臣等，昏謬無知，囂張跋扈，深信邪術，挾制朝廷，於剿辦拳匪之諭，抗不遵行，反縱信拳匪，妄行攻戰，以致邪焰大張，聚數萬匪徒於肘腋之下，勢不可遏。復主令鹵莽將卒，圍攻使館，竟至數月之間，釀成奇禍。社稷阽危，陵廟震驚，地方蹂躪，生民塗炭。朕與皇太后危險情形，不堪言狀，至今痛心疾首，悲憤交深。是諸王大臣等信邪縱匪，上危宗社，下禍黎元，自問當得何罪？

前經兩降諭旨，尚覺法輕情重，不足蔽辜，應再分別等差，加以懲處。已革莊親王載勳，縱容拳匪，圍攻使館，擅出違約告示，又輕信匪言，枉殺多命，實屬愚暴冥頑，著賜令自盡！派署左都御史葛寶華，前往監視。已革端郡王載漪，倡率諸王貝勒，輕信拳匪，妄言主戰，致肇釁端，罪實難辭，降調輔國公！載瀾隨同載勳，妄出違約告示，咎亦應得，著革去爵職！唯念俱屬懿親，特予加恩，均著發往新疆，永遠監禁，先行派員看管。已革巡撫毓賢，前在山東巡撫任內，妄信拳匪邪術，至京為之揄揚，以致諸王大臣，受其煽惑，又在山西巡撫任，復戕害教士教民多名，尤屬昏謬凶殘，罪魁禍首。前已遣發新疆，計行抵甘肅，著傳旨即行正法！並派按察使阿福坤監視行刑。前協辦大學士吏部尚書剛毅，袒庇拳匪，釀成巨禍，並曾出違約告示，本應置之重典，唯現已病故，著追奪原官，即行革職！革職留任甘肅提督董福祥，統兵入衛，紀律不嚴，又不諳交涉，率意鹵莽，雖圍攻使館，係由該革王等指究，難辭咎使，本應重懲，姑念在甘肅素著勞績，回、漢悅服，特別從寬降調。都察院左都御史英年，於載勳擅出違約告示，曾經阻止，情尚可原，唯未能力爭，究難辭咎，著加恩革職，定為斬監候罪名。英年、趙舒翹兩人，均著先行在陝西省監禁！大學士徐桐、降調前四川總督李秉衡，均已殉難身故，唯貽人口實，均著革職，並將卹典撤銷！

經此次降旨後，凡我友邦，當其諒拳匪肇禍，實由禍首激迫而成，決非朝廷本意。朕懲辦禍首諸人，並無輕縱，即天下臣民，亦曉然於此案之關係重大也。欽此。

過了數日，已是新年，行在雖停止慶賀，隨駕的王大臣們，總不免有一番忙碌。忽又接到北京電奏，說是各國使臣，還嫌懲辦罪魁，處罰不嚴，應酌請加重等語。於是英年、趙舒翹也不能保全了，當下賜令自盡。又有啟秀、徐承煜於京城被陷時，不及逃避，被日本兵拘住，囚禁順天府署中。慶、李兩全權密奏，啟、徐俱國家重臣，與其被外人拘戮，不如自請正法，還得保全主權。太后允奏，命慶、李照會日本兵官，將兩人索回，行刑菜市口。啟秀還神色自若，轉語日本兵官道：「中日本唇齒相依，同文同種，與他國異，自悔從前錯誤，鹵莽從事，此後望貴國助我中華，變通治法，漸圖自強，我死亦感德了。」日本兵官倒也好言勸慰。只徐承煜已面如死灰，口中還極稱冤枉。可記監斬許、袁二公否？啟秀向承煜道：「你還要說什麼？我兩人奉旨就刑，不是洋人的意思，死亦何怨？」言畢，即由劊子手動刑，霎時身首異處，算是袒護拳匪的結果。毓賢在甘肅正法，臨刑時尚自作輓詞一聯道：

臣死君，妻妾死臣，誰曰不宜？最堪憐老母九旬，孤女七齡，耄稚難全，未免致傷慈孝治。

我殺人，朝廷殺我，夫復何憾？所自愧奉君廿載，歷官三省，涓埃莫報，空嗟有負聖明恩。

後人說毓賢居官時，操守廉潔，聲名頗盛，死後貧無一錢，也沒有一件新衣，足以備殮，可惜為攘夷一說所誤，至於庇護拳匪，倒行逆施，終至首領難保，身死邊疆，這真所謂失之毫釐，謬以千里了。有一善可錄處，著書人總代為表揚，即此可見公道。

兩宮西幸，已將一年，袒護拳匪的罪魁，死的死，殺的殺，或遣戍，或奪職，已是不留一個。只日夜隨侍太后的李蓮英，依然無恙。駕出走時，卻也有些害怕。後來和議告成，還恐洋人指名坐罪，因此中外各官，力請兩宮迴鑾，蓮英尚從中暗阻。嗣聞洋人索辦罪魁，單上不及己名，慶王又密函相告，力保無事，李總管幸逃法網，權勢猶存，阻止迴鑾的計畫，才行作罷。唯京中財產多半遺失，也就慫恿太后，催解貢銀。太后本是個嗜利婦人，料得聯軍入京，私積已盡，正思藉此規復，既為太后，還要私產何用？遂聽了李總管言，竭力蒐括。李總管樂得分潤，中飽了若干萬兩，方與兩宮一同還京。迴鑾以前，先把大阿哥廢黜，復將徐用儀、立山、許景澄、聯元、袁昶五人，追復原官。又命醇親王載灃赴德，侍郎那桐赴日本，遵約謝罪。改總理衙門為外務部，班出六部上。此外如保護洋人，改易新政，旁求賢才的上諭，亦接連下了幾道。各國見清廷悔禍，命將聯軍撤回，只酌留洋兵一二千人，保護使館。太后聞京中已經安靖，復得最好消息，宮中儲藏的寶物，亦未被掠去，遂決意回京。

溽暑已過，正值秋涼，太后挈著光緒帝等，由西安啟蹕，騶從極多，沿途供張，備極完美。比北京出走時情形，大不相同。行未數程，聞報全權大臣李傅相鴻章病歿，太后下旨優恤，除各省曾經立功的地方，許立專祠外，並在京師准立一祠，賜諡文忠，備極榮典。命王文韶繼任李職，商訂和約未了事宜。兩宮在途中行了兩三月，無甚可紀，直到冬季，始至北京，接見各國公使及公使夫人，都是殷勤款待。太后此時，頗欲引用賈誼五餌三表的法子，駕馭洋人，其實大錯鑄成。外洋各國，非匈奴比，五餌三表之法，實用不著。只恨自己未習洋文，一切應酬，不便直接，未免心中怏怏。可巧來了兩個閨媛，本是旗員女兒，隨父出洋好幾年，能通數國語言文字，至此歸國入覲，做了宮中招待員，把一個痴心妄想的西太后，喜歡極了。看官聽著！待小子報明兩位閨媛的姓名。這兩閨媛，係同胞姊妹，一名德菱，一名龍菱，乃是曾任法欽使裕庚的女公子。裕庚係滿洲鑲白旗人，字朗西，由軍功洊封公爵，他曾出使日本，又使法國，使節所臨，眷屬亦都隨著。此時正卸任回國，入覲太后，太后聞他二女秀慧，遂當面傳旨，令飭二女至頤和園陛見。當由裕夫人帶領二女，遵旨入園。德菱、龍菱從未到過頤和園中，此次隨母入覲，自然特別注意。但見園中廣敞異常，所有布置，都是異樣精采，目不勝睹。第八十三回中，已將園中景緻，大略敘明，故此處不覆覆敘。既到仁壽殿外，由太監導入殿側耳房，陳列著紫檀桌椅，統是雕鏤精工，壁上懸著各式自鳴鐘，短針正指到五點五十分，母女三個，少憩片時，旋有李總管到來，居然穿著二品公服，戴著紅頂孔雀翎。太監亦闊綽至此，不亞當年魏忠賢。裕夫人頗有些認識，即挈女起迎，那總管也笑容可掬，與裕夫人談了數句，無非是循例寒暄，及太后就要召見等語，語畢即去。二女問明裕夫人，方知這位翎頂輝煌的總管，就是赫赫有名的李蓮英。隨後又有幾位宮眷，導他母女三人出了耳房，經過三重院落，到了正殿，殿額上大書樂壽堂三字。應八十三回。殿內立著婦女數人，大約年輕的居多。就中有一位旗婦，裝束略異，且髻上戴著金鳳凰，與別人更覺不同。裕夫人瞧著，認得是光緒皇后，正欲入殿請安，忽見數宮女護著太后，從屏後出來，到了寶座間，將身坐定。後面蹿出李總管，即傳旨陛見。當下裕夫人率同二女，趨蹌入殿，一例拜跪報名，由特旨叫他起立。太后略問一番，裕夫人一一答述，太后又仔細瞧那二女，不覺生愛，起握二女手道：「你兩人煞是可愛，難為這裕欽使，生就這粉妝玉琢的兩女兒。你兩人可願在此伴我麼？」兩女本伶俐得很，即欲跪下謝恩。太后便道：「不必拘禮，你肯遵我的意旨，叫我做老祖宗，晨夕侍著，我就喜歡你了。」兩女連聲遵旨。太后覆命皇后等，與她們相見，母女三人，先請過皇后的安，嗣與各宮眷一一行禮，這等宮眷們，無非是各邸的郡主，相見後，太后復囑皇后道：「你可引他母女們，入內玩耍，我且到朝房一轉，再來與他們敘談便是。」皇后唯唯聽命，太后即舉步出殿。殿外早已備著露輿，俟太后上輿後，前後左右，統是很體面的太監，簇擁而去。這位李總管蓮英，本與太后時刻不離，至此隨著同行，更不必說了。皇后以下，恭送太后上輿畢，即引裕家母女三人，轉身入內，閒談消遣，至太后回園後銷差。未幾太后回來，賜母女三人午餐，午後復賞她們聽戲。太后最愛的是梆子調，與德菱姊妹，談論腔調的好處。德菱姊妹，不敢不隨聲附和。其實一片黴聲，已寓亡國之音，後人有詩嘆道：

潑寒妙樂奏昇平，南府新開散序成。
不是曲終悲伴侶，似嫌激征雜秦聲。

未知德菱姊妹，曾否在園侍奉，且看下回分解。

中外議和，訂約十二款，不必一一推究利弊，即此四百五十兆之賠款，已足亡中國而有餘。原約賠款計四百五十兆兩，分三十九年償清，息四厘，子母並計，不啻千兆。此千兆鉅款，盡由中國人負擔，以二三權貴之頑固昏謬，釀成莫大巨禍，以致四萬萬人民，俱凋瘵捐瘠，千載以後，不能不嘆息痛恨於若輩也。載漪以下，黜戮有差，其實萬死不足蔽辜。閹豎李蓮英，且安然無恙。孔子言婦人為難養，況可使之屢次臨朝，庇護此肉不足食之狐鼠耶？迨迴鑾以後，不能悔過圖強，且反欲援五餌三表之計，駕馭洋人。當時賈長沙猶徒託空言，無當實用，況如近今之外洋各國，其智識遠出匈奴上乎？至如裕家二女之入園，本屬無關得失，但就微論著，可見慈禧后之心，無非為便嬖使令起見。國已危矣，臥薪嘗膽且不暇，尚愛他人之希旨承顏，自圖快活耶？德菱姊妹，尚有學問，非李蓮英妹比，故未聞有濁亂宮禁之弊，否則不入嬖倖傳者幾希。

## 居大內聞耗哭遺臣　處局外嚴旨守中立

卻說裕朗西夫人及德菱姊妹，陪著太后，足足一日。俄見夕陽西下，天也將暝，太后方命裕家母女回家，並囑她即日來宮。裕夫人不好違拗，自然連稱遵諭。臨別時，太后又賜她衣料食物等件，母女叩首謝恩，不必細說。母女回家後，即把入覲情形及太后促召入宮的意旨，與裕庚說明。掌上雙珠，雖不欲使離左右，無如煌煌懿旨，不敢有違，只得略略收拾，指日入宮。光陰似箭，倏忽兩天，裕夫人仍率領二女，入宮覲見。太后見她遵旨前來，愉快得不可言喻。叫人家好兒女入宮當差，使之無暇事親，恐非以孝治天下之道。當下引她到仁壽宮右側房內，命她住著，所有應用各物，都叫宮監置備；唯衣服被褥等，已由裕家母女，隨身帶入。太后令裕夫人指導宮監，隨意安排，自己帶著德菱姊妹入宮，隨即囑咐德菱道：「看你聰明伶俐，恰是我一個大幫手。聞你通數國方言，倘有外婦入覲，你可與我做翻譯。平日無事，好與我掌管珠寶首飾。我這裡宮眷雖多，看來都不及你呢！」德菱復奏道：「老祖宗特恩，命臣女當這重差。只恐臣女年齡尚稚，更事無多，萬一有誤，反致辜負天恩，還請老祖宗俯鑑微忱，令臣女退就末班，學著辦事便是！」太后笑道：「你亦何用自謙，我看你不致荒謬，你且試辦數天，再作處置！」德菱只得謝恩受職。太后復顧龍菱道：「你年紀較輕，可跟著你姊，隨便辦事。」龍菱也謝過了恩。此時光緒帝適來請安，德菱欲趨前行禮，轉思太后在前，恐於未便。至光緒帝趨出，德菱隨著出來，循例謁駕，不料被太后覺著，已大聲呼德菱名。德菱連忙走入，雖未遭太后斥責，仰見太后面上，已含有怒容。愛之慾其生，惡之慾其死，是惑也。從此德菱特別小心，一切舉止，都是三思而後行。

一住數日，忽報俄使夫人勃蘭康覲見，太后即令德菱迎賓，自己帶著李總管，至仁壽堂受覲。光緒帝也總算與座。德菱引著勃夫人，到了殿中，行覲見禮，太后亦起與握手。兩下寒暄數語，統由德菱傳譯。勃夫人又與光緒帝行禮，光緒帝亦答禮如儀。太后下了座，引勃夫人入宮，敘談片刻，又命德菱導她去見皇后。周旋已畢，即令賜勃夫人午餐，由眾宮眷陪食。席間略仿西式，每人都設專菜。德菱奉太后命，坐了主席，殷勤款待，與勃夫人宴飲盡歡。席散後，勃夫人復進謁太后，謝了宴，由太后賜她寶玉一方，勃夫人謝了又謝。慈禧后之意，以為優待西婦，可以聯繫邦交，不知外人所欲，並不在此，豈區區宴賜所能籠絡耶？待勃夫人去後，太后語德菱道：「你隨父出使法國，並不是俄國，為何恰懂俄國語言？」德菱道：「俄語本不甚解，但俄人亦慣操法語，所以尚堪應對。」太后道：「你與勃夫人所說，統是法國語麼？」德菱道：「多半是法國語。」太后道：「勃夫人的裝束，也總算華麗了，但我恰不甚喜歡西裝。她滿身不著珠寶，總覺裝潢有限。我生平恰最愛珠寶呢，可惜西幸一次，喪失甚多。目下只剩下數百盒，你應與我收管方好。」愛珠寶不愛才德，總不脫婦女習氣。隨起身道：「你且跟我來！」

德菱遵旨隨著，偕太后入儲珍室，但見室內箱櫥林列，左首標著黃簽，是珍藏內府的祕笈，右首標著紅籤，是供奉老佛爺的珠寶。太后命宮監取鑰，叫德菱啟視右櫥，櫥開後，裡面都是金鑲玉嵌的盒子，大小不一，有長有方。盒外只標著號碼，不列物名。第一盒奉命取出，啟視盒內，貯有精圓的明珠，晶瑩的寶石，光芒閃閃，統是無上奇珍。第二盒又奉命取視，乃是珠玉紮成的飾物，蟲魚花草，色色玲瓏。第三四盒，係瑪瑙珊瑚等類，光怪陸離，無不奪目。第五六盒藏著簪環，第七八盒藏著釵釧。鏤金刻玉，美不勝收。看到第十盒，方覺金飾居多，珠玉較少。太后語德菱道：「這十盒算是上選，餘外亦無甚足觀了。若非庚子之變，何止於此！」誰叫你信端王，誰叫你用拳匪？言下有懊喪狀。虧得德菱伶牙俐齒，婉婉轉轉地勸慰幾句，太后方從這十盒內，揀了兩三件佩物，懸在身上，隨令德菱藏盒扃櫥，尋復向德菱道：「拳匪的亂事，外人總道我暗中作主，其實統是載漪那廝的主張。到了聯軍入京，我初意是願殉社稷，經剛毅等力勸出京，方才西幸，途中受了無數苦楚。及次年回京，差不多換了個世界。我累年積蓄，被洋人攜去不少，我想洋人也好知足了。未必！目下我國新敗，元氣難復，只好與洋人略略周旋，我的心中，總不甚相信洋人，洋人所制的器械，我國或不及他，洋人所講的政教，難道我國果不及他嗎？」可見迴鑾以後，所行新政，全不由衷。德菱正思回答，忽有宮監踉蹌奔入，報稱榮中堂已出缺了，太后驚愕道：「我昨日尚差宮監探視，聞他還不甚要緊，如何今日就死？咳！他死後，哪個還有像他忠誠？」言至此，竟似鯁在喉，撲簌簌的垂下淚來。太后一生，多仗榮祿保護，無怪聞死垂淚。德菱不好不勸，只得稟請道：「老祖宗慈體，亦請保重，祈勿過傷！」太后道：「你哪裡知我的苦衷，他是我患難與共的大臣。」德菱不敢再勸，由太后淒惋許久，方見太后吩咐道：「今日你也疲乏了，你可隨意出外，不必侍著！」德菱聞此數語，恍似皇恩大赦，退回自己的房中去了。這位老祖宗，實是不易侍奉。

次日太后臨朝，由內務府遞上榮中堂遺折，太后即啟視道：

為病處危篤，恐今生不能仰答天恩，謹跪上遺折，恭請聖鑑事：竊奴才以駑下之才，受恩深重，原冀上天假以餘年，力圖報稱。追思奴才起身侍衛、咸豐十年，國勢岌岌，內則奸臣蓄謀不軌，外則英法聯軍，占據京師，宗廟震驚，宮駕出狩，駐蹕熱河。奴才備位侍從，文宗顯皇帝聖躬不豫，漸至彌留，奴才乘間進言於皇太后，發覺鄭、怡二王之陰謀。及聖駕賓天，奸王僭稱攝政，圖謀不軌，皇太后身處危險之中，有非臣下所忍言者。幸上天佑助，皇太后沉幾默運，宗社危而復安。自此之後，兩宮太后垂簾聽政，叛亂削除，昇平復睹，奴才蒙恩升任內務府大臣。當穆宗毅皇帝賓天之際，皇太后親命奴才迎請皇上入宮，以社稷重大之事，付之奴才。受命之下，惶悚感激，易可言喻！奴才雖竭盡心力，豈能仰報於萬一耶？其後受任步軍統領，觸犯聖怒，七年之中，閉門思罪。皇上親政，復蒙慈恩出任西安都統，既而仍回原職。

光緒二十四年，皇太后皇上鑒於國勢之弱，決意採行新法，以圖自強，皇上召見奴才，蒙恩簡任直肅總督，命以破除積習，勵行新政。孰意康有為藉口變法，心懷逆謀，致為新政之阻。皇上誤信誇誕之詞，一時之間，偶虧孝道，親筆書諭，言變法之事，為皇太后所阻，又謂皇太后干預國政，恐危國家，對於奴才，數動天威，幾罹斧之誅。奴才密見皇太后，陳述康黨逆謀；皇太后立允奴才等所請，再出垂簾，以迅雷之威，破滅奸黨。

光緒二十六年，諸王大臣昏愚無識，尊信拳匪，矇蔽朝廷，雖以皇太后之聖明，不免為其所動，直至宗廟淪陷，社稷阽危，竟以國家之重，輕徇妖術，奴才屢請皇太后睿識獨斷，不蒙信納，數奉申斥，憂懼無術。四十日中，靜候嚴罰。然皇太后仍時時召奴才垂詢，雖聖意未能全回，而得稍事補救，各國公使，不致全體遇害，故事過之後，時荷天語感謝。自西安迴鑾之初，即將肇禍之王公大臣，分別定罪，漸次改革庶政，不得急激，期臻實效。兩年以來，改革已不少矣。聖駕回京，如日再中，東西各國，亦均感皇太后之仁慈。奴才自去年以來，舊病時發，勉強支撐，兩月之前，請假開缺，蒙皇太后時派內侍慰問，賞賜人蔘，傳諭安心調理，病痊即行銷假，恩意疊沛，無奈奴才命數將盡，病久未痊，近復咳嗽喘逆，呼吸短促，至今已瀕垂絕之候。一息尚存，唯願皇太后皇上勵精圖治，續行新政，使中國轉弱為強，與東西各國並峙。奴才在軍機之日，見朝廷用人，時有人地不宜者，此乃中國致弱之源。奴才以為改革之根本，尤在精選地方官吏，及顧卹民力，培養元氣之一端。皇太后皇上深居九重之中，閭閻疾苦，難以盡知，擬請仿行康熙、乾隆兩朝出巡之故事，巡行各省，周知民情。奴才方寸已亂，不能再有所陳，但冀我皇太后皇上聲名愈隆，得達奴才宿願，則雖死之日，猶生之年。謹將此遺折，交奴才嗣子桂良呈請代遞。臨死語多世繆，伏祈聖鑑赦宥！奴才榮祿跪上。

備錄遺折，可見以上各回之錄榮祿事，無一虛誣。

太后覽遺折畢，即諭王大臣道：「榮祿一生忠誠，庚子亂時，尤為盡力。現在不幸病故，須特別優恤方好！」慶親王奕劻在側，便奏請賜陀羅經被及賞銀三千兩治喪。太后點著頭，並道：「據他功績，應否入賢良祠？」慶王連忙贊成。太后又道：「應派親王前去祭奠否？」慶王又奏稱應派。於是派恭王率領侍衛十人，前往致祭，此恭王乃奕劻子，看官莫誤作奕劻。並令禮部擬謚，隨即退朝。越日，由禮部擬上謚法數則，太后即圈出文忠二字，復再賜祭席一桌，並命將榮祿事績，宣付國史館立傳。在任一切處分，均予開復，並賞其子以優等襲職等語。太后待遇榮祿，好算是始終盡禮了。

過了多日，太后把憶念榮祿的哀思，漸漸減殺，愛仍往頤和園，遊覽自娛。一年容易，又是春宵，園中花木盛開，太后遍邀各國公使眷屬，入園遊宴。美公使康格夫人，作為外眷的領袖，還有美參贊韋廉夫人，也隨著前來。此外如西班牙公使佳瑟夫人、日本公使尤吉德夫人、葡萄牙代理公使阿爾密得夫人、法參贊勘利夫人、英參贊瑟生夫人等，聯翩踵至，隨身各帶女眷，黑踏踏的聚集一堂，先行了覲見禮，然後到別宮賜宴。宴畢，統在園中遊覽一周。大眾推康格夫人作了代表，至太后處道謝。康格夫人帶著一個女子，生得細腰綽約，身態苗條，太后瞧著，覺得她俏麗絕倫，遂欲問她姓氏。當由康格夫人代答，德菱傳譯，叫做克姑娘，乃是個女畫士。太后問她能否寫真？又經德菱與克姑娘談了一會，然後詳稟太后，說是：「寫真係克姑娘慣技，她正欲繪就慈容，送到路易博覽會去。」太后躊躇半晌，方道：「她既欲繪我肖像，叫她緩日前來便好。」德菱把這語傳達，然後兩人興辭而去。

太后便語德菱道：「我朝舊例，帝后的像，須俟萬歲千秋後，方可照繪。今克姑娘欲為我畫像，我又不便當面回覆，如何是好？」德菱道：「現在世界開通，越是聖明的帝后，越得肖像流傳各國，俾作紀念。英女皇維多利亞的肖像，幾乎傳遍地球，如老祖宗福壽雙全，何妨破例一繪！」太后聽到此語，方有些高興起來，無非喜諛。便道：「既如此，且擇個吉辰，令她來繪。」當即取出曆本，選了一個黃道吉日，飭人至美使館，通知克女士。屆期克姑娘入宮，對太后行禮畢，即請太后端坐開繪。太后此時已服盛裝，肅容上坐，約數刻鐘，見克姑娘並不開手，專睜著綠色的眸子，向太后呆瞧。太后語德菱道：「她眈眈視我，何故？」德菱道：「外人繪像與華人不同，外人落筆，先就神情上注意，所以繪成後，特別生色。聞她是畫中名手，臨池審慎，無怪其然。」確是遊過外洋，見多識廣，故言之了了。太后道：「照汝說來，待她畫成，費時不少，我恰是不耐久坐的。」德菱道：「待臣女與她商量，或者可簡便一點。」當下與克女士商議，傳述太后的意思，克女士頗能體會，特別遷就，每日臨繪一小時，繪至兩星期才罷。及呈與太后，果然眉目如生，與拍照相似。太后很是喜歡，命賞千金。古人千金買骨，慈禧后獨千金買容。誰知憂喜相尋，一喜之後，又是一憂。宮監報到消息，說是日俄將要開戰，把東三省作交戰場。東三省是中國幅員，如何被外人作為戰場？太后又未免焦勞。

這日俄開戰的事情，從何而起？小子先將原因表明。原來拳匪擾亂時，黑龍江將軍壽山，阿附端王，立意排外。適俄兵入黑龍江，欲假道黑龍江省城，至哈爾濱保護鐵路。哈爾濱在省城西南，係滿洲鐵路的中心點，壽山非但不允，反出兵去攻哈爾濱，一面厲兵秣馬，反由受琿城侵入俄境。俄人正苦無隙可乘，得了這個好機會，遂磨拳擦掌，分三路出發。東路由琿春，中路由三姓，兩路趨援哈爾濱。西路陷愛琿，擊斃副都統鳳翔，並將中俄交界的屯駐旗人，統驅入黑龍江，進攻齊齊哈爾（即黑龍江省城）。壽將軍束手無策，只有一條死路，遂仰藥自盡。俄軍合趨吉林，轉向奉天，所至蹂躪。清兵及官吏，無一敢抗，東三省幾盡歸俄人掌握。奉天將軍增祺，鑑了壽山覆轍，遇著俄兵，事事聽命。俄兵陸續增添，多至十八萬人。等到北京議和後，俄使特別要挾，擬把東三省利權，一概取去。李相不從，俄使多方恫喝，強迫李相簽押。東南督撫及士紳，聯電力爭，英日兩國，也有違言，李相氣憤成病，竟至不起。東三省事，暫從緩議。

至光緒二十八年，始由慶王奕劻、大學士王文韶，與俄使雷薩爾，訂交收東三省條約。東三省的俄兵，限十八個月內，分三期撤退。此約定後，總道俄國如約撤兵，誰知俄國狡猾得很，第一次屆期，只略略減退幾名。第二次屆期，俄兵一個不去，反在吉林增加兵額，中國不敢詰責。那時虎視東業的日本國，與英國密訂攻守同盟，又聯合了美國，勸清政府急開放滿洲，作為各國通商場，免得俄人壟斷。清政府就將此言照會俄使，俄使百計阻撓，俄兵又遷延未撤。於是日人不肯坐視，自與駐日俄使，直接會商，硬要俄國撤兵。俄使不允所請，竟致兩國決裂，於光緒二十九年十二月宣戰，把遼東作了戰場。

看官！你想這女掌男權、統轄全國的慈禧太后，女掌男權、統轄全國八字，正是西太后的好頭銜。焉有不耽憂之理？立召滿漢王大臣入宮，面議這事。當時滿大臣領袖，要算慶親王奕劻，漢大臣領袖，要算孫家鼐、瞿鴻禨。各人談論多時，議定了一個良法，奏聞太后。太后道：「東三省係祖宗陵寢所在，關係甚大。汝等議定這麼計策，可保陵寢無礙麼？」慶王道：「俄日戰線，想必不惹著陵寢，當可無虞。」太后道：「且電問各省疆吏，是否贊同？」慶王遵旨，即命軍機處擬電拍發。隔了一天，各省將軍督撫，多覆電贊成，復由慶王匯稟太后，太后就令擬好諭旨，頒發出去。諭云：

日俄兩國，失和用兵，朝廷軫念彼此均係友邦，應按局外中立之例辦理，著各省將軍督撫，通飭所屬文武，並曉諭軍民人等，一體欽遵，以篤邦交而維大局，勿得疏誤！特此通諭知之！欽此。

這道諭旨，乃就萬國公法，援引局外中立一條，做了火燒眉毛的擋牌。兩客交鬥於門內，主人反作鼾睡，也是千古奇聞。復諭令駐紮俄日兩國的欽使，諮照他外部，宣布中立意旨。俄國沒甚答覆，只日本恰聲請中國仍須防守，由駐日楊欽使電聞。太后遂派馬提督玉昆帶兵十營駐山海關，郭總兵殿輔帶兵四營，駐張家口，復令駐日楊欽使，與日本鄭重交涉，凡東三省的陵寢宮殿，及城池官衙、人命財產，交戰國不得損傷。戰後無論誰勝，東三省的主權，仍應歸中國云云。日本總算應允，然後酌定全國中立章程，及遼東戰地界限規則，頒布中外。

不到幾日，遼左方面，鼓聲鼕鼕、炮聲隆隆，日俄兩國的海陸軍，竟開起戰仗來了。太后甚注意日俄戰事，每日飭人採購西報，叫德菱譯呈。開戰的起手，是海軍交綏，仁川的俄艦，統被日軍擊沉。旅順口黃金山下的俄艦，又遭日軍轟沒。嗣後乃是陸軍對壘，日軍入遼東半島，連敗俄兵，九連、鳳凰、牛莊、海城等處，次第被日軍占據。太后向德菱道：「俄大日小，不意反為日敗。」德菱道：「行軍全仗心力，不論眾寡。日人此番打仗，上下一心，聞得男子荷械從軍，婦人盡撤簪珥，充作軍餉，所以臨陣無前，屢次獲勝。」太后點頭，隨又道：「日勝俄敗，遠東尚可保全，我的憂心，到也可消釋一二了。」恃人不恃己，何足解憂？言未已，外面又遞進西報，由德菱譯出，呈與太后。太后接著，不覺驚異，正是：

優勝劣敗，弱肉強食。
國運靡常，所視唯力。

欲知太后驚異緣由，試看下回自知。

慈禧后之喜諛好奢，曾見近今印行之《清宮五年》記，原書即德菱女士所著。本回第節錄一二，而慈禧后之性情舉止，已可概見。拳匪之亂，聯軍入京，為慈禧后一大懲創，至回京以後，不思發憤圖強，猶戀戀於珠寶首飾，寶非所寶，不亡何待？榮祿為慈禧一生之忠僕，榮祿死而慈禧失一臂助，卹典特優，固無足怪。唯遺折中有精選官吏，及顧卹民力，培養元氣等語，人之將死，其言也善，慈禧胡不力行之耶?至如日俄之戰，禍仍胎自拳亂，清庭不敢袒俄，又不敢袒日，僅守局部中立，坐視關東之橫被兵革，未由保護，天下之痛心疾首，孰逾於此?當時或有以日人仗義，出於抗俄，為中國幸者。夫日本何愛清室?又何愛中國?不過報宿憤，爭權勢。昔俄以索還遼東抗日本，今日本遂亦以迫還關東抗俄，要之皆利我之東三省耳。觀此回不能無恨於拳亂，並不能無憾於慈禧后。

# 爭密約侍郎就道　返欽使憲政萌芽

卻說德菱譯出的新聞，乃是日韓特訂條約。韓國疆域，由日本政府保護，一切政治，亦由日本政府贊襄施行。太后閱畢，便道：「韓國就是朝鮮國，當日馬關條約，曾迫我國承認朝鮮自主，為何今日要歸日本保護呢？可見外國是沒有什麼公法，如此過去，朝鮮恐保不住了。」何不切唇亡齒寒之懼？正在驚愕的時候，慶王奕劻，忽入宮稟報，俄艦逸入上海，由日使照會我外務部，迫令退出，現在雙方交涉，尚未議妥，因此入奏太后。太后道：「現聞日勝俄敗，一切交涉，總須顧全日本體面為是。」慶王道：「據奴才愚見，誠如聖訓。」太后道：「我國雖弱，究竟是個獨立國，也不宜令俄艦逸入，壞我中立。你去飭知外務部，電令南洋大臣，速迫俄艦出口！」慶王遵旨退出。太后復自語道：「外人論力不論理，遼東戰局，究不知如何結果，京師相距不遠，未免心寒。早知日俄有這番爭端，不如暫住西安，稍覺安逸呢。」德菱在旁，也不敢多談。

當日無別事可記，到了次日，京中謠言不一，盛傳兩宮又要西幸。有一個汪御史鳳池，竟信為實事，做了一篇奏疏，阻止西巡，待太后臨朝時，率爾上陳。太后閱畢，怒道：「日俄戰事，我國嚴守中立，京城內外，一律安堵，為什麼我要西巡？這等無稽之言，如何形入奏牘？」遂向慶王奕劻道：「速叫軍機處傳旨申飭，嗣後如有謠言惑眾，應著步軍統領衙門順天府五城御史，一體拿辦！」慶王唯唯遵諭，自然令軍機處照旨恭擬，即日頒發。這也不在話下。

過了一年，日俄戰事，還是未息，中國總算沒有出險，不過將各省官職，裁併了好幾處，且廢制藝，試策論，興辦京師大學堂，把新政辦了好幾樁。又派商約大臣呂海寰，與葡使新訂商約二十條，出使英國大臣張德彝，與英外部會訂保工章程十五條，約中大旨，無非是保護兩國工商，彼此統有些利益。只駐藏大臣有泰，恰來了一道緊急公電，報稱英將榮赫鵬入藏，與藏官私自訂約，請朝廷速與交涉，於是外務部又要著忙。是謂急時抱佛腳。原來日俄未戰的時候，俄人曾南下窺藏，密遣員聯繫達賴，令他親俄拒英。達賴頗被他運動，陰與英人齟齬。從前光緒十九年，清參將何長榮，與英使保爾訂定藏印條約，承認亞東開關，許英人通商。亞東在西藏南境，毗連印度，此約訂後，英人嘗從印度入境，至藏互市。達賴偏同他反對，種種掯阻，英商未免吃苦。只因俄人暗中袒護，英政府也未便發難。會日俄戰起，英政府乘機圖藏，令印度總督，遣將榮赫鵬率兵深入。榮赫鵬遂帶了英兵三千，印兵八千，廓爾喀兵三千，及工兵二千，長驅北向，攻入藏境。看官！你想這腐敗不堪的藏官，哪裡能敵他紀律森嚴的英將？達賴不知厲害，竟召集一班番官，向釋迦佛前，祈禱了好幾次，居然仗著佛力，令番官一齊出來，與英將接仗。兩下對壘的時光，相距還差數百步。那英兵的槍炮，已是撲通撲通的亂響，藏官不知何故遭瘟，都是應聲而倒。想是佛來接引，令往西方享福，故無病而亡。前隊既斃，後隊自然逃走。英將率眾追趕，自江孜北進，所向披靡，如入無人之境。及到拉薩，這位主持佛教的達賴喇嘛，早已聞警遠颺，逃到庫倫去了。何不請韋馱保護？達賴一遁，城中無主，還虧噶爾丹寺的長老，仗著膽出迓英軍，與他講和。英將榮赫鵬，遂趁勢恫喝，迫他立約十條，不由寺長不允。簽約後，方經駐藏大臣有泰探悉，電達清廷，清外務部茫無頭緒，由尚書侍郎，會議一番，定出一個主見，仍覆電令有泰就近開議。

這位有大臣，本是個糊塗人物，他當英藏開戰的時候，未嘗設法勸解，等到兩造定約，木已成舟，還有何力挽回？況且英將榮赫鵬，已奏凱回去，再與何人商議？當下召到噶爾丹寺長，令他抄出密約，仍行電達，並奏稱達賴貽誤兵機，擅離招地，應革去封號。身任駐藏大臣，坐令英兵壓藏，不知應革職否？清廷知他沒用，也不去依他奏請，只令外務部討論約章的利害。侍郎唐紹儀素來研究外交，遂指出約中的關礙。原約共有十條，最要緊的是除前約亞東開埠外，更闢江孜、噶大克為商埠，此後是印度邊界，至亞江噶三處，藏人不得設卡，須添英員監督商務。所有英國出兵費用，應由藏人賠償五十萬磅。償款未清以前，英兵酌留春丕，俟償清後方得撤回。還有一條定得更凶，乃是藏地及藏事，非經英國照允，無論何國不得干預。看官試想！西藏是中國領土，兵權財權，統歸駐藏大臣管轄，此次英藏私自立約，有無論何國不得干預的明文，是全把西藏占奪了去，哪裡還是中國的管轄權呢？唐侍郎指出此弊，外務部堂官，自然著急，當據實奏聞，並保薦唐紹儀為全權大臣，赴藏改約。唐使至藏，照會英國，派員會議，辯論了好幾年，英員堅執不允，直到三十二年，英始承認中國有西藏領土權，允不占並藏地，及干涉藏政，此外不肯改易。唐侍郎也無可奈何，只得將就畫押。這是後話。

且說日俄交戰，已是一年，俄國的海陸軍，屢戰屢敗，日本戰艦，進陷旅順口。奉天省城，也被日本陸師占住，俄人尚不肯干休，竟派波羅的海艦隊，大舉東來。波羅的海在歐洲北面，係俄國西境的領海，他要從西到東，繞越重洋，路有一萬八千里。今日到某處，明日到某處，早被日人探悉。就是艦隊中一切情形，日人也耳熟能詳，因此養精蓄銳，預先籌備。知己知彼，百戰百勝。俄艦遠道而來，艦中人已疲乏得很，兼且未諳路徑，未識險要，貿貿然駛到日本海，即使有通天手段，一時也用不出。況日本係三島立國，四周都是海峽，海峽裡面，正好設伏，掩擊俄艦。他聞俄艦將至，料必從對馬海峽駛入，暗集水師，密為布置，不怕俄艦不墮入計中。這俄艦也防著險要，無如勢不能避，只好闖入對馬峽。一入峽中，四面八方的日艦，統行駛集，把俄艦困在垓心，你開槍，我放炮，一齊動手，弄得俄兵防不勝防，禦不勝禦。惡龍難鬥地頭蛇，打了一仗，被日兵殺得大敗虧輸，戰無可戰，逃無可逃，只得束手歸降，做了俘虜。日俄戰事，雖與中國大有關係，然究與中外開戰不同，故敘筆概從簡略。

日俄勝負已決，於是美國大統領羅斯福，出來調停，勸日俄休兵息戰。俄人此時，因鞭長莫及，不能再事調兵，日人以俄國究係強大，遷延非計，得休便休，遂各允了美統領的布告，各派公使到美國會議，就樸子茅斯作會議場。日使小村氏，提出要索各款共計十一條：第一條是索償戰費；第二條是承認朝鮮主權；第三條是要俄國割讓樺太島；第四條是旅順大連灣的租借權，要讓與日本；第五條是俄國撤退滿洲兵；第六條是承認保全清國領土及開放門戶；第七條是哈爾濱以南的鐵路亦須割讓；第八條是海參崴的幹線應作為非軍事的鐵道；第九條是竄入中立港的兵艦，當交與日本；第十條是限制東洋的俄國海軍；第十一條是沿海州的漁業權等，亦應歸與日本。這十一條款子，經俄使槐脫抗議，所有賠償兵費，割讓樺太，中立港竄入軍艦的交與，及限制俄國海軍四大問題，概不承諾。再四磋商，方允將樺太島南半部，讓與日本，餘三條一概取消。日本亦總算承認，和議遂成。東三省的俄兵，才如約撤退，領土權交還中國，唯路礦森林漁業邊地，各項交涉，仍日日相逼，清廷不敢不允。從此北滿洲為俄人的勢力圈，南滿洲為日人的勢力圈，名為中國的東三省，實則已歸日俄的掌握了。

自日俄戰爭後，中國人士，統說專制政體，不及立憲政體的效果。什麼叫做專制政體？全國政權，統歸君主一人獨斷，所以叫做專制。什麼叫做立憲政體？君主只有行政權，沒有立法權，一國法律，須由國會中的士大夫議定，所以叫做立憲。日本自明治維新，改行新政，把前時專制政體，改作君主立憲，國勢漸漸強盛，因此一戰敗清，再戰勝俄，俄國政體，還是專制，終被日本戰敗。自是中國人的思想言論，驟然改變，反對專制的風潮，日盛一日。這是中國人慣技。慈禧太后雖然不願，也只得依違兩可，與王公大臣，商定粉飾的計策，停止科舉，注重學堂，考試出洋學生，訓練新軍，革除梟首凌遲等極刑，並禁刑訊。復派遣載澤、紹英、戴鴻慈、徐世昌、端方五大臣出洋，考察政治，於光緒三十一年七月啟行。臨行這一日，官僚多出城歡送，五大臣聯翩出發，才到正陽門車站，方與各同寅話別。忽聽得豁喇一聲，來了一顆炸彈，炸得滿地是煙硝氣，五大臣急忙避開，還算保全性命。載澤、紹英，已受了一些微傷，嚇得面色如土，立即折回。

看官！你道這顆炸彈，從哪裡來的？說來又是話長，小子略略敘述，以便看官接洽。原來康梁出走時，立了一個保皇會，號召同志，招集黨徒，散放富有貴為等票，傳布中外。在外遊學的學生，與充工販貨的僑民，倒被他聯繫不少。獨有一個廣東人孫文，表字逸仙，主張革命，與康梁意見不同。他童年時在教會學堂肄畢，把平等博愛的道理，印入腦中，後來又到廣州醫學校內，學習醫術。學成後，在廣州住了兩三年，借行醫為名，結識幾個志士，立了一個祕密會社。嗣因同志漸多，改名興中會，自己做了會長。李鴻章未沒時，他竟冒險到京，訪到李寓，與李談了一回革命事情。李以年老為辭，他遂回到廣州，湊集幾個銀錢，向外國去購槍械，竟想指日起事。事不湊巧，祕謀被洩，急航海逃至英國。粵督譚鍾麟，拿他不住，探聽他遁至外洋，飛電各國公使，密行查拿。駐英使臣龔照瑗，誘他入館，把他禁住，虧得從前有位教師，是個英國人，名叫康德利，替他設法救出。自此以後，這位孫會長特別小心，遍遊歐美各國，遇有寓居外洋的華人，往往結為好友。有幾個志士，願入黨的，有幾個富翁，願助餉的。他住在海外，倒也不愁穿，不愁吃，單愁革命不成，欲想回國，又恐怕自投羅網，只得時常與同志通訊。有廣東人史堅如，與中山是莫逆朋友，結了幾個黨人，要去借兩廣總督德壽的頭顱。不料德壽的頭顱保得很牢，反將史堅如的頭顱借得去了。這是革命流血第一個志士。嗣後又有湖南人唐才常，想在漢口起事，占據兩湖，又被鄂督張之洞查悉，拿獲正法。才常死後，廣東三合會首領鄭弼臣，受孫文運動，願聽指揮，發難惠州，又遭失敗。過了一年，湖南人黃興在長沙密謀革命，亦被洩漏。黃遁走日本，嗣又潛回上海，邀了同志萬福華，刺殺前桂撫王之春。福華被拿，黃亦就獲，經問官審訊，黃無證據，始得釋，乃航海東去。浙江人蔡元培、章炳麟，在上海組集會社，開設報館，鼓吹革命。四川人鄒容，又著了一冊《革命軍》，被江督魏光燾聞知，飭上海道密拿。元培走脫，章、鄒二人被捉，鄒容在獄病故，章炳麟幽禁數年，方得釋放。到光緒三十一年，湖南人胡瑛、湖北人王漢，謀刺欽差鐵良，尾至河南彰德府，無隙可乘，王漢憤極，將手槍對著自己胸前，一發而斃。胡瑛料知無成，亦遁往日本。歷歷寫來，簡而不漏。接連又有五大臣出洋事，惱動了一位志士吳樾。樾係皖北桐城人，生得慷慨激昂，自命為暗殺黨先鋒，他與五大臣毫無私仇，只為了排滿主義，挾著炸彈，潛身進京。這日聞五大臣乘車出發，他先在車站坐待，等到五大臣陸續入站，將上火車，就取出炸彈，突然抛去。五大臣到底有福，未遭毒手，那僕役們恰死了好幾個。誤中僕役，恰難為一顆炸彈。當下大起忙頭，由全班巡警，分路搜查，竟不見有可疑人物，只火車外面，有好幾具屍首，仔細檢查，除被炸的僕役外，有一血肉模糊的屍骸，粗具面目，恰沒有人認識，復將衣服內一一檢查，懷中尚藏有名片，大書吳樾姓名，名下又有皖北人三字，烈士徇名。大眾料是革命黨中人物，彼此相戒，幾乎風聲鶴唳，杯弓蛇影。鬧了月餘，始漸平靜。徐世昌、紹英不願出洋，清廷只得改派了尚其亨、李盛鐸。五大臣駕艦出遊，自日本達美國，轉赴英德。考察了數國政治，吸受些文明氣息，遂從外洋擬了一折，把各國憲政大略，敘述進去。差不多如王荊公萬言書，結末是請速改行立憲政體，期以五年。這奏摺傳達清廷，皇太后尚遲疑未決，至次年七月，五大臣回國，由兩宮召見數次，他五人各暢所欲言，說得非常痛切。太后也為動容，遂於光緒三十二年七月十三日，頒發預備立憲的上諭道：

朕奉慈禧端佑康頤昭豫莊誠壽恭欽獻崇熙皇太后懿旨：我朝自開國以來，列聖相承，謨烈昭垂，無不因時損益，著為憲典。現在各國交通，政治法度，皆有彼此相因之勢，而我國政令，積久相仍，日處阽危，憂患迫切，非廣求智識，更訂法制，上無以承祖宗締造之心，下無以慰臣庶治平之望，是以前簡派大臣分赴各國，考查政治。現載澤等回國陳奏，皆以國勢不振，實由於上下相睽，內外隔閡，官不知所以保民，民不知所以護國。而各國之所以富強者，實由於實行憲法，取決公論，君民一體，呼吸相通，博採眾長，明定許可權，以及籌備財用，經畫政務，無不公之於黎庶。又兼各國相師，變通盡利，政通民和，有由來矣。時處今日，唯有及時詳晰甄核，仿行憲政，大權統於朝廷，庶政公諸輿論，以立國家萬年有道之基。但目前規制未備，民智未開，若操切從事，徒飾空文，何以對國民而昭大信？故廓清積弊，明定責成，必從官制入手。亟應先將官制分別議定，次第更張，並將各項法律，詳慎釐訂，而又廣興教育，清理財政，整頓武備，普設巡警，使紳民明悉國政，以預備立憲基礎。著內外臣工切實振興，力求成效，俟數年後規模粗具，檢視情形，參用各國成法，妥議立憲實行期限，再行宣布天下。視進步之遲速，定期限之遠近。著各省將軍督撫，曉諭士庶人等，發憤為學，各明忠君愛國之義，合群進化之理，勿以私見害公益，勿以小忿敗大謀，尊崇秩序，保守和平，以預備立憲國民之資格，有厚望焉！欽此。

這篇諭旨，在清廷以為空前絕後的政策，其實紙上空談，連實行的期限，尚且未定，已可見慈禧后的粉飾手段了。當下派載澤等編纂新官制，停捐例，禁鴉片，創設政務處及編制館等，似乎銳意維新，不涉空衍。並命慶親王奕劻為總核大臣，這慶親王仰承慈眷，把懿旨特別凜遵，不到幾日，就將京內外官制，核定崖略，具摺奏陳：內閣軍機處，暫仍舊貫，把六部改作十一部，首外務部、次吏部、次民政部、次度支部、次禮部、次學部、次陸軍部、次法部、次農工商部、次郵傳部、次理藩部，每部設尚書一員，侍郎二員，不分滿漢，都察院改為都御史一員，副都御史二員，大理寺改為大理院，太常、光祿、鴻臚三寺，併入禮部，國子監併入學部，太僕寺併入陸軍部，這算是京內官制的改革。各省督撫下，設布政、提法、提學三司，交涉紛繁的省分，增交涉使，有鹽省分，仍留鹽法使，或鹽法道與鹽茶道，東三省設民政、度支兩使，代布政使職任。又裁撤分巡分守各道，添設巡警、勸業二道，分設審判廳，增易佐治員，這算是外省官制的改革。徒改官制，擺成一個空架子，究於國家何益？官制粗定，復開憲政編查館，建資政院，中央立統計處，外省立調查局，並派汪大燮、于式枚、達壽三大臣，分赴英德日三國考察憲法。正在忙碌時候，忽報革命黨人趙聲肇亂萍鄉，清政府方道是宣布立憲，可以抵制革命，誰知革命黨仍舊橫行，免不得意外憂慮。嗣聞萍鄉縣已經嚴防，黨人無從侵入，有幾個已拿下了，有幾個已槍斃了，只主張起事的趙聲，恰遠颺得脫，遍索無著。有人查得趙聲履歷，乃是江蘇丹徒人，表字伯先，係南洋陸師學堂第一次畢業生，與吳樾很是投契。吳樾未死的時候，曾遺書趙聲，有「君為其難，我為其易」的密約。趙聲也有贈吳的詩章，小子曾記得二絕云：

淮南自古多英傑，山水而今尚有靈。
相見塵襟一瀟灑，晚風吹雨大行青。
一腔熱血千行淚，慷慨淋漓為我言。
大好頭顱拼一擲，太空追攫國民魂。

清廷聞萍鄉已靖，又漸漸放心，不意御史趙啟霖，平白地上了一折，竟參劾黑龍江署撫段芝貴，連及農工商部尚書載振，又惹起一番公案來。

看官欲明底細，請向下回再閱。

光緒之季，清室已不可為矣。外則列強環伺，以遼東發祥地，坐視日俄之交爭而不能止，西藏服屬二百年，又被英人染指，剝喪主權。外交之失敗，已不堪問。內則黨人蠭起，昌言革命，紛紛起事，前仆後繼，子房之椎，勝廣之竿，皆內潰之朕兆。內外交迫，不亡可待？清廷即急起圖治，實行立憲，亦恐未足固國本、樹國防，況徒憑五大臣之考察，數月間之遊歷，襲取各國皮毛，而即謂吾國立憲，已十得八九，不暇他求，其誰信之?本回依事直書，而夾縫中屢寓貶筆，是固所謂皮裡陽秋者耶。

# 倚翠偎紅二難競爽　剖心刎頸兩地招魂

卻說農工商部尚書載振，係慶親王奕劻子，他因慶王執掌朝綱，子以父貴，曾封鎮國將軍及貝子銜。自官制改更，把工部易名農工商部，就令他作為部長。一介貴公子，只可管領花叢，如何能主持實業？少年顯達，倜儻風流，前時未任部長，嘗悅妓女謝珊珊，招至東城餘園侑酒，備極媟褻。御史張元奇曾專摺奏參，說他為珊珊傅粉調脂，失大臣體。折上留中，慶王心中似乎過不下去，令封閉南城妓館，盡驅諸妓出京。鶯鶯燕燕，紛紛逃避，也算是紅粉小劫，奈振貝子最愛賞花，遇著這般禁令，暗中未免埋怨。虧得境隨時易，舊事漸忘，兩宮寵眷，較前益隆。公子竟冠部曹，美人復來都下。一班裊裊婷婷的麗姝，漸集京津。內京有個楊翠喜，破瓜年紀，嫵媚動人，又生就一副好歌喉，專演花旦戲，登臺一唱，滿場喝采，且將戲中淫媟情狀，描摹得唯妙唯肖，頓時哄動都人。振貝子聞這豔名，哪得不親去賞鑑？相見之下，果然名不虛傳。那楊美人本藉此為生，晤著這般闊老，位尊多金，年輕貌秀，自然特別巴結。一醉留髠，願諧白首。振貝子雖然應允，但總不免有些顧忌，未便遽貯金屋。忽被黑龍江道員段芝貴聞知，竟替翠喜贖出歌樓，充為侍婢，獻進相府，喜得振貝子心花怒開，忙替他運動一個署撫缺，報他厚德。不料河南道監察御史趙啟霖，竟聞風上疏，劾他私納歌妓，並參段署撫夤緣親貴，物議沸騰。在趙御史恰也多事，慈禧后不得不派官調查。醇親王載灃、大學士孫家鼐等，奉派查辦，把振貝子巧為開脫，只將「事出有因，查無實據」八字，做了回話手本。官場通病。趙啟霖遂以謊奏革職，只這位揣摩迎合的段署撫，已先時撤去重差，未由復任，也算暫時倒運。案結後，言路大嘩，慶王又令振貝子具疏辭職，奉旨雖准他開缺，恰仍溫語褒獎，說他年富力強，才識穩練，有此本領，故善作護花鈴。仍應隨時留心政治，以資驅策。那時都御史陸寶忠、御史趙炳麟等，還是不服，上了寬容臺諫一折。蒼蠅碰石廊柱，終究是不生效力。

振貝子一場趣案，既瓦解冰消，他的兄弟載搏，也有好花癖性，訪豔藏嬌，成為常事。此次見阿兄無累，特別放膽做去，偏來了一個蘇寶寶，與搏二爺有些因果，合做露水姻緣。寶寶別號情天樓，幼時本稚愚笨，不甚出色。乃姊叫做媛媛，在上海操賣淫業，名盛一時，寶寶私心豔羨，極力模仿乃姊，巧為妝飾。到了十四五歲，居然盡態極妍，一個黃毛丫頭，竟變成了盛鬋豐容的麗女。還有一樁媚骨柔聲，超出乃姊上。乃姊因妒成嫉，橫加摧折。同胞尋仇，係中國人恆態，無怪蘇媛媛。寶寶發憤為雄，偏離了阿姊，獨張一幟。只因時運未至，操業不能稱心。可巧有一老妓從北京回來，見了寶寶，視為奇貨，即挈她北上。時來運轉，遷地果良，竟結識了一個搏二爺，彼此定情，你貪我愛，這一段風流趣史，流傳都中，報紙上又為他誇揚，一傳十，十傳百，連他老子奕劻，也都聞知，把他嚴詞訓責。搏二爺無可奈何，只得忍痛割愛，暫避譏嘲。過了數月，舊性復發，又與一個名妓洪寶寶結不解緣，搏二爺專愛寶寶。與阿兄適成匹敵，真個是難兄難弟。當時某酒樓有題壁詩四絕，很有趣味，第一首云：

翠鈿寶鏡訂三生，貝闕珠宮大有情；
色不誤人人自誤，真成難弟與難兄。

第二首云：

竹林清韻久沉寥，又過衡門賦廣騷；
轉綠回黃成底事，誤人畢竟是錢刀。

第三首云：

紅巾舊事說洪楊，慘戮中原亦可傷；
一樣誤人家國事，血脂新化口脂香。

第四首云：

嬌痴兒女豪華客，佳話千秋大可傳；
吹皺一池春水綠，誤人多少好姻緣。

這四詩所指，即詠女伶楊翠喜、名妓洪寶寶事。後來御史江春霖，又劾直隸總督陳夔龍及安徽巡撫朱家寶兒子朱綸，說陳是慶王的乾女婿，朱綸是振貝子的乾兒子，朝旨又責他牽涉瑣事，肆意誣衊，著回原衙門行走。時人又擬成一副諧聯云：

兒自弄璋爺弄瓦，兄會偎翠弟偎紅。

這聯傳誦一時，推為絕對。正是一門盛事。只臺諫中有了二霖，反對慶邸父子，免不得惱了老慶。江春霖籍隸福建，趙啟霖籍隸湖南，此時漢大學士瞿鴻禨，與趙同鄉，老慶暗怨趙啟霖，遂至遷怒瞿鴻禨。滿漢相軋，漢相敵不過滿相，已在意中。待至運動成熟，竟由惲學士毓鼎出頭，參劾瞿鴻禨四大款：什麼授意言官，什麼結納外援，什麼勾通報館，什麼引用私人，惱動了慈禧太后，竟欲下旨嚴譴。幸而查辦大臣孫家鼐、鐵良等，代瞿洗釋，改大為小。這瞿中堂算得免斥革，有旨以「開缺回籍」四字，了結此案。二霖扳不倒，老慶一鼎已足壓雙木，可見清廷敝政。

自是全臺肅靜，樂得做仗馬寒蟬，哪個還出來尋釁？這慈禧太后恰清閒了不少，每日與諸位宮眷，抹牌聽戲。戲子譚鑫培，是伶界中泰，專唱老生戲，入園供直，相傳譚演《天雷報》一劇，唱得異常悱惻，居然空中應響，起了一個大霹靂，時人因稱他作譚叫天，太后呼他為叫天兒。叫天兒上臺，沒一個不表歡迎，所以京中人都著譚迷，幾乎舉國若狂。當時肅親王善耆，任民政部尚書，在宗室中稱是明達，也未免嗜戲成癖。先時與叫天兒作莫逆交，得了幾句真傳，竟微服改裝，與名伶楊小朵合演《翠屏山》，善耆扮石秀，楊扮潘巧雲，演到巧雲斥逐石秀時，楊斥善耆道：「你今天就是王爺，也須與我滾出去！」聽戲的人，有認得善耆的，都為楊伶捏一把汗，偏這善耆毫不介意，反覺面有喜容，所以譚叫天亦極口稱讚，說是可授衣缽，唯他一人。官場原是戲場，肅王曠達，何妨小試。

一班梨園子弟，正極承慈眷的時候，忽一片駭浪，發自安徽。一個管轄全省的恩巡撫，被一候補道員徐錫麟，手槍擊死。這警電傳到北京，嚇得這位老太后，也出了一回神，命即停止戲劇，匆匆回宮，連頤和園都不敢去。「漁陽鼙鼓動地來，驚破霓裳羽衣曲」，想清宮情景，也如唐宮裡差不多哩。小子聞那道員徐錫麟，係浙江紹興人，曾中癸卯科副貢，科舉廢後，在紹興辦了幾所學堂，得了兩個好學生，一姓陳名伯平，一姓馬名宗漢，嗣因自己未曾習武，復赴德國入警察學堂，半年畢業，匆匆回國。適他表親秋女士瑾，也從日本留學回家，秋女士的儀表，不亞男子，及笄時，曾出嫁湖南人王某，兩人宗旨不同，竟成怨偶。她即赴東留學，學成歸國，至上海遇著徐錫麟，談起宗旨，竟爾相同，無非是有志革命。當下徐錫麟創設光復會，叫陳、馬兩學生做會員，自任為會長，聯繫各處同志，結成一個小團體。既而偕秋女士同回紹興，把前立的大通學校，認真接辦，注重體操，隱儲作革命軍，嗣接同鄉好友陶成章來書，勸他捐一官階，廁入仕途，以便暗中行事。錫麟深以為然，他家本是小康，又經同志幫助，湊成了萬餘金，捐了一個安徽候補道，銀兩上兌，執照下頒，錫麟領照到省，參見巡撫恩銘，恩撫不過按照老例，淡淡的問了幾句。錫麟口才本是很好，見風使帆，引磁觸鐵，居然把恩撫一副冷腸，漸漸變熱。官場中的迎合，虧他揣摩。傳見數次，就委他作陸軍小學堂總辦；旋又因他警察畢業，兼任他做巡警會辦。他得了這個差使，盡心竭力，特別討好，暗中恰通訊海外，託同志密運軍火，相機起事。恩撫全然不知，常讚他辦事精勤。不想兩江總督端方，來了密電，內稱革命黨混入安徽，叫恩撫嚴密查拿。恩撫立傳徐錫麟進見，示他譯出的電文，錫麟一瞧，不由得吃了一驚。這電文內所稱黨首，第一名就是光漢子，幸下文沒有姓名，還得暫時瞞住，佯作不解狀，從容對恩撫道：「黨人潛來，應亟加防備，職道請大帥嚴飭兵警，認真稽查！」恩撫道：「老兄辦事，很有精神，巡警一方面，要託老兄了。」錫麟應聲而別，回寓後與陳、馬二人密商，主張速行起事，先發制人，是年已是光緒三十三年。錫麟擬趕辦學堂畢業，請恩撫到堂，行畢業禮，乘間刺殺恩銘。議定後，遂備文申詳，定於五月二十八日行畢業禮，經恩撫批准，錫麟即密招黨人，屆期會集安慶，內應外合，做一番大大的事業。誰料到二十八日外，忽由恩撫傳見，命他改期。錫麟驚問何故？這一驚比前更大。恩撫說二十八日，係孔子升祀大典，須前去行禮，無暇來堂，所以要提早兩日。錫麟躊躇了一會，只推說文憑等件，都未辦齊，恐不能提早。恩撫微笑，半晌才道：「趕緊一些，便好辦齊，有什麼來不及哩！」錫麟觀形察色，未免有些尷尬，不好再說。恩撫已舉茶辭客，錫麟回寓，又與陳、馬二人密議多時，統是沒法，只得拚了性命，向前做去。到了二十六日，錫麟命在學堂花廳內，擺設筵席，預埋炸藥，俟恩撫到堂，先行請宴，索性連巡撫以下各官，一概炸死，以便發難。辰牌時候，司道等俱至堂中，恩撫亦乘轎到來，由錫麟一一迎入。獻茶畢，恩撫便命閱操，錫麟忙回稟道：「請大帥先飲酒，後閱操！」恩撫道：「午後有事，不如先閱操為便。」便傳集全堂學生，齊立階下。恩撫率司道坐堂點名，忽走入學務委員顧松、請恩撫就座少緩。錫麟聽著，疑顧松已知密謀，遂不管好歹，從懷中取出炸彈，向前拋去，偏偏炸彈不炸。想是司道等不該死。

恩撫聽見響聲，忙問何事，顧松接口道：「會辦謀反。」說時遲，那時快，恩撫面前，又是一彈飛至。恩撫忙把右手一遮，剛剛擊中右腕，這顆槍彈，是馬宗漢放出來的。錫麟見未中要害，竟取出手槍兩支，用兩手連放，擊射恩銘。恩銘受了數創，最厲害的一彈，穿過小腹，立即暈倒。文巡捕陳永頤忙去救護，一彈中喉，又復斃命。武巡捕德文，也身中五彈，頓時堂中大亂。恩撫守護軍將恩銘背出，恩銘尚未至斃，一聲呼痛，一聲叫拿徐錫麟。藩司馮煦，帶了各官，越門而逃，錫麟忙叫關門，奈被顧松阻住，竟放各官出門。錫麟大憤，執了馬刀，趕殺顧松，顧松欲逃，被陳伯平開了一槍，了結性命。錫麟見各官已去，與陳、馬二徒脅迫學生多名，趨占軍械所。城內各兵，已奉藩司命圍攻，錫麟命伯平守前門，宗漢守後門，內外轟擊了一回，被官兵攻入，擊死陳伯平，捉住馬宗漢，單單不見徐錫麟。就近搜查，到方姓醫生家，竟被搜著。冤家相遇，你一手，我一腳，把錫麟打至督練公所。當由藩司馮煦、臬司毓鐘山，坐堂會審。錫麟立而不跪。馮煦厲聲喝道：「恩撫是你的恩帥，你到省未幾，即委兼差，你應感激圖報，為什麼下此毒手？且有同黨幾人？」錫麟道：「這是私恩，不是公憤，你等也不配審我，不如由我自寫。大丈夫做事，當磊磊落落，一身做事一身當，何容隱諱？」馮煦道：「很好。」便命左右取過紙筆，令他自書。錫麟坐在地上，提筆疾書道：

我本革命黨大首領，捐道員，到安慶，專為排滿而來。滿人虐我漢族，將近三百年，綜觀其表面立憲，不過牢籠天下人心，實主中央集權，可以膨脹專制力量。滿人妄想立憲便不能革命，殊不知中國人之程度，不夠立憲。以我理想，立憲是萬萬做不到的。若以中央集權為立憲，越立憲的快，越革命的快。我只拿定革命宗旨，一旦乘時而起，殺盡滿人，自然漢人強盛，再圖立憲不遲。我蓄志排滿，已十餘年，今日始達目的，本擬殺恩銘後，再殺端方、鐵良、良弼，為漢人復仇，乃殺恩銘後，即被拿獲，實難滿意。我今日之舉，僅欲殺恩銘與毓鐘山耳。恩撫想已擊死，可惜便宜了毓鐘山。此外各員，均係誤傷，唯顧松係漢奸，他說會辦謀反，所以將他殺死。爾言撫臺是好官，待我甚厚，誠然。但我既以排滿為宗旨，即不能問滿人作官好壞。至於撫臺厚我，係屬個人私恩，欲殺撫臺，乃是排滿公理。此舉本擬緩圖，因撫臺近日稽查革命黨甚嚴，恐遭其害，故先為同黨報仇。且要當大眾面前，將他打死，以成我名。爾等再三問我密友二人，現已一併就獲，均不肯供出姓名，將來不能與我大名並垂不朽，未免可惜，所論亦是。但此二人皆有學問，日本均皆知名，以我所聞，在軍械所擊死者，為光復子陳伯平，此實我之好友。被獲者，或係我友宗漢子，向以別號傳，並無真姓名。此外眾學生程度太低，無一可用之人，均不知情。你們殺我好了，將我心剖了，兩手兩足斬了，全身砍碎了，均可。不要冤殺學生，學生是我誘逼去的。革命黨本多，在安慶實我一人。為排滿故，欲創革命軍，助我者僅光復子、宗漢子兩人，不可拖累無辜。我與孫文宗旨不合，他也不配使我行刺，我自知即死，因將我宗旨大要，親書數語，使天下後世，皆知我名，不勝榮幸之至！徐錫麟供。

寫畢，擲交公案。藩臬兩司，已得實供，復聞恩銘已死，便商議一番，擬援張汶祥刺馬新貽案，懲辦錫麟。一面電奏北京，一面將錫麟釘鐐收禁。隔了兩天，京中覆電照辦，並命馮煦署理皖撫，馮煦即命將錫麟挪出正法，復剖胸取心，致祭恩撫靈前。刑已減輕，如何仍此慘酷？復將馬宗漢訊問得供，亦推出梟首。又傳電浙江，查辦徐氏家屬，浙江巡撫張曾敭，接著此信，忙飭紹興府貴福遵行。錫麟父徐梅生，向來守舊，曾告錫麟忤逆，至是到會稽縣自首。縣令李端年調查舊卷，果有梅生控子案，遂不去逼迫，只飭交捕廳管押。錫麟弟偉，正去安徽訪兄，被馮署撫拿住，供稱與兄意見不合。今欲到表伯俞巡撫處省視，路過安慶，順道訪兄，不意被拿，兄事實不知情。馮撫察無虛語，又因他供與湘撫俞廉三有親，未免袒護一點，遂把他減輕罪名，監禁十年。只紹興府貴福，本係滿人，特別巴結，不但將徐氏家產，抄沒入官，並把大通學堂，也勒令封閉；並令差役入內檢查。適值秋瑾女士偶憩校中，差役不由分說，竟將她拿入府署，給她紙筆，逼令供招。秋瑾提筆寫一「秋」字，經堂下令她寫下，她又續書六字，湊成了一句詩，乃是「秋風秋雨愁煞人」一語。貴福道：「這句便是謀反的意想。」不知所據何典？所引何律？遂貪夜電稟張撫，說是：「秋瑾勾通徐錫麟，謀叛已有實據，現在拿獲，應請正法！」張撫聞有謀叛確證，覆電就地處決。可憐這位秋女士，被綁至軒亭口，憤無從洩，竟爾受刑。同善堂發棺收殮，以免暴骨。那貴福既殺了秋瑾，復令兵役到處搜查，忙亂了好幾日，查不出有革命黨蹤跡。兵役異想天開，遇著居民行客，任意敲詐，連禿頭和尚、天足婦人，統說他是徐、秋二人黨羽，得了賄賂，方才釋手。約有一兩個月，兵役已經滿意，始復稱沒有革命黨。貴福照稟張曾敭，曾敭電達安徽，並奏報北京，才算了案。杭紹的百姓，只有三魂六魄，已嚇去了一半。至民國光復後，方把徐氏家產發還，並將秋女士遺骸改葬西湖，碣書鑑湖女俠秋璿卿墓。璿卿即秋瑾表字，鑑湖女俠，乃秋瑾別號。後人有輓徐志士並秋女俠對聯兩副，頗覺可誦。輓徐志士一聯云：

鐵血主義，民族主義，早已與時俱臻；未及睹白幟飄揚，地下英靈應不瞑。
只知公仇，安識私恩，胡竟為數所厄？幸尚有群雄繼起，天涯草木俱生春。

輓秋女士一聯云：

今日何年？共諸君幾許頭顱，來此一堂痛飲。
萬方多難，與四海同胞手足，競雄廿紀新元。

皖浙事方了，粵省又有會黨起事，正是一波才平，一波又起，清室江山，總要被他收拾了。待小子下回再敘。

立憲之偽，於改革官制見之。官制雖更，而一班綺袴少年，以塗脂抹粉之手段，竟爾超升高位，欲其改良政治也得乎？迨御史攻訐，老羞成怒之奕劻，不知整飭家法，反令遷謫言官，甚至同寅大僚，亦受嫌被黜，周厲監謗，不是過也。徐錫麟謂越立憲的快，越革命的快，斯言實獲我心。疆吏趨承上旨，加以慘戮，激之愈烈，發之辨愈速。徐死後僅閱五年，而鄂軍發難，清社墟矣。書有之：「四海困窮，天祿永終」，信然！

# 遘奇變醇王攝政　繼友志隊長亡軀

卻說粵東西兩省，自洪楊蕩平後，尚有餘黨孑遺，當時雖幸逃性命，本心終是未改，隱名韜姓的溷了幾年，聯繫幾個老朋友，免不得又來出頭。什麼三點會、三合會，統是藏著洪天王的姓，想與洪天王復仇。革命黨人，利用這班會黨，密與通訊，叫他起事，因此廣東詔平縣的會黨，攻黃岡協鎮衙門；惠州府的會黨，謀變七女湖；欽州的會黨，也聞風踵起，攻陷防城。只是烏合之眾，終究不能濟事。革命黨聯繫會黨，也太覺拉雜。官兵一出馬，兩三仗便把會黨擊敗，四散逃走。清廷以為癬疥微疾，不足深慮，獨直督袁世凱，以內憂外患，交迫而起，奏請實行立憲。鄂督張之洞，以各校學生，日趨浮囂，好談革命，奏請設存古學堂，冀挽頹風。一促維新，一擬存古，看似兩岐，實是同一般用意。清廷遂召兩督入京，統補授軍機大臣，另下詔化除滿漢畛域，令內外各官條陳辦法。當下各官吏應詔陳言，有說宜許滿漢通婚，有說要實行立憲，籌定年限。慈禧太后，倒也無乎不可，遂改考查政治館為憲政編查館，叫他按年籌備。憲政編查館諸公，遂提出九年的期限，擬自光緒三十四年起，至四十二年止，將預定各事，陸續辦齊，按年列表，上陳慈鑑。日月逝矣，歲不我與，奈何？奉諭：「逐年籌備事宜，照單察閱，統是立憲要政，必須秉公認真，次第推行」云云。宮廷中的意見，總道是諭旨迭下，可以銷弭隱禍，籠絡人心。徒託空言，何濟於事？偏偏民情愈奮，民氣益張。蘇浙兩省，為了滬杭甬鐵路，決議自辦，拒絕英國借款；山西人為了外人開礦，有失利權，決立礦務公司，力圖抵制；安徽又開鐵礦大會，協爭江浙鐵路借款，併力請自辦浦信鐵路；廣東人因外務部許稅司管理西江捕權，會議力爭。這一樁，那一件，都來與政府交涉。軍機處的王大臣，及各部堂官，忙得日無暇晷，磋磨又磋磨，調停復調停，方才敷衍過去。

忽聞廣西鎮南關，又有革命黨攻入，奪去右輔山炮臺三座。有旨切責桂撫，令他指日克復。桂撫連忙調兵派將，運械輸糧，與革命軍對壘。官兵的餉械，陸續前來，革軍的餉械，只是孤注。相持了好幾日，革軍已是械盡糧空，沒奈何仍走外洋。桂撫遂上摺報功，有幾個有運氣的將士，升官蒙賞，又沐了好些皇恩。

勉勉強強過了一年，已是光緒三十四年了。過年的時候，宮中照例慶祝，又有一番熱鬧。初十日是皇后千秋節，除太后皇帝外，眾人統向皇后祝壽。元宵這一日，花燈絢彩，煙火幻奇，宮中復另具一番景色。不意日本公使來了一個照會，內稱粵海關擅扣汽船，侮辱國旗，要求外務部賠償損失，嚇得外務部瞠目結舌，正擬拍電去粵，粵省的大吏，已有電文傳到，照電譯出，係日本汽船二辰丸私運軍火，接濟民黨，由粵海關查出，搜得槍枝九十四箱、子彈四十箱，當將二辰丸扣留，卸去日本國旗。外務部據事答覆，偏偏日使不認，硬要同清廷嘔氣，彼此舌戰了一回，日使竟取出強權手段，欲以武力對待。外務部無如彼何，只好事事應允，釋船懲官，賠款謝罪，才算了結。強國有公理，弱國無公理，可為一嘆。粵民大憤，擬停止日貨交易，日使又強迫外務部，令粵督嚴禁，中國人虎頭蛇尾，五分鐘熱心，不久即消滅淨盡，日貨仍充塞街中了。我同胞聽著。

那時西陲的廓爾喀、尼泊爾兩國，恰遣使入貢，達賴喇嘛，前次避入庫倫，至是聞英藏案結，回至西寧，亦上表入覲。太后特旨嘉許，命地方官優禮相待。到京後，賜居雍和宮，加封為誠順贊化西天大善自在佛。徒事羈縻，不足以服達賴。會太后誕辰將至，便留達賴替他祝壽，自己暢遊頤和園萬壽山，圖個盡歡。大約自己亦知不永。到了萬壽期內，城內正街，裝飾一新，宮中設一特別戲場，演戲五日，這是拳匪以後第一次盛典。達賴喇嘛亦帶領屬員，向太后叩祝，外國使臣，各遣員祝賀。只光緒帝已經抱病，不能率王大臣行禮，但於萬壽日早晨，由瀛臺至儀鑾殿，勉強拜祝。太后見他顏色憔悴、形容枯槁，亦未免動了慈心，命太監扶掖上轎，令帝回入瀛臺。是日下午，太后挈后妃福晉太監等，泛舟湖中，天氣晴和，湖光一碧，太后老興勃發，命妃嬪福晉等，改著古衣，扮做龍女善男童子，李蓮英扮韋馱，自己扮觀音大士，拍一照相，留作紀念。七十餘年的歷史，統作幻影觀可也。遊至日暮，興盡方歸。歸途中涼風拂拂，侵入肌骨，又多吃乳酪蘋果等物，竟至病痢。翌日尚照常理事，批閱奏摺多件。又越日，太后皇帝都不能御殿。達賴聞太后染疾，呈上佛像一尊，稟稱可鎮壓不祥，應速往太后萬年吉地，妥為安置。太后喜甚，病幾少痊。翌日仍御殿，召見軍機大臣，命慶王送佛像至陵寢。慶王聞命，遲疑一會，才奏稱：「太后皇上，現皆有病，奴才似不便離京。」太后道：「這幾日中，我不見得就會死，我現在已覺得好些了。無論怎樣，你照我話辦就是。」慶王不敢違旨，始奉佛像去訖。次日，太后皇帝同御便殿，直隸提學使傅增湘陛辭，太后道：「近來學生，思想多趨革命，此等頹風，斷不可長。你此去務盡心力，挽回末習方好。」言下頗為傷感，傅增湘應令趨退，太后即宣召醫官入內診病。

自是光緒帝不復視朝，太后亦休養宮中，未曾御殿。御醫報告兩宮病象，均非佳兆，請另延高醫診視。軍機處特派員請慶王速回，一面增兵衛宮，稽查出入，伺察非常。慶王接信，兼程入京，一到都下，聞光緒帝病重，太后已擬立醇王子溥儀為嗣，當下入宮謁見太后。太后即向慶王道：「皇上病重，看來要不起了。我意已決，立醇王子溥儀。」慶王道：「就支派上立嗣，溥倫是第一個應繼，其次還是恭正溥偉。」太后道：「我意已定，不必異議。從前我將榮祿的女兒，與醇王配婚，便等她生下兒子，立為嗣君，報榮祿一生的忠心。榮祿當庚子年防護使館，極力維持，國家不亡，全仗彼力。今年三月，曾加殊恩與榮祿妻室，現已飭迎醇王子溥儀入宮，授醇王為監國攝政王了。」慶王聞言，暗想木已成舟，無可再說，便道：「太后明見，想亦不錯。」太后又道：「皇上終日昏睡，清醒時很少，你去看他一看，倘或醒著，可將此意傳知。」

慶王便轉至瀛臺，到光緒帝寢榻前，但見光緒帝雙目睜著，氣喘吁吁，瘦骨不盈一束。榻下只有一兩個老太監，充當服役，連皇后瑾妃都不在側，未免觸景生悲，暗暗墮淚。當時請過了安，光緒帝亦兩淚含眶，便有氣無氣地向慶王道：「你來得很好！我已令皇后往稟太后，恐不能長侍慈躬，請太后選一嗣子，不可再緩。」慶王便婉述太后旨意，光緒帝半晌才道：「立一長君，豈不更好？但不必疑惑，太后主見，不敢有違。」（到死還不敢批評太后，驚弓之鳥，煞是可憐！）慶王道：「醇王載灃，已授為監國攝政王，嗣君雖幼，可以無慮。」光緒帝道：「這且很好，但我，……」說到我字，喉中竟哽咽起來。慶王連忙勸慰，便道：「皇上不必愴懷，如有諭旨，奴才當竭力遵辦。」光緒帝道：「你是我的叔父行，不妨直告。我自即位以來，名目上亦有三十多年，現在溥儀入嗣，還是承繼何人？」慶王聞了此語，倒也躊躇了一會，想定計畫，才道：「承繼穆宗，兼祧皇上。」光緒帝道：「恐怕太后未允。」慶王道：「這在奴才身上。」言未畢，太監報稱御醫入診，當由慶王替光緒帝傳入。醫官行過了禮，方診御脈。診罷辭退，慶王亦隨了出來，問御醫道：「脈象如何？」御醫道：「龍鼻已經煽動，胃中又是隆起，都非佳兆。」慶王問尚有幾日可過，御醫只是搖頭。

慶王料是不久，便別了御醫，徑稟太后。太后道：「各省不知有無良醫，應速徵入都方好。」還要良醫何用？慶王道：「恐來不及了。」太后道：「你卻去叫軍機擬旨，如有良醫，速遣入診，我也病重得很。」慶王退出。還有宮監們旁構讒言，說皇帝前數日，聞太后病，尚有喜色。太后發怒道：「我不能先他死。」小人之可惡如此。是日下午，太后聞報帝疾大漸，便親至瀛臺視疾，光緒帝已昏迷不省，太后命宮監取出長壽禮服，替帝穿著，帝似乎少醒，用手阻擋，不肯即穿。向例皇上彌留，須著此禮服，若崩後再穿，便以為不祥。太后見帝不願穿上，便令從緩，延至五點鐘駕崩，是日為光緒三十四年十月二十一日。太后、皇后、妃嬪二人及太監數人在側。太后見帝已崩逝，匆匆回宮，傳諭降帝遺詔，並頒新帝登基喜詔。慶王聞耗，急趨入宮，見遺詔已經謄清，忙走前瞧閱道：

朕自衝齡踐阼，寅紹丕基，荷蒙皇太后幬育仁慈，恩勤教誨，垂簾聽政，宵旰憂勞，嗣奉懿旨，命朕親裁大政，欽承列聖家法，一以敬天法祖，勤政愛民為本。三十四年中，仰稟慈訓，日理萬機，勤求上理，念時勢之艱難，折衷中外治法，輯和民教，廣設學堂，整頓軍政，振興工商，修訂法律，預備立憲，期與薄海臣庶，共亨昇平。各直省遇有水旱偏災，凡疆臣請賑請蠲，無不恩施立沛。本年順、直、東三省，湖南、湖北、廣東、福建等省，先後被災，每念我民滿目瘡痍，難安寢饋。朕躬氣血素弱，自去歲秋間不豫，醫治至今，而胸滿胃逆，腰痛腿軟，氣壅咳喘諸證，環生迭起，日以增劇，陰陽俱虧，以致彌留，豈非天乎？顧念神器至重，亟宜傳付得人，茲欽奉慈禧端佑康頤昭豫莊誠壽恭欽獻崇熙皇太后懿旨，以攝政王載澧子溥儀，入承大統，在嗣皇帝仁孝聰明，必能仰慰慈懷，欽承付託，憂勤惕厲，永固邦基。爾京外文武臣工，其清白乃心，破除積習，恪遵前次諭旨，各按逐年籌備事宜，切實辦理！庶幾九年以後，須布立憲，克終朕未竟之志。在天之靈，藉稍慰焉。喪服仍依舊制，二十七日而除。布告天下，咸使聞知。

慶王瞧畢，便稟太后道：「新皇入嗣，是否承繼穆宗？」太后道：「這個自然。吳可讀曾至屍諫，難道竟忘記麼？」慶王道：「承繼穆宗，原應該的，但大行皇帝，亦不可無後，應由嗣皇兼祧。」太后不應，慶王再請，太后且有怒容。慶王叩頭道：「從前穆宗大行，未曾立嗣，因有吳可讀屍諫。現今皇上大行，若非籌一兼顧的法子，仍如穆宗無嗣，安得沒有第二個吳可讀，仍行屍諫故事？將來應如何對待，還乞太后聖裁。」太后被他駁住，才忍著性子道：「你去擬旨來，待我一閱。」慶王即起，取紙筆，草擬遺詔道：

欽承慈禧端佑康頤昭豫莊誠壽恭欽獻崇熙皇太后懿旨：前因穆宗毅皇帝，未有儲貳，曾於同治十三年十二月初三日降旨，皇帝生有皇子，應承繼穆宗毅皇帝為嗣。今大行皇帝龍馭上賓，亦未有儲貳，不得已以攝政王載澧之子溥儀，承繼穆宗毅皇帝為嗣，兼承大行皇帝之祧。

兼祧之制已定，光緒帝才算有嗣。最感激的，乃是光緒皇后。慶王等退出，時已夜半，太后才得安寢。次日尚召見軍機與皇后、攝政王，及攝政王福晉，談論多時。復用新皇帝名目，頒一上諭，尊太后為太皇太后，皇后為太后，其時尚談及慶祝尊號，及監國授職的禮節。到了午膳，太后方飯，忽然間一陣頭暈，猝倒椅上。李蓮英等忙扶太后入寢宮，睡了好一歇，方才醒轉，令召光緒皇后、攝政王載澧及軍機大臣等齊集，咐吩各事，從容清晰。並云：「病將不起，此後國政應歸攝政王辦理。」隨令軍機大臣擬旨，大略如下：

奉太皇太后懿旨：昨已降諭，以醇王為監國攝政王，稟承予之訓示，處理國事。現予病勢危急，自知不起，此後國政，即完全交付監國攝政王。若有重要之事，必須稟詢皇太后者，即由監國攝政王稟詢裁奪。

看這道上諭，可見慈禧后愛憐姪女，與待同治皇后，大不相同。不但愛憐姪女，且暗蓄那拉族勢力。慈禧后叮囑既畢，喉中頓時痰壅，咯了幾口，休養了好一會。軍機大臣，尚未趨退，當下命草遺詔。軍機擬詔畢，呈慈禧后，慈禧后還能凝神細閱，從頭至尾，看了一遍。又命軍機加入數語，才算定稿。到了傍晚，漸漸昏沉，忽又神氣清醒，諭王大臣道：「我臨朝數次，實為時勢所迫，不得不然。此後勿再使婦人預聞國政，須嚴加限制，特別防範！尤不得令太監擅權，明末故事，可為殷鑑。」說到末句，已是不大清楚。臨終時偏有此遺囑，所謂人之將死，其言也善。喉中的痰，又壅塞起來。面色微紅，目神漸散，隨即逝世。時僅兩日，遭了兩重國喪，宮廷內外，鎮定如常，這還是慈禧一人的手段。越日即傳布遺詔道：

予以薄德，只承文宗顯皇帝冊命，備位宮闈。迨穆宗毅皇帝，衝年嗣統，適當寇亂未平，討伐方殷之際，時則發捻交訌，回苗俶擾，海疆多故，民生凋敝，滿目瘡痍，予與孝貞顯皇后，同心撫視，夙夜憂勞，秉承文宗顯皇帝遺謨，策勵內外臣工，暨各路統兵大臣，指授機宜，勤求治理，任賢納諫，救災恤民，遂得仰承天庥，削平大難，轉危為安。及穆宗毅皇帝即世，今大行皇帝入嗣大統，時事愈艱，民生愈困，內憂外患，紛至沓來，不得不再行訓政。前年宣布預備立憲詔書，本年頒示預備立憲年限，萬機待理，心力俱殫，幸予氣體素強，尚可支持。不期本年夏秋以來，時有不適，政務殷繁，無從靜攝，眠食失宜，遷延日久，精力漸憊，猶未敢一日暇逸。本年二月一日，復遭大行皇帝之喪，悲從中來，不能自克，以致病勢增劇，遂致彌留。回念五十年來，憂患迭經，兢業之心，無時或釋。今舉行新政，漸有端倪，嗣皇帝方在衝齡，正資啟迪，攝政王及內外諸臣，尚其協心翊贊，固我邦基！嗣皇帝以國事為重，尤宜勉節哀思，孜孜典學，他日光大前謨，有厚望焉！喪服二十七日而除，布告天下，咸使聞知！

遺詔既下，準備喪葬典禮，務極隆崇。加謚曰「孝欽顯皇后」，謚光緒帝為「德宗景皇帝」。越月，嗣皇帝溥儀即位，年甫四齡，由攝政王扶掖登基，以明年為宣統元年，上皇太后徽號曰「隆裕皇太后」，並頒攝政王禮節，及覃恩王公大臣有差。

京中一弔一賀，方在熱鬧得很，忽報安徽省又起革命風潮。大眾還道徐錫麟復生，驚疑不定，後來探聽的確，方知發難的首領，乃是炮隊隊官熊成基。成基因徐錫麟慘死，心懷不平，適值前炮營正目范傳甲，與錫麟乃是故交，錫麟死時，曾對著屍首，慟哭一回，被撫院衛隊撞見，飛奔得脫。是時聞兩宮崩逝，遂潛至安慶，運動熊成基起事。成基應允，密召部下營兵，宣告革命。部眾倒也贊成，當即編成命令十三條，定於十月二十六日頒布。處置既定，又暗約弁目薛哲在城內接應。屆期十點鐘，炮營內全隊俱發，先至陸軍小學堂，破門而入，直趨操場軍械室，取得槍桿；又至火藥庫，奪了子彈，正想長驅入城，不料城門已是緊閉。成基還待薛哲接應，等了許久，毫無影響，遂在沿城小山上架炮轟城。連放數炮，城不能破，反被城上轟擊過來，死傷部眾數十人。正在著忙，忽聞長江水師，已奉江督端方命令，來救安慶，成基料知事洩，便率眾向西北遁走。途中解散部眾，隻身獨行。沿路記念范傳甲，不知如何下落。行到山東，適遇一位好友從安慶來，兩下相敘，才知范傳甲謀刺大吏，未成被獲，已是就義，不禁涕淚交橫。友人復勸他遠走遼東，免被緝獲，成基應諾而去。

到了宣統二年，貝勒載洵，出使英國，賀英皇加冕，道出哈爾濱，成基想把他刺死，偏偏載洵的衛隊，布得密密層層，孑身無從下手，只得眼睜睜由他過去。不過成基心總未死，擬乘載洵回國，再行著手。一面聯繫石往寬、喻培倫二人，做了臂助。無如謀事在人，成事在天，載洵從原路歸來，成基方與石、喻二友，執著手槍，拚命入刺，哪知槍還未發，已被巡警捉住。三個人拿住了一雙半，解到吉林，由巡撫審訊，三人直供不諱，眼見得性命難保了。軍官也要革命，雖不中，不遠矣。

這且擱下不提，單說皖亂已平，江督端方，即報知攝政王，攝政王稍覺安心。只光緒帝曾有遺恨，密囑攝政王，攝政王握了大權，便想把先帝恨事，報復一番。正是：

遺命不忘全友愛，宿仇未報速安排。

畢竟所為何事，且從下回敘明。

慈福太后之歿，距光緒帝崩，僅一日耳，後人嘖有煩言，或謂光緒帝已崩數日，宮內祕不發喪，直至嗣皇定位，慈禧復逝，因次第宣布。或謂光緒帝之崩，實在太后臨終之後，守舊黨人，恐光緒帝再出親政，不免於禍，遂設法置諸死地。以訛傳訛，成為千古疑案。予考中外成書，於兩宮謝世，並無異論，是則悠悠之口，不足為憑。著書人據事敘錄，未嘗羼入謬論，存其實也。獨慈禧太后兩立幼君，至於光緒帝崩，復迎立四齡幼主，入宮踐阼。意者其尚望延年，仍行訓政歟？否則為光緒后留一地步，維持葉赫族永久權勢，而因有此舉也。後人曾有詠宮詞云：

納蘭一部首殲誅，婚媾仇讎笵脫弧。
二百年來成倚伏，兩朝妃后姪從姑。

即是以觀，葉赫亡清之讖，不特應於慈禧后一人之身，隆裕后亦與焉。皖中革命，先徐後熊，影響及仕途軍界，清之不亡無幾矣。隆裕后尚無亡國之咎，不過慈禧當國數十年，天人交怨，特假隆裕以洩其忿耳。慈禧考終，不及見遜位之禍，慈禧其亦幸矣哉！

## 二顯官被譴回籍　眾黨員流血埋冤

卻說攝政王載灃，因記起光緒帝遺恨，亟圖報復，遂密召諸親王會議。慶王奕劻等，都至攝政王第中，由攝政王取出光緒帝遺囑，乃是的確親筆，朱書五個大字。慶王奕劻瞧著，便道：「這事恐行不得。」攝政王道：「先帝自戊戌政變以後，幽居瀛臺，困苦得了不得，想王爺總也知道。現在先帝駕崩，遺恨終身，在天之靈，亦難瞑目。」言畢，面帶淚容。慶王道：「畿輔兵權，統在他一人手中，倘欲把他懲辦，以致禁軍激變，如何是好？」故抱含蓄之筆。攝政王嘿然不答。慶王又道：「聞他現有足疾，不如給假數天，再作計議。」攝政王勉強點頭。看官，你道光緒帝恨著何人？遺囑內是什麼要語？小子探明底細，乃是「袁世凱處死」五字。一鳴驚人。原來戊戌變政時，光緒帝曾密囑袁世凱叫他赴津去殺榮祿。袁去後，榮祿即進京稟報太后，照應八十七回。太后再出訓政，把帝幽禁終身，不能出頭。你想光緒帝的心中，如何難過？能夠不引為深恨麼？榮祿本係太后心腹，光緒帝還原諒三分，只老袁奉命赴津，不殺榮祿，反令榮祿當日赴京，那得不氣煞恨煞？榮祿死後，老袁復受了重任，統轄畿內各軍，權勢益盛。太后復特別寵遇，因此光緒帝愈加憤悶。臨危時，聞胞弟載灃，已任攝政王，料得太后年邁，風燭草霜，將來攝政王總有得志日子，所以特地密囑。攝政王奉了兄命，趁這大權在手，自然要遵照施行。可奈慶王從中阻止，只得照慶王的計畫，從寬辦理。那老袁亦得著風聲，便借足疾為名，疏請辭職。攝政王便令他開缺回籍，他即收拾行李，竟回項城縣養痾。攝政王因老袁已去，將端方調任直督，保衛京畿。

宣統改元，半年無事，隆裕太后在宮娛養，免不得因情寄興，想揀個幽雅地方，閒居消遣。適大內御花園左側，有土阜一區，很是爽敞，向由堪輿家言，不宜建築。隆裕后性頗曠達，破除禁忌，竟飭工匠在土阜上興築水渠，四圍浚池，引玉泉山水迴繞殿上。窗櫺門戶，無不嵌用玻璃，隆裕太后自題扁額，叫做靈沼軒，俗呼為水晶宮。土木初興，中元復屆，太皇太后梓宮，尚未奉安，隆裕記念慈恩，特飭造大法船一隻，用紙紮成，長約十八丈有零、寬二丈，船上樓殿亭榭，陳設俱備，侍從篙工數十人，高與人等，統穿真衣。上設寶座，旁列太監宮女，及一切器用，下面跪著身穿禮服的官員，彷佛平日召見臣工的形狀。中懸一黃緞巨帆，上書「普渡中元」四大字。船外圍繞無數紅蓮，內燃巨燭，都人推為巨製。統是民血，何苦如此?攝政王用皇帝名致祭舟前，祭畢，將大法船運至東華門外，敬謹焚化。一時男婦老幼，都來觀集，嘆為古今罕見。這項報銷，聞達數十萬金。過了兩月，奉安屆期，前三日間，又焚去紙紮人物、駝馬器用等，不可勝計。

奉安這一日，車馬喧闐，旌旗嚴整，簇擁著太皇太后金棺，迤邐東行。攝政王載灃，騎馬前導。隆裕太后率領嗣皇及妃嬪人等，乘輿後送。兩旁都是軍隊警吏，左右護衛，炫耀威赫景象，幾乎千古無兩。極盛難繼。全隊向東陵出發，東陵距京約二百六十多里，四面松柏蓊蔚，後為座山，與定陵相近。定陵就是咸豐帝陵寢，從前由榮祿監陵工，只東陵一穴，共費銀八百萬兩，這場喪費，比光緒帝喪費，要加二倍有餘。光緒帝梓宮奉安，較早半年，當時只費銀四十五萬兩有零。太后奉安，費銀一百二十五萬兩有零。相傳攝政王曾擬節省糜費，因那拉族不悅，沒奈何擺了一場體面，不過國庫支絀，未免竭蹶得很，這也不必細表。

單說隆裕太后到了東陵，下輿送窆，忽見旁邊山上，有一攝影器擺著，數人穿著洋裝，對準新太后拍相。隆裕太后大怒，喝令速拿，侍從忙趕將過去，拿住洋裝朋友兩名，當場訊鞫。供稱係奉直督端方差遣，隆裕太后勃然道：「好膽大的端方，敢這麼無禮，我定要把他懲辦！」隆裕當時，很欲效法慈禧。送窆禮畢，憤憤回京，即命攝政王加罪端方，擬將他革職拿問。還是攝政王從旁婉解，極稱：「端方已是老臣，乞太后寬恕一點。」於是罪從末減，定了革職回籍，才算了案。端既革職，王大臣們，方識得隆裕手段，不亞乃姑。只端方素愛滑稽，最好用聯語嘲人，同官中被他侮弄，未免啣恨，見了革職的諭旨，也很為暢快。小子曾記得端方有二聯語，趣味獨饒，一是嘲笑同官趙有倫，一是嘲笑同官何乃瑩。二人姓名，也是天然對偶。趙有倫係京師富家兒，目不識丁，賴他母舅張翼，提拔入資郎，累得闊差，至充會典館纂修。一塊沒字碑，看作藏書麓，已未免遭人謗議。趙又出了千金，購一妓女為妾，偏偏他大婦是個河東吼，立刻攆逐，不得已賃一別舍，居住小星。大婦又偵悉趙謀，禁趙自由出門，歸家少遲，輒遭詬誶。端方遂做了一聯，嘲笑有倫云：

一味逞豪華，原來大力弓長，不僅人誇富有。
千金買佳麗，除是明天弦斷，方教我去敦倫。

又代著一額，乃是「大宋千古」四字。有倫聞知，還極口稱讚。每出遇人，常詡詡自述，嗣經好友替他講解，方絕口不談了。何乃瑩曾官副憲，性甚頑固，戊戌政變，規復八股，由何所奏，後因袒庇拳匪革職，何本庚辰翰林館改部，簽分工曹。妻室某氏，因何失翰林，大發雌威，何無言可答，直至長跪榻前，方蒙饒恕。既入工部，往拜某尚書，具贄百金。某尚書嫌他禮薄，喝斥備至，端方又撰一聯道：

百兩送朱提，狗尾乞憐，莫怪人嫌分潤少。
三年成白頂，蛾眉構釁，翻令我作丈夫難。

清例，翰林七品戴金頂，改為部曹，已成六品，例戴白頂。額曰：「何若乃爾」。這兩聯確是有味，但滑稽談，容易肇禍，所以同僚中也常嫉視。此次遣人至陵前攝影，亦太兒戲，所以觸怒太后，竟致革職。若長此革職回籍，倒也安然，可惜還想做官，終至身死西蜀。

端方去後，京中沒甚大事，忽然間又到殘冬。只京中雖是平安，外面恰很危險。英法日俄諸國，各訂立關係中國的密約。俄人增兵蒙古，英人窺伺西藏，法人覬覦雲南，中國大局，危迫萬分，滿廷親貴，還是麻雀叉叉，姨娘抱抱，妓女嫖嫖，簡直是痴聾一樣。是年各省已開諮議局，輿論以速開國會，縮短立憲期限，為救亡的計策，遂推舉代表，齊赴京師，要求速開國會，至都察院遞請願書。都察院置不理，竟將請願諸書擱過一邊。各代表又遍謁當道，竭力陳請。旗籍亦舉了代表，加入請願團，都察院無可推諉，始行入奏。奉旨因不及籌備，且從緩議。各代表無可如何，只好紛紛回籍，擬至次年申請。翌年，朝鮮國又被日本併吞，國王被廢，亞東震動。各省政團商會，及外洋僑民，各舉代表，聯合諮議局代表議員，再赴北京，遞呈二次請願書，清政府仍然不允。

於是革命黨人，密謀愈急。

粵人汪兆銘，曾肄業日本法政學校，畢業後，投入民報館，擔任幾篇報中文字。原來民報館正是革命黨機關，報中所載的論說，無非是痛詈清廷，鼓吹革命。兆銘在此辦理，顯見得是個同志。他聞得載灃監國，優柔寡斷，所信用的，無非叔姪子弟，已是憤激得很，會民報館又被日本警察干涉，禁止發行，兆銘決計回國，幹這革命的事業。他想擒賊必先擒王，不入虎穴，焉得虎子？便離了日本，潛赴北京，並邀同志黃樹中，同至京內。樹中在前門外琉璃廠，開了一爿照相館，做了僑寓的地點，每日與兆銘往來奔走，暗暗布置，幸未有人窺破。約過數月，忽有外城巡警多人，圍住照相館，警官似虎如狼，趨入館內，搜緝汪兆銘、黃樹中。汪、黃二人，料知密謀已洩，毫不畏懼，立隨巡警出門，到了總廳。廳長問明姓名，二人便直認不諱，由總廳送交民政部。民政部尚書善耆，坐堂審訊，先問兩人姓名，經兩人實供後，隨問地安門外的地雷，是否你兩人所埋。兩人直捷應聲道：「確是我們埋著。」善耆道：「你埋著地雷何用？」兩人答道：「特來轟擊攝政王。」渾身是膽。善耆道：「你與攝政王何仇？」汪兆銘答道：「我與攝政王沒甚仇隙，不過攝政王是個滿人首領，我所以要殺他。」善耆道：「本朝開國以來，待你漢人不薄，你何故恩將仇報？」兆銘大笑道：「奪我土地，奴我人民，剝我膏血，已經二百多年，這且不必細說；現在強鄰四逼，已兆瓜分，攝政王既握全權，理應實心為國，擇賢而治，大大的振刷一番，或尚可挽回一二。詎料監國兩年，毫無建樹，中外人民，請開國會，一再不允，坐以待亡。將來覆巢之下，還有什麼完卵？我所以起意暗殺。除掉了他，再作計較。」善耆本號曠達，聽了此言，也似有理，便道：「你們兩人，必分首從，究竟那個是主謀？」黃樹中忙說：「是我。」汪兆銘怒對樹中道：「你何嘗主張革命？你曾向我勸阻，今朝反來承認，為我替死，真正何意？」回頭對善耆道：「主謀的人，是我汪兆銘，並非黃樹中。」樹中也說：「是我主謀，並非汪兆銘。」善耆見他二人爭死，也不禁失聲道：「好烈士！好烈士！」又向二人道：「你兩人果肯悔過，我可赦你不死。」兩人齊聲道：「你等滿親貴如肯悔禍，讓了政權，我死亦無他恨。」善耆不能辯駁，令左右將二人暫禁，自己至攝政王第中，報明底細。攝政王道：「地安門外，是我上朝的出入要路，他敢在此埋著地雷，謀為不軌，若非探悉密謀，我的性命，險些兒喪在他手，請即重辦為是！」善耆道：「革命黨人，都不怕死，近年以來，梟首剖心，也算嚴酷，他們反越聚越多，竟鬧到京中來了。依愚見想來，就使將他立刻正法，餘外的革命黨又至，辦也辦不完，還是暫從寬大，令他感我恩惠，或可銷除怨毒，也未可知。」攝政王道：「難道汪、黃兩人，竟好釋放麼？」善耆道：「這也不能，且永遠監禁，免他一死。」攝政王點頭，善耆退出，便令將汪、黃送交法部獄中。法部尚書廷傑憤憤道：「肅王爺也太糊塗，奪我權柄，饒他死罪，是何道理？」命司獄官揀一黑獄，將汪、黃釘了鐐銬，羈黑獄中。

不言二人在獄受苦，且說革命黨聞汪、黃失敗，又被拿禁，大家都是悲憤。趙聲、黃興一班首領，仍擬集眾大舉，先奪廣東為根據地。原來廣東是中國富饒的地方，兼且交通便當，所以革命黨人，屢次想奪廣東，立定腳跟，漸圖擴張。無如廣東大吏，防備嚴密，急切不得下手，只好相時而動。暗中從南洋辦到二十多萬金，購到外洋槍藥炸彈，因恐路中有人盤查，專用女革命黨，運入廣州，租了房屋，藏好火器。門條上面，統寫某某公館，或寫利華研究工業所，或寫學員寄宿舍。又把各種文書，如營制餉章軍律札符安民告示，保護外人告示，照會各國領事文，取締滿人規則，預先屬草。籌備了好幾月，已是宣統三年，清廷方開設資政院，贊成縮短立憲期限下，旨以宣統五年為期，實行開設國會，並令民政部飭國會請願團，即日解散。請願團尚欲繼續要求，當由清廷下令驅逐，如再逗留，還要拿辦，各代表踉蹌出京。大廷專制，物議沸騰，革命黨以為機會已到，公推黃興為總司令，招集義友，約於宣統三年四月朔舉行。

適值粵人馮如，在美國學造飛行機，竣工回國，往見粵督張鳴岐，自言在美國學製飛艇，已二十多年，現更自出心裁，造成一艇，能升高三百五十尺，載重四百餘噸，此番回國，已將飛機運歸，準備試驗。張督即命馮如再往海口，載回飛艇，擇日試演。這個消息傳出，省城官紳商民，爭欲先睹為快。馮如擇定日期，擬於三月初十日，在燕塘試放。屆期這一日，遠近到者數萬人，紅男綠女，絡繹途中，真個是少見多怪，哄動全粵。廣州將軍孚琦，係榮祿從姪，聞得燕塘試演飛機，亦想一廣眼界，當下坐了綠呢大轎，排仗出城。清制，將軍不能擅自出城，孚琦欲廣目界，違制私出，只道清廷無由遙制，誰知冥官偏不留情。一到燕塘，張督等統已出場，相見畢，彼此坐定。霎時間飛艇上升，越騰越高，但聽得大眾驚詫聲、鼓譟聲、談笑聲，鬧成一片。不但百姓齊聲喝采，連大小文武各員，也稱為奇物。孚琦更為快慰，只因身任將軍，有守城責，不便多留城外，便起身辭了各官，先行入城。甫至城門口，忽聞轟的一聲，孚琦探頭出望，巧巧一顆子彈，飛中額上。可謂一廣額界。孚琦慌忙大喝道：「有革命黨，快快拿住！」這話一說，反把手下親兵，嚇得四散，連轎伕也棄轎遠走。孚琦正在驚慌，那槍彈還是接連飛來，憑你渾身是鐵，也要洞穿，彈聲中止，放彈的人，跳躍而去。適值張督等回來截住，刺客一時不能逃避，槍彈又未裝就，即被兵警擒住。

這時才去看孚將軍，早已鮮血淋漓，全無氣息，轎子已打得七洞八穿，玻璃窗亦碎作數片。廣州府正堂，及番禺縣大令，忙飭轎伕抬回屍首，一面押著刺客，隨張督等一同進城。張督立飭營務處審訊，刺客供稱：「姓溫名生財，曾在廣九鐵路做工，既無父母，又無妻小，此次行刺將軍，係為四萬萬同胞復仇。今將軍已被我擊死，我的義務盡了，願甘償命！」問官欲究詰同黨，溫生財道：「四萬萬漢人，便是我同黨。」問官又欲詰他主使，溫生財道：「擊死孚琦是我，主使也就是我，何必多問！」視死如歸。問官得了確供，便向督署中請出軍令，立刻用刑。

溫生財既死，官場中特別戒嚴，紛紛調兵入城。黃興等聞這消息，頓足不已，大呼為溫生財所誤。當下祕密會議，有說目下未便舉動，且暫時解散，再作後圖。獨黃興主張先期起事，提出三大理由：

第一條是說我等密謀大舉，不應存畏縮心。

第二條是說大軍入城，有進無退，若半途而廢，將失信用，後來難以作事。

第三條是蓄謀數年，惹起各國觀瞻，若不戰而退，恐被外人笑罵。

眾人聞這三條理由，恰是確實情形，不得不舉手贊成，遂決計起事。到了三月二十九日，官場也微悉風聲，防守越嚴。黃興謂束手待斃，不如冒險進取，遂於是日下午六點鐘出發，他們先想了一個計策，著敢死團坐了轎子，向總督衙門內，一直抬入。管門的人，還道他是進見總督，不敢上前攔住，那敢死團已闖進衙門，便亂擲炸彈，將頭門炸壞，擊斃管帶金振邦。敢死團復向二門搗進，直到內房，並不見有總督，也不見有總督家眷。原來總督張鳴岐，聞風聲緊急，早將家眷搬在別處，只有自己留住署內。是日聽得衙門外面，槍聲大作，忙令巡捕探悉。巡捕未出內室，外面已報革命黨進衙，不免心慌意亂，虧得巡捕扯住了他，從室中走上扶梯，開了窗，正是當鋪後牆，他兩人即攢出窗門，越過當鋪後簷，徑入當鋪中。眾朝奉認得張督，自然接待，張督不暇安坐，急令朝奉引出偏門，三腳兩步的，走入水師統領署內。水師統領李準，已聞督署起火，正擬調兵救護，忽報張督微服前來，便迎進花廳，作揖才罷，張督即令發兵拿革命黨。李準請張督暫住書室，自己忙調動城內防營，速救督署，復親自上馬出衙，趕至督轅前，見營兵已與革黨酣戰。黨人氣焰很盛，槍桿統是新式，看看防營中人，有點抵擋不住，李準大喝一聲，催各兵竭力向前，能獲住黨人一名，便有重賞。那時眾兵聽見有賞二字，爭先殺敵，黨人雖拚命死戰，究竟寡不敵眾，有幾個中彈死了，有幾個跌倒地上，被拿去了，漸漸的剩了數十人，只得望後退走。李準帶了營兵，追向前去，到了大南門，又遇著一隊黨人，混戰一場，黨人又死了一半，四散奔逃。李準見四面統有火光，復分營兵為數隊，向各處兜拿。火起處不得赴救，總教要路攔住，不使黨人逃竄，就算有功。所以黨人無從得利，次日清晨，還有黨人一大群，去奪軍械局，又被營兵殺退。營兵到處搜尋，黨人無路可走，竟擁入米肆中將米袋運至店口，堆積如山，阻住營兵。營兵搬不勝搬，槍彈又打不進去，正在沒法，李準下令，用火油澆入店中，燒將起來。可憐黨人前後無路，多被燒死。這日黨人死了無數，城中損失，恰不甚多。因黨人不肯騷擾居民，見有老幼婦女，嘗扶他回家，就是街中放火，也不過是搖惑軍心的計策，往往自放自救。到了四月朔日，城中已寂靜無聲了。那時張鳴岐已回到督署，將捉到黨人若干名，一一審訊。黨人統是慷慨直陳，無一抵賴。張督便命一半正法，一半收監。旋由同善堂內檢點各處屍首，向黃花岡埋葬。後來經黨人自己調查，陣亡的著名首領，約有八十九人，姓名錄下：

林文　林覺民　林尹民　林常拔　方聲洞　陳與桑　陳更新

陳汝環　陳文波　陳可均　陳德華　陳敏　陳啟言　陳福　陳才

馮超驤　馮仁海　馮敬　馮雨蒼　劉六湖　劉元棟　劉鋒

劉鐘群　劉鐸　李海　李芳　李雁南　李晚　李生　李海書

李文楷　徐滿凌　徐培漢　徐禮明　徐日培　徐保生　徐廣滔

徐沛流　徐應安　徐釗良　徐端端　徐容九　徐松根　徐廉輝

徐茂苗　徐培深　徐習成　徐林端　徐進臺　羅坤　羅俊　羅聯

羅幹　羅仲霍　石經武　石慶寬　榮肇明　勞培　馬侶　馬勝

周華　韋雲卿　梁緯　喻紀雲　龐鴻　龐雄　何天華　王明

姚國梁　宋玉琳　饒輔廷　余東鴻　日全　雷勝　黃鶴鳴

杜鳳書　蕭盛躋　游禱　秦大誘　伍吉三　郭繼梅　冼選

程耀林　葛郭樹　黎新　吳潤　彭容　廖勉　江繼厚

這八十九人內，有七十二人葬在黃花岡，只黃興、趙聲、胡漢民及李燮和數人，總算逃出香港，才免拿獲。趙聲恨事不成，病癰而死，與黃花岡諸君相見地下，這是廣州流血大紀念。民國紀元，當三月二十九日，為黃花岡志士週年期，上海某報，曾有一副輓聯云：

黃花岡下多雄鬼，五色旗中弔國殤。

廣州流血後，水師提督李準，得了黃馬褂的重賞，清政府也以為泰山可靠，越加放心。從此陽說立憲，陰加專制，不到數月，又想出一個鐵路國有的計策，鬧出一件大大的禍事來了。

欲知後事，請看下回。

攝政王載灃，監國三年，未聞大有失德，而國勢日危，實由於變亂已深，不可救藥。故謂亡清之咎，專屬攝政王，我不敢信。但必以攝政王可告無罪，亦豈其然？當其監國之始，嚴譴袁、端二大臣，似覺剛克有餘，乃其後太阿倒持，政權旁落，叔姪子弟遍要路，無一干濟才，但唯是貪婪淫慾，掊克為生，是豈恐其亡之不速，而故速其亡耶？誰秉國政，顧任其驕縱若此？革命黨人乘機騷動，一敗而清廷相慶，再敗而清廷益相賀，三敗四敗，而清廷且自以為無恐矣。抑知敗者愈奮，勝者愈驕，革命革命之聲喧傳海外，雖欲不亡，不可得也。故廣州一役，人為革黨悲，吾為清室懼，天奪之鑑而益其疾，覘國者於此決興亡焉。

# 爭鐵路蜀士遭囚　興義師鄂軍馳檄

卻說清政府聞廣州捷報，方在放心，安安穩穩地組織新內閣。慶王奕劻，資望最崇，作為總理，自不消說。漢大臣中，如孫家鼐、鹿傳霖、張之洞等，先後逝世，只有徐世昌，歷任疆圻，兼掌部務，算是一位老資格，遂令他與那尚書桐，作為內閣總理的副手。內閣以下，如外務、民政、度支、學務、吏、禮、法、陸軍、農工、郵傳、理藩各部，統設大臣、副大臣各一員，從前尚書、侍郎的名目，悉行改革。凡舊有的內閣軍機處，亦一律撤去。又增一海軍部，命貝勒載洵為大臣，並設軍諮府，命貝勒載濤為管理。洵、濤統是攝政王胞弟，翩翩少年，丰姿原是俊美，可惜胸中並沒有軍事知識，只仗著阿兄勢力，占居樞要。一對繡花枕，好看不中用。各省諮議局聯合會上書，略稱：「內閣應負責任，不宜任懿親為總理，請另簡大員，改行組織。」折上，留中不報。聯合會再上書續請，方接復旨，據言：「用人係君主大權，議員不得干預！」頓時全國大嘩。

還有郵傳部大臣盛宣懷，倡起鐵路國有的議論，慫恿攝政王施行。中國的鐵路，自造的只有三四條，餘外多借外款建築，甚且歸外人承辦。光緒晚年，各省商民，知識新開，才聽得借款築路，由外人監督，連土地權也保不住，於是創議自辦，把京漢、北京至漢口，粵漢、廣東至漢口兩大幹路，集款贖回，又由四川到漢口一線，亦由川漢商民，自行興築，這也是保全鐵路的良策。偏偏這位盛大臣宣懷，要收歸國有，難道果有絕大款項，能買回這鐵路麼？據盛大臣奏章，說是：「川粵鐵路，百姓無錢續辦，不如收為國有，借債造路。此路一成，償了外債，還有盈餘。」說話似乎中聽，其實只好去騙攝政王。除攝政王外，若非與盛大臣串同舞弊，簡直是騙不進的。盛大臣是常州人，他家私約幾百萬，也算是中國一個富翁。他的錢財，多半從做官來的，已經到了這個地步，也好知足，還要做什麼郵傳部大臣？還要想什麼鐵路國有的計策？無如他總想不通，看不破，家中的姨太太，弄了好幾十個，費用浩大，揮金如土。他的子弟們，又是浪吃浪用，不肯簡省，累得這位盛老頭兒，還不能回家享福。他運動了一個郵傳部缺分，本是很好，可奈晚清路航郵電各局，多抵外債，進款也是有限，他從沒法中想出一法，借鐵路國有的名目，去貸外款幾千萬，一來可以敷衍目前，二來有九五回扣，可入私囊。等到外人討還，他已早到棺材裡去了。就使壽命延長，尚是未死，借主是清朝皇帝，與己無涉，中人勿賠錢，樂得眼前受用。攝政王視事未久，不甚曉得暗中弊端。慶親王奕劻，總教有點分潤，也與盛大臣一樣想頭，此倡彼和，居然把盛大臣原奏，批准下來。

盛大臣遂與英美德法四國，訂定借款，辦粵漢川漢鐵路。外人正想做些投資事業，一經盛大臣與他商議，把路作押，自然謹遵臺命。那時盛大臣又想出辦法，把從前川粵漢的百姓已墊路本，統作七折八扣的計算，從中又好取利若干，而且不必還他現錢，只用幾張鈔票，暫時搪塞，便好將百姓的路本，取作國用，一舉數得，真是無上妙法。誰知百姓不肯忍受，竟要反抗政府。諮政院也奏請開臨時會，參議四國借款。各省諮議局，直接申請，要請政府收回鐵路國有成命。盛大臣一概不理，且慫恿攝政王，下了幾道上諭，說什麼不准違制，說什麼格殺勿論，百姓看了這等話頭，越加氣惱。川人特別憤激，開了一個保路大會，定要與政府為難。川督趙爾豐，與將軍玉昆，將川中情形，聯銜上奏。這時盛大臣已有二三百萬回扣到手，哪裡還肯罷休？巧值端方入京，運動起復，費了十萬金，得著一個鐵路總辦的缺分。盛大臣本幫他運動，所以同他商議，要他去壓制川民，就可升任川督。端方利令智昏，居然滿口答應，草整行裝，立即啟程。行抵武昌，聞川民鬧得不可開交，商人罷市，學堂罷課，不覺暗想道：「趙爾豐如此無能，一任民人要挾，如何可作總督？」遂夤夜擬一奏摺，叫文稿員繕就，翌晨出發，奏中極說「趙督庸懦，須另簡幹員」，大有捨我其誰的意思。嗣得政府覆電，令他入川查辦，端方遂向鄂督瑞祐，借兵兩隊，指日入川。此時可算威風。

川督趙爾豐，本是著名屠戶，起初見城內百姓，捧著德宗景皇帝的牌位，到署中環跪哀求，心中也有些不忍，因此有暫緩收回的奏請。旋聞端方帶兵入川，料是來奪飯碗，不禁焦急起來。欲利人，難利己；欲利己，難利人。兩利相權，總是利己要緊。人人為此念所誤。忽外面傳進了一紙，自保商榷書，列名共有十九人，他正想把這十九人傳訊，那十九人中，竟有五人先來請見。爾豐閱五人名片，是諮議局議長蒲殿俊、副議長羅綸、川路公司股東會長顏楷、張瀾、保路會員鄧孝可，不由得憤憤道：「都是這幾人作俑，牽累老夫，非將他們嚴辦不可！」遂傳令坐堂。巡捕等茫無頭緒，只因憲命難違，不得不喚齊衛隊，立刻排班。趙屠戶徐踱出來，堂皇上坐，始喚五人進見。五人到了堂上，瞧這情形，大為驚異。但見趙屠戶大聲道：「你五人來此何為？」鄧孝可先發言道：「為路事，故來見制軍，請制軍始終保全。且聞端督辦帶兵入川，川民惶懼的了不得，亦乞制軍奏阻。」趙屠戶道：「你等敢逆旨麼？本部堂只知遵旨而行！」這句話惱動了蒲殿俊，便道：「庶政公諸輿論，這明是朝廷立憲的諭旨，制軍奈何不遵？況四川鐵路，是先皇帝准歸商辦，就是當今皇上，亦須繼承先志，可容那賣國賣路的臣子，非法妄為嗎？」觀此可知川民捧景帝牌位之用意。說得趙屠戶無言可駁，益發老羞成怒，強詞奪理道：「你等欲保全路事，亦須好好商量，為什麼叫商人罷市、學堂罷課？你等心猶未足，且聞要抗糧免捐，這非謀逆而何？」殿俊道：「這是川民全體意旨，並非由殿俊等主張。」趙屠戶取出自保商榷書，擲示五人道：「你們自去看來！這書上明明只書十九人，你五人名又首列。哼哼！名為紳士，膽敢劫眾謀逆，難道朝廷立憲，就可令你等叛逆麼？」五人瞧著，尚思抗辯，趙屠戶竟喝令衛弁，將五人拿下。衛弁奉令來縛五人，忽聽大門外一片嘩聲，震動天地，望將過去，約不下千人。頭上都頂著德宗景皇帝神牌，口口聲聲，要釋放蒲羅等。惹得屠戶性起，命衛隊速放洋槍，這令一下，槍聲四射，起初還是開放空槍，後來見百性不怕，竟放出真彈子來，把前列的傷了數名。大眾越加動怒，反人人拚著性命，闖入署中。正在不可開交的時候，虧得將軍玉昆，飛馬前來，下了馬，挨入督轅，先撫慰民人一番，然後進商趙屠戶，勸他不要激變。屠戶鐵石心腸，還是堅執一詞，玉昆不待應允，竟命將蒲羅等五人，釋了縛，隨身帶出，又勸大眾散歸、大眾才陸續歸去。

趙屠戶憤猶未息，竟奏稱亂民圍攻督署，意圖獨立，幸先期偵悉，把首要擒獲；嗣復聯繫鄂督瑞澂，迭上奏章，說如何擊退匪徒，說如何大戰七日，其實不過用兵監謗，與鄉間百姓鬧了兩三場，他便捕風捉影，捏詞陳奏，想就此冒點功勞，可以保全祿位。川民自保，趙督亦自保，勢已分裂，如何持久？鄂督瑞澂，聞川省議員蕭湘，由京過鄂，潛差人將他拘住，發武昌府看管。原來蕭在京時，曾反對借債築路，瑞澂把他拘禁，無非巴結政府，與趙屠戶心計，彼此一律。看官！試想民為國本，若沒有百姓，成何國度？況且清廷已籌備立憲，凡事統在草創中，難道靠了幾個虎吏，就可成事麼？清政府閱趙督奏摺，還道川境大亂，仍用前兩廣總督岑春煊，前往四川，會同趙爾豐辦理剿撫事宜。岑意主撫，行到湖北，與鄂督商議，意見相左。又與趙爾豐通訊，爾豐大驚，想道：「既來了端老四，又來了岑老三，正是兩路夾攻，硬要奪我位置。」奪他位置，其患猶小，將來恐不止此，奈何？連忙寫了覆書，婉阻岑春煊，說是日內即可肅清，毋庸勞駕等語。岑得書，也不欲與他爭功，便上書託疾，暫寓武昌，借八旗會館，作為行轅，這是宣統三年八月初的事情。

轉瞬間，已到中秋，省城戒嚴，說有大批革命黨到了，春煊還不以為意。後來聞知總督衙門內，拿住幾個革命黨，他也不去細探。至十九夜間，前半夜還是靜悄悄的，到了一兩點鐘時候，忽聽得有劈劈拍拍的聲音，接著又是馬蹄聲、炮聲、槍聲，嘈雜不休。連忙起床出望，外面已火光燭天，屋角上已照得通紅。方驚疑間，但見僕人踉蹌走來，忙問何事？僕人報稱：「城內兵變。」春煊道：「恐怕是革命黨。我是查辦川路，僑居此地，本沒有地方責任，不如走罷。」便命僕人收拾行裝，捱到天明，自己扮了商民模樣，只帶了一個皮包，挈僕出門。到了城門口，只見守門的人，臂上都纏著白布，他也莫名其妙，混出了城，匆匆的行到漢口，趁了長江輪船，徑回上海去了。

原來這夜的擾亂，正是民軍起事，光復武昌的日子。是歷史上大紀念日。鄂督瑞澂，未出仕時，在滬曾犯拐騙珠寶案，公廨出票拘提，他即遁去。後來不知如何鑽營，迭蒙拔擢，相傳與澤公有葭莩誼，因此求無不應。他本識字無多，「肄業」的「肄」字，嘗讀作肆音，士人傳為笑柄。此次擢任鄂督，除逢迎政府外，別無他能。八月初九日，接到外務部密電，略說：「革命黨陸續來鄂，私運軍火，並有陸軍第三十標步兵，作為內應，聞將於十五六日起事，宜速防範」云云。他見了這種電文，飛飭陸軍第八鎮統領張彪，分布軍隊，按段巡查。督署內外，布滿軍警，又命文武大小各官，不得賞中秋節，連自己亦無心筵宴，日夜不得安枕。過了十五六兩日，毫無動靜，方才有些安心。十七日晚間，始與妻妾，補賞中秋，大家特別歡樂。宴畢，十二巫峰，任他遊歷，也總算是樂極了。樂極以下，便是生悲。翌日，接到荊襄巡防隊統領沈得龍電文，說：「在漢口英租界拿獲革黨劉汝夔、邱和商兩名，已著護軍解省。」瑞澂將電文交與巡捕，令頒發營務處，俟劉、邱兩人解到聽審。次日，又接張彪電話，說：「在小朝街拿革黨八人，內有一女革黨，叫做龍韻蘭，又有陸軍憲兵隊什長彭楚藩，內通革黨，亦已查出拿下。同時在雄楚樓北橋高等小學堂間壁洋房內，拿獲印刷告示繕寫冊子的革黨五人。」接連又接到關道齊耀珊稟，說：「洋房公所吳愷元，於漢口俄租界寶善里內，捉到秦禮明、龔霞初二名，並搜出炸彈、手槍、旗幟、印信、札文底冊、信件甚多。」剛在一起一起的舉發，外面又解到革黨楊宏勝一名，說在黃士陂千家街地方小雜貨店內，捉了來的。瑞澂被他鬧昏，咐吩巡捕道：「如有革黨解到，不必瑣報，總叫暫收獄中，我索性總審一堂，盡行將他正法，免得耽憂。」巡捕應聲而出。是晚督署內復查出炸藥一箱，有教練隊軍兵二人形跡可疑，拿訊時，果然由他運入，立即梟首。十九辰刻，瑞澂坐了大堂，審訊革黨，有幾個直認不諱，把他正法，有幾個尚無實供，仍令收禁。

審訊已畢，適張彪到署，瑞澂把搜出名冊，交他詳閱。並說：「名冊中牽連新軍，應即嚴查！」張彪告別回營，便飭將弁向各營查詰，營兵人人自危，遂密約起事，一火燒熟。定於十九夜間九點鐘後，放火為號，一齊到火藥局會齊，先搬子彈，後攻督署。可憐瑞澂、張彪等，尚在睡夢中。是晚月色微明，滿天星斗懸在空中，聽城樓更鼓，已打二下，忽然紅光一點，直衝九霄。工程第八營左隊營中，列隊齊出，左右手各繫白巾，肩章都已扯去。督隊官阮榮發、右隊官黃坤榮、排長張文瀾等，出營阻攔。大家統說：「諸位長官，如要革命，快與我輩同去！」阮黃諸人，還是神氣未清，大聲喝阻。語尚未絕，槍彈已鑽入胸膛，送他歸位。當下逐隊急趨，遇著阻擋，一律不管，只請他吃彈子。到了楚望臺邊，有旗兵數十人攔住，被他一陣排槍，打得無影無蹤，遂撲入火藥局內，各將子彈搬取。此時十五協兵士，已齊集大操場，隨帶彈藥，同工程營聯合，去攻督署。適遇防護督署的馬隊，阻止前進，兵士齊叫道：「彼此都係同胞，何苦自相殘殺？」倘令長存此心，何患國家不治？馬隊中聽得此言，很是有理，遂同入黨中。於是分兵三處，一向鳳凰山，一向蛇山，一向楚望山，各將大砲架起，對著督署轟擊，霎時間將督署頭門毀去，各兵從炮火中，奔入督署，找尋瑞澂，誰知瑞澂早已率同妻妾，潛逃出城，到楚豫兵輪上去了。轉身去尋張彪，也與瑞澂同一妙法，逃得不知去路。虧得會逃，保全老命。

各兵擁集督轅，天色漸明，大眾公推統領，倒是齊聲一致的，願戴一位黎協統。亂世出英雄。這黎協統名元洪，字宋卿，湖北黃岡縣人，從前是北洋水師學堂的學生，畢業後，嫻陸海軍戰術，中東一役，黎曾充炮船內的兵目，因見海軍敗沒，痛憤投海，為一水兵救起，由煙臺流入江南，適值張之洞為江督，一見傾心，立寫「智勇深沉」四大字，作為獎賞。嗣張督調任兩湖，黎亦隨去。及張入京，未幾病逝，黎仍留鄂，任二十一混成協統，為人溫厚和平，待士有恩，所以軍隊無不樂戴。眾議既定，都奔到黎營內，請出黎協統，要他去做都督。黎公起初不允，旋由大眾勸迫，才說：「要我出去，須要聽我號令：第一條，不得在城內放炮。第二條，不得妄殺滿人。此外如搶劫什物、姦淫婦女、搗毀教堂、騷擾居民等事，統是有干法律，萬不可行！諸位從與不從，寧可先說，免得後悔。」大眾齊聲遵令，遂擁著黎公到諮議局，請他立任都督，把諮議局改作軍政府，邀議長湯化龍，出任民政。

部署漸定，遂發了密令，命統帶林維新帶兵去襲漢陽。林統帶連夜渡江，襲據了兵工廠，隨向漢陽城出發。漢陽知府，不待兵到，早已遠颺，正是不勞一炮、不血一刃，唾手得了漢陽城。旋又分兵過河，占住了漢口鎮。漢口有各國租界，當由鄂軍政府，照會各國領事，請他中立，並願力任保護外人生命財產。各領事見他舉動文明，也是欽佩，遂與軍政府宣告中立條約三件：

一是無論何方面，如將炮火損害租界，當賠償一億七萬兩。

二是兩方交戰，必在二十四點鐘前，通告領事團。

三是水陸軍戰線，必距離租界十英里外。

鄂軍政府一一承認，遂由各國領事團，宣布中立文，並與軍政府訂定條約，凡從前清政府，與各國約章，繼續有效，此後概當承認。賠款外債，照舊擔負，各國僑民財產，一概保護。唯各國如有陰助清政府，及接濟滿清政府軍械，應視為仇敵。所獲物品，盡行沒收。雙方簽定了押，遂由鄂軍政府，撰布檄文，傳達全國。其文道：

中華開國四千六百零九年八月，中華民國軍政府檄曰：夫春秋大九世之仇，小雅重宗邦之義，況以神明華胄，匍匐犬羊之下，盜憎主人，橫逆交逼，此誠不可一朝居也。唯我皇漢遺裔，弈葉久昌，祖德宗功，光被四海。降及有明，遭家不造，蕞爾東胡，曾不介意。遂因緣禍亂，盜我神器，奴我種人者，二百六十有八年。凶德相仍，累世暴殄，廟堂皆豕鹿之奔，四野有豺狼之嘆。群獸嘻嘻，羌無遠慮。慢藏誨盜，遂開門揖讓，裂棄土疆，以苟延旦夕之命，久假不歸，重以破棄。是非特逆胡之罪，亦漢族之奇羞也。幕府奉茲大義，顧瞻山河，秣馬厲兵，日思放逐，徒以大勢未集，忍辱至今。天奪其魄，牝雞司晨，塊然胡雛，冒昧居攝，遂使群小俱進，黷亂朝綱，鬥聚金璧，以官為市，強敵見而生心，小民望而蹙額。犬羊之性，好食言而肥，則復有偽收鐵道之舉，喪權誤國，劫奪在民。憤毒之氣，鬱為雲雷。由鄂而湘而粵而川，扶搖大風，卷地俱起。土崩之勢已成，橫流之決，可翹足而俟。此真逆胡授命之秋，漢族復興之會也。幕府總攝機宜，恭行天罰，懼義師所指，或未達悉，致疑畏之徒，遇事惶惑，僻遠諸彥，莫知奮起，用先以獨立之義，布告我國人曰：

在昔虜運方盛，則以野人生活，彎弓而鬥，睒目磔舌，習為豺狼，是以索倫凶聲，播越遠近。入關之初，即擇其強梁，遍據要津，而令吾民輸粟轉金，豢其醜類，以制我諸夏。傳且九葉，則放誕淫侈，夤緣苟偷，以襲取高位。枯骨盈廷，人為行屍，故太平之戰，功在漢賊，甲午之役，九廟俱震。近益岌岌，祖宗之地，北削於俄，南奪於日，廟堂闃寂，卿相嘻嘻，近貴以善賈為能，大臣以賣國相長，本根已斬，枝葉瞀亂。虎皮蒙馬，聊有外形。舉而蹴之，若拉枯朽，是虜之必敗者一。

昔三桂啟關，漢家始覆，福酋定鼎，益因緣漢賊，為之佐命。稍浴漢風，遂事羈縻，維時中邦，大勢已去，義士竄伏，迂儒小生，勿能自固，遂被迫脅，反顏事仇，漸化腥羶，遂忘大義，合薰於蕕，以逆為正，子子貪夫，時效小忠。虜遂奄然高踞，驕吸民脂，浸淫二百年，漢族義師，屢蹶不起，爰及洪王，幾復漢土，曾胡左李，以本族之彥，倒行逆施，遂使虜危而復安，久留不去，此實孝孫之已醉，非逆胡之可長也。方今大義日明，人心思漢，觥觥碩士，烈烈雄夫，莫不敬天愛祖，高其節義。雖有縉紳，已汙偽命，以彼官邪，皆輿金輦璧，因貨就利，鄙薄驕虛，毋任艱巨。

虜實不競，漢臣復匱，盲人瞎馬，相與徘徊，是虜之必敗者二。

邦國遷移，動在英豪，成於眾志，故傑士奮臂，風雲異氣，人心解體，變亂則起。十稔以還，吾族鉅子，斷脰決腹者，已踵相接。徒以民習其常，毋能大起，虜遂起持其間，因以苟容，遷延至今，乃以立憲改官，詐為無信，借款收路，重陷吾民，星星之火，乘風燎原。川湘鄂粵之間，編戶齊民，奔走呼號，一夫奮臂，萬姓影從，頹波橫流，敗舟航之，是虜之必敗者三。

昔我皇祖黃帝，肇造中夏，奄有九有。唐虞繼世，三王奮跡，則文化彬彬，獨步宇內，煌煌史冊，逾四千年。博大寬仁，民德久著，衡之西歐，則遜其條理已耳。先覺之民，神聖之胄，智慧優渥，宜高踞土疆，折衝宇宙，乃銳降其種，低首下心，以為人役，背先不孝，喪國無勇，失身不義，潛德幽光，望古遙集。瞻我生身，吊景慚魂。返性則明，知恥則勇，孝子不匱，永錫爾類，則漢族之當興者一。

大道之行，天下為公，國有至尊，是曰人權。平等自由，樂天歸命。以生為體，以法為界，以和為德，以眾為量。一人橫行，謚曰獨夫，涼彼武王，遂有典刑。滿虜僭竊，更益驕恣，分道駐防，坐食齊民，厚祿高官，皆分子姓。脅肩諂笑，武斷朝堂，國土國權，斷送唯意。束我言論，遏我大群，擾我閭閻，誣我善良，鋤我秀士，奪我民業，囚我代表，殺我議員，天地晦盲，民聲銷沉。牧野洋洋，檀車煌煌，復我自由，還我家邦，則漢族之當興者二。海水飛騰，雄強參會，弱國孱種，夷為犬豕。民有群德，朝有英彥，威能達旁，乃競爭而存耳。唯我中華，厄於逆虜，根本參差，國力遂靡。虜更無狀，魚餒肉敗，腥聞四布，遂引群敵，乘間抵隙，邊境要區，割削盡去，拊背扼吭，及其祖廟，臥榻之間，鼾聲四起，耳目蔀覆，手足縶維，遂使我漢土堂奧盡失，民氣痿痺，將破碎顛連，轉饜封豕，不去慶父，魯難未已，廓而清之，駿雄良材，握手俱見，萬幾肅穆，群敵銷聲，則漢族之當興者三。

維我四方猛烈，天下豪雄，既審斯義，宜各率子弟，乘時躍起，雲集響應。無小無大，盡去其害，執訊獲醜，以奏膚功。維我伯叔兄弟，諸姑姊妹，既審斯義，宜矢其決心，合其大群，堅忍其德，綿系其力，進戰退守，與猛士俱。維爾失節士夫，被逼軍人，爾有生身，爾亦漢族，既審斯義，宜有反悔，宜速遷善，宜常懷本根，思其遠祖，宜倒爾戈矛，毋逆義師，毋作奸細。維爾胡人，爾在漢土。爾為囚徒，既審斯義，宜知天命，宜返爾部落，或變爾形性，願化齊民，爾則無罪，爾乃獲赦宥。

幕府則與四方俊傑，為茲要約曰：「自州縣以下，其各擊殺虜吏，易以選民，保境為治。又每州縣，興師一旅，會其同仇，以專征伐，擊殺虜吏。肅清省會，共和為政，幕府則大選將士，親率六師，犁庭掃穴，以復我中夏，建立民國。」

幕府則又為軍中之約曰：「凡在漢胡苟被逼脅，但已事降服，皆大赦勿有所問。其在俘囚，若變形革面，願歸農牧，亦大赦勿有所問。其有挾眾稱戈，稍抗顏行，殺無赦；為間諜，殺無赦；故違軍法，殺無赦。」以此布告天下，如律令。

又有一闋興漢軍歌，尤覺得慷慨異常，小子備錄於此，以供眾覽道：

地發殺機，中原大陸蛟龍起，好男兒濯手整乾坤；拔劍斫斷胡天雲。復我皇漢，完我自由，家國兩尊榮。樂利蒸蒸，世界大和平，中外禔福樂無垠。好男兒！撐起雙肩肩此任！

鄂軍一起，清廷大震，立命陸軍部及軍諮府，派兵赴鄂，欲知誰勝誰負。請至下回表明。

盛宣懷為亡清罪魁，實足為民國功臣。鐵路國有之策不倡，則爭路之風潮不起，鄂軍即或起義，其成功與否，尚未可知，故謂盛為民國功臣可也。趙、端諸人，皆為淵驅魚，為叢驅雀之流，清無此人，烏乎亡？民國無此人，烏乎興？然則趙、端諸人，其亦皆民國功臣耶？鄂軍之起，實自天怒人怨致之。檄文一篇，說得淋漓酣鬯，足為吾華生色。而本回敘事，亦氣勢蓬勃，抑揚得當，是固皆好手筆也。

# 革命軍雲興應義舉　攝政王廟誓布信條

卻說清廷聞武昌兵變，即派陸軍兩鎮，令陸軍大臣蔭昌督率前往，所有湖北各軍及赴援軍隊，均歸節制調遣。一聞鄂耗，即派陸軍大臣前往，勢成孤注，可見清政府之鹵莽。又令海軍部加派兵輪，飭薩鎮冰督駛戰地，並飭程允和率長江水師，即日赴援。一面把瑞澂、張彪等革職，限他剋日收復省城，帶罪圖功。種種諭旨，傳到武昌。黎都督元洪，恰也不慌不忙，只分布軍隊，嚴守武漢，專待北軍到來，一決雌雄。從容布置，便見老成。有弁目獻計軍政府，請拆京漢鐵路若干段，阻止北軍前來。黎都督道：「我軍將要北上，如何拆這鐵路？目前所慮，只患兵少，不敷防禦，現擬暫編步兵四協、馬隊一標、炮隊兩標、工輜隊各一營、軍樂隊一營，權救眉急。」於是出示招兵，不到三日，已有二萬人入伍，遂令各隊長日夕操練，預備對壘。復出一剪髮命令，無論軍民人等，一律剪辮，把前清時候的豬尾巴，統行革去。剪辮是第一快事。當下擇定八月二十五日祭旗，立紅黃藍白黑五色旗為標幟，屆期天氣晴明，黎都督率同義師，誠誠懇懇的禱了天地，讀過祝文，然後散祭。大家飲了同心酒，很有直搗黃龍的氣勢。

是日聞北軍統帶馬繼增，已率第二十二標抵漢口，駐紮江岸。清陸軍大臣蔭昌，亦出駐信陽州，海軍提督薩鎮冰，復率艦隊到漢，在江心下椗。雙方戰勢，漸漸逼緊。黎都督先探聽漢口領事團，知已與清水陸軍，簽定條約，不准毀傷租界。租界本在水口一帶，水口擋住，裡面自可無虞，清水師已同退去一般。黎都督就專注陸戰，於二十六日發步兵一標，赴劉家廟，布列車站附近。是時張彪軍尚在此駐紮，鄂軍放了一排槍，張軍前列，傷了數十人，隨即退去。鄂軍也不追趕，收隊回營。

次日，鄂軍復分隊出發，重至劉家廟接仗，那邊仍來了張彪殘兵，與河南援軍會合，共約一鎮，載以火車。鄂軍隊裡的督戰員，是軍事參謀官胡漢民，令軍隊蛇行前進，將要接近，見河南軍猛撲過來，氣勢甚銳，漢民復下一密令，令軍隊閃開兩旁，從後面突開一炮，擊中河南兵所坐的火車頭，車身驟裂。河南兵下車過來，鄂軍再開連珠炮，相續不絕，慌似千雷萬霆，震得天地都響。兩下相持了數點鐘，河南兵傷了不少，方譁然退走，避入火車，開機馳去。一剎那間，又復馳了轉來，不意撲塌一聲，車竟翻倒，鄂軍乘機猛擊，且從旁抄出一支奇兵，把河南兵殺得落花流水，大敗而逃。看官！這河南兵去而復回，明明是出人不意，攻人無備的意思，如何中途竟致覆車呢？原來河南兵初次退走，有許多鐵路工人在旁，倡議毀路，以免清軍復來。當時一齊動手，把鐵軌移開十數丈。河南兵未曾防備，偏著了道兒，越弄越敗，懊悔不迭。這便是倒灶的影子。至傍晚兩軍復戰，清軍在平地，鄂軍在山上。彼此轟擊，江心中的戰艦，助清陸軍，開炮遙擊，約有二小時，鄂軍隊中發出一炮，正中江元炮船，船身受傷，失戰鬥力，遂駛去。各艦亦陸續退出，直至三十里外。翌日再戰，各艦竟遁回九江去了。清水師雖是無用，亦不至怯敵若此，大約是不願接仗之故。

至第三次開戰，鄂軍復奪得清營一座，內有火藥六車、快槍千支、子彈數十箱、白米二千包、銀洋十四箱以及軍用器物等，都由鄂軍搬回。第四次開戰，鄂軍復勝，從頭道橋殺到三道橋，得著機關炮一尊。第五次開戰，鄂軍用節節進攻法，從三道橋攻進灄口。清軍比鄂軍，雖多數倍，怎奈人人解體，全不耐戰，一大半棄甲而逃，一小半投械而降。陸軍大臣督兵而來，恰如此倒臉，真是氣數。

自經過五次戰仗，鄂軍捷電，遍達全國，黃州府、武昌縣、淝陽州、宜昌府、沙市、新堤次第響應，豎滿白旗。到了八月三十日，湖南民軍起義，逐去巡撫余誠格，殺斃統領黃忠浩，推焦達峰為都督，陳作新為副都督，只焦達峰是洪江會頭目，冒託革命黨人，當時被他混過，後來調查明白，民心未免不服，暫時得過且過，徐作計較。同日，陝西省亦舉旗起義，發難的頭目，係第一協參謀官，兼二標一營管帶張鳳翽，及三營管帶張益謙，兩人統是日本士官學校畢業生，一呼百應，攻進撫署。巡撫錢能訓，舉槍自擊，撲倒地下。兩管帶攻入後，見錢撫尚在呻吟，倒不去難為他，反令手下扶入高等學堂，喚西醫療治。其餘各官，逃的逃，避的避，只將軍文瑞，投井自盡，全城粗定，正副兩統領，自然推舉兩張了。

余誠格自湖南出走，直至江西，會晤贛撫馮汝騤，備述湖南情形，且敘且泣。馮撫雖強詞勸慰，心中恰非常焦灼，俟誠格別後，勞思苦想，才得一策，一面令布政使籌集庫款，倍給陸軍薪餉，一面命巡警道飭役稽查，旦夕不怠，城內總算粗安。偏偏標統馬毓寶，舉義九江，逐去道員保恆，及九江府樸良。九江係全贛要口，要口一失，省城也隨在可虞，不過稍緩時日便了。銅山西奔，洛鐘東應。

此時各省警報，紛達清廷，攝政王載灃，驚愕萬狀，忙召集內閣總理老慶、協理徐世昌，及王大臣會議。一班老少年，齊集一廷，你瞧我，我瞧你，面面相覷，急得攝政王手足冰冷，幾乎垂下淚來。老慶睹此情形，不能一言不發，遂保薦一位在籍的大員，說他定可平亂。看官！你道是何人？乃係前任外務部尚書袁世凱。攝政王嘿然不答。老慶道：「不用袁世凱，大清休了。」用了袁世凱，大清尚保得住麼？攝政王無奈下諭，著袁世凱補授湖廣總督。又有一大臣道：「此次革黨起事，全由盛宣懷一人激變，他要收川路為國有，以致川民爭路，革黨乘機起釁，為今日計，非嚴譴盛宣懷不可。」於是盛大臣亦奉旨革職。過了兩三天，袁世凱自項城覆電，不肯出山。內閣總理老慶，又請攝政王重用老袁，授他為欽差大臣，所有赴援的海陸各軍，並長江水師，統歸節制。又命馮國璋總統第一軍、段祺瑞總統第二軍，均歸袁世凱調遣。袁世凱仍電奏足疾未癒。樂得擺些架子。攝政王料他紀念前嫌，不欲再召。忽由廣州來電，將軍鳳山，被革命黨人炸死。鳳山在滿人中，頗稱知兵，清廷方命任廣州將軍，乘輪南下，既抵碼頭，登岸進城。到倉前街，一聲奇響，震坍牆垣，巧巧壓在鳳山轎上，連人帶轎，搗得粉碎。臨時只有一黨人斃命，聞他叫做陳軍雄，餘皆遁去。攝政王聞知此信，安得不驚？沒奈何依了老慶計策，令陸軍大臣蔭昌親至項城，敦請袁世凱出山。那時這位雄心勃勃的袁公，才有意出來。時機已至。蔭昌見他應允，欣然告別，返至信陽州，趁著得意的時候，竟想出一條好計，密令在湖北軍隊，打仗時先掛白旗，假作投降，待民軍近前，陡起轟擊，便可獲勝。湖北帶兵官，依計而行，果然鄂軍不知真偽，被他打死了數百人，敗回漢口，把劉家廟大智門車站各地，盡行棄去。蔭昌聞這捷音，樂不可支，忙電奏京都，說民軍如何潰敗，官軍如何得勝，並有可以進奪武漢等語。攝政王稍稍安心。

嗣聞瑞澂、張彪，都逃得不知去向，遂下令嚴拿治罪。其實鴻飛冥冥，弋人何篡，攝政王也無可奈何。默思川湖各地，必須用老成主持，或可平亂，遂命岑春煊督四川，魏光濤督兩湖。岑、魏都是歷練有識的人，料知大局不可收拾，統上表辭職。那時只有催促這位老袁，迅速赴敵。老袁至此，始從彰德里第動身，渡過黃河，到了信陽州，與蔭昌相會。蔭昌將兵符印信，交代明白，匆匆回京覆命。

這位袁老先生，確是有點威望，才接欽差大臣印信，在湖北的清軍，已是踴躍得很，磨拳擦掌，專待廝殺。總統第一軍的馮國璋，又由京南下，擊退民軍，縱火焚燒漢口華界，接連數日，煙塵蔽天，可憐華界居民，或搬或逃，稍遲一步，就焦頭爛額。更可恨這清軍仗著一勝，便姦淫擄掠，無所不為。見有姿色的婦女，多被他拖曳而去，有輪姦致死的，有強逼不從，用刀戳斃的。就是搬徙的百姓，稍有財產，亦都被他搶散。正在興高采烈的時候，忽有鄂軍敢死隊數百人，上前攔截，清軍視若無睹，慢騰騰的對仗。不意敢死隊突起奮擊，如生龍活虎一般，嚇得清軍個個倒退。還有後面的鄂軍，見敢死隊已經得勢，一擁而前，逢人便殺，清軍逃得快的，還保住頭顱，略一遲緩，便已中槍倒斃。這場惡戰，殺死清軍三千五百多名，在漢口華界的清軍，幾乎掃蕩一空。有在街頭倒斃的兵，腰中還纏著金銀洋錢，哪裡曉得惡貫滿盈，黃金難買性命，撲通一槍，都伏維尚饗了。可為貪利者作一棒喝。

清軍還想報復，不意袁欽差命令到來，竟禁止他非法胡行，此後不奉號令，不准出發。各軍隊也莫名其妙，只好依令而行。原來袁世凱奉命出山，胸中早有成竹，他想現今革命軍，且萬萬殺不完的，死一起又有一起，我如今不若改剿為撫，易戰為和。只議撫議和的開手，也須提出幾條約款，方可與議。當下先上奏摺，大旨是開國會，改憲法，並罷斥皇族內閣等件，請朝廷立即施行。攝政王覽了此奏，又不覺狐疑起來。正顧慮間，山西省又聞獨立，巡撫陸鍾琦死難。陸鍾琦係由江南藩司升任，到任不過數月，因陝西已歸革命軍，恐他來襲邊境，遂派新軍往守潼關。新軍初意不願，故設種種要求，有心激變。陸撫恰一一答應，新軍出城而去。次日偏又回來，闖進撫署，迫陸撫獨立。陸撫說了一個不字，那新軍已舉槍相向，待陸撫說到第二個不字，槍彈立發，適中陸胸。陸子亮臣，係翰苑出身，曾遊學外洋，至是適來省父，勸父姑從圓融，誰意禍機猝發，到署僅隔宿，竟見乃父喪軀。父子恩深，如何忍耐，即取出手槍還擊。此時的革命軍，還管著什麼餘地，順我生，逆我死，眾槍齊發，又將亮臣擊斃。陸撫父子殉難，雖是盡忠一姓，心跡尚屬可原，故文字間獨無貶筆。再擁進內署，把陸撫眷屬，復槍斃了好幾人。撫署已毀，轉至藩臬兩署，擁藩司王慶平、提法使李盛鐸至諮議局，迫他獨立。兩司不從，被禁密室，另推協統閻錫山為都督。錫山受任後，婉勸李盛鐸出任民政，盛鐸乃允。只王慶平執意如故，由錫山釋放使歸。

山西省的警信方來，江西省的耗音又至。江西自九江兵變後，省城戒嚴，勉強維持了幾天。紳商學各界，組織保全會，將章程呈報撫署，請馮汝騤做發起人，馮撫倒也承認。嗣軍界亦入保全會，請馮撫即舉義旗，馮撫不允，於是各軍隊夜焚撫署，霎時間火光燭天，馮撫自署後逃出，匿入民房。藩司以下，亦皆走避。革命軍出示安民，方擬公舉統領，適馬毓寶自九江馳至，由各界歡迎入城，當於教育會開會，以高等學堂為軍政府，仍舉馮汝騤為都督。汝騤聞這消息，料軍民都無惡意，遂出來固辭，乃改舉協統吳介璋任都督，劉起鳳任民政長，汝騤交出印信，挈眷歸去。馬毓寶亦返九江。江西獨立，最稱安穩。

這時候的雲南省，也由協統蔡鍔倡義，與江西省同日獨立。雲南邊隅，次第為英法所占，是年英兵復占踞片馬，滇民力爭不得，未免怨恨政府，兼以各省獨立，軍界躍躍欲試，遂由協統蔡鍔開會，召集將弁，同時發作，舉火為號。第一營統帶丁錦不從，被他驅逐，隨攻督署，迫走總督李經義，即改督署為軍政府，舉蔡鍔為都督。各軍搜捕各官吏，拿住世藩司，因他不肯降順，一槍結果了他的性命。只李督在滇，頗有政績，經各軍搜出後，蔡鍔獨優禮相待，勸他為民軍盡職。李督心有未安，情願回籍。蔡鍔不便強留，由他攜眷回去。可見做官不應貪虐，到變起時，尚得保全性命。且因督署總是老衙門，舍舊謀新，將都督府遷至師範學堂，會同起事諸人，組織各種機關，並電各州縣即日反正。不到數日，雲南大定。

這數省的電音，傳至攝政王座前。正急個不了，內廷的王公大臣，又紛紛告假，連各機關辦事人，十有九空。老慶、載澤等並沒有法子，還是各爭意見，彼此上奏，願辭官職。貝勒載濤，也辭去軍諮大臣的缺分，弄得這個攝政王，呆似木雕，終日只是淚珠兒洗面，到無可奈何之際，不得不請老慶商量。老慶只信任一個袁世凱，便把內閣總理的位置，一心讓與袁公，且勸攝政王概從袁議。攝政王已毫無主意，遂授袁為內閣總理大臣，叫他在湖北應辦各事，布置略定，即行來京。越重任，越將清社送脫。一面取消內閣暫行章程，不用親貴充國務大臣，並將憲法交資政院協定。資政院的老臣，先請下詔罪己，速開黨禁，然後好改議憲法。攝政王唯言是從，下了罪己詔，開了黨人禁，方由資政院擬定憲法大綱十九條，擇定十月初六日，宣誓太廟。可奈各省民氣，日盛一日，憑你如何改革，他總全然反對。

上海的製造局，係東南軍械緊要地，九月十三日，被革命黨人陳其美，率眾攻入，復占了上海道縣各署，公舉其美為滬軍都督，吳淞口隨即起應，遍懸白旗，寶山縣亦即光復。滬上人民，歡聲如雷。正在相慶，貴州獨立的電報，亦到滬瀆，說是巡撫沈瑜慶以下，盡行驅逐，現舉楊藎誠為正都督，趙德全為副都督，全境安謐等語，滬軍政府越覺歡躍，立派軍士五十餘人，至蘇州運動軍營，共建義旗。各軍官一律應允，夤夜出發軍隊，齊集城下。十四日天明時，城門一開，各軍魚貫而入，徑至撫署喧呼革命。蘇撫程德全，仗膽登堂，問他來意。各軍齊請程撫獨立。程撫沒法，只好贊成，但飭軍隊勿擾百姓。各軍大呼萬歲，即在門外連放九炮，懸起江蘇都督府大旗。至十五日，蘇城內外，就遍懸白旗，程撫居然改做都督，選紳士張謇、伍廷芳、應德閎等，分任民政、外交、財政等事，並截斷蘇寧鐵路，派兵扼守，以防南京。江蘇係官長獨立，真是不血一刃，較江西尤為快利。

江蘇既定，滬上復遣敢死隊到杭州，浙撫增韞，正焦愁萬分，每日召官紳會議，紳士以獨立二字為請，增撫總是不從。至敢死隊到杭，密寓撫署左近，約各營乘夜舉事。於是筧橋大營的兵士，入艮山門占住軍械局，南星橋大營的兵士，入清波門占住藩運各署。敢死隊懷著炸彈，猛撲撫署，一入署門，第一個拋彈的首領，乃是女志士尹銳志，聞她係紹興嵊縣人，嘗在外洋遊學，灌入革命知識，此次挈她妹子銳進，同來效力。首擲炸彈，毀壞撫署，衛隊及消防隊不敢抵敵，統行入黨。急得增撫避匿馬房，被黨人一把抓出，拖至福建會館幽禁。藩司吳引孫等，一律逃去。未及天明，全城已歸革命軍占領，推標統周赤城為司令官，以諮議局為軍政府。臨時都督，舉了童訓，童訓自請取消，另舉前浙路總理湯壽潛。湯尚在滬，由周赤城派專車往迎。只杭州將軍德濟，尚不肯投順，幾乎決裂，兩邊要開炮相鬥，幸海寧士民杭辛齋，至滿營妥議，方才停戰。等到湯督到杭，復與滿人訂了簡約：(一)改籍，(二)繳械，(三)暫給餉項，徐圖生活。滿人料不可抗，唯唯聽命，自是全城遂安。浙江獨立，也算迅捷，且有女志士先入撫署，尤為特色。後來增撫等人，都由湯都督釋回。

長江流域各省，多半光復，只湖南都督，改推議長譚延闓。焦、陳二人，被革軍查出違法的證據，將他梟首，復槍斃焦黨數名，稽查數天，仍歸平靖。回應上文。只駐紮信陽的袁大臣，奉了回京組閣的諭旨，先遣蔡廷幹、劉承恩到武昌，與黎都督議和。黎都督定要清帝退位，方肯弭兵。經蔡、劉二員再四商榷，終不見允，只得回覆袁大臣。袁大臣見議和無效，默默地籌畫一番，復召馮、段二統領，密議辦法，將軍事布置妥當，才擬啟程北上。成算在胸，可南可北。袁未到京，宣誓太廟的日期已至，攝政王率領諸王大臣到太廟中，焚香爇燭，叩頭宣誓。誓文云：

維宣統三年十月六日，監國攝政王載灃，攝行祀事，謹告諸先帝之靈曰：唯我太祖高皇帝以來，列祖列宗，貽謀宏遠，迄今將垂三百年矣。溥儀繼承大統，用人行政，諸所未宜，以致上下睽違，民情難達，旬日之間，寰逼紛擾，深恐顛覆我累世相傳之統緒。茲經資政院會議，廣採列邦最良憲法，依親貴不與政事之規制，先裁決重大信條十九條。其餘緊急事項，一律記入憲法，迅速編纂。且速開國會，以確定立憲政體，敢誓於我列祖列宗之前。

隨即頒布憲法信條十九條：

一　大清帝國之皇統，萬世不易。
二　皇帝神聖，不可侵犯。
三　皇帝權以憲法規定為限。
四　皇帝繼承之順序，於憲法規定之。
五　憲法由資政院起草議決，皇帝頒布之。
六　憲政改正提案權，屬於國會。
七　上院議員，由國民於法定特別資格公選之。
八　總理大臣由國會公選，皇帝任命。其他國務大臣，由總理推舉，皇帝任命。皇族不得為總理及其他國務大臣，並各省行政官。
九　總理大臣受國會彈劾，非解散國會，即總理大臣辭職，但一次內閣，不得解散兩次國會。
十　皇帝直接統率海陸軍，但對內使用時，須依國會議決之特別條件。
十一　不得以命令代法律。但除緊急命令外，以執行法律，及法律委任者為限。
十二　國際條約，非經國會議決，不得締結。但宣戰構和，不在國會會期內，得由國會追認之。
十三　官制官規，定自憲法。
十四　每年出入預算，必經國會議決，不得自由處分。
十五　皇室經費之制定及增減，概依國會議決。
十六　皇室大典，不得與憲法相牴觸。

十七　國務員裁判機關，由兩院組織之。
十八　國會議決事項，由皇帝宣布之。
十九、第八條至第十六各條，國會未開以前，資政院適用之。

頒布以後，在清室已算讓到極點，與民更始。可奈民心始終不服。兩廣、安徽、福建等省，又次第舉起獨立旗來，正是：

人意難迴天意去，民權已現帝權終。

看官欲知後事，請至下回再閱。

鄂師一起，四方響應，中國之不復為清有，已可知矣。蔭昌、薩鎮冰輩，率全國之師，對付一隅，屢戰未捷，是豈皆蔭、薩二人，韜略未嫻，不堪與黎軍敵耶？周武有言：「紂有億兆夷人，離心離德，予有亂臣十人，同心同德。」觀於清末，而古人之言益信。至若載灃攝政，僅二年餘，此二年間，亦非有大惡德，但以腐敗之老朽、痴呆之少年，使操政柄，猝致激變，載灃亦不得謂無咎焉。迨各省告警，雲集響應，始有宣誓告廟之舉，晚矣。故本回只據事直書，而瓦解土崩之狀，已令人目不勝接，徒有浩嘆而已。

# 易總理重組內閣　奪漢陽復失南京

卻說廣西巡撫沈秉坤，係湖南善化人，聞湖北早起義師，湖南亦告獨立，長江下游，大半響應，廣西雖處偏隅，勢不能免，不如由我倡起，免受黎軍壓制。當下召文武各官，密謀獨立。藩司王芝祥、提督陸榮廷，首先贊成。再開諮議局會議，透過多數，遂舉沈為廣西都督，改撫署為軍政府，諮議局為議院。司道府縣，暫仍舊貫。原有軍隊，統稱廣西國民軍。組織粗定，秉坤願任北伐事，將都督印信，讓與王芝祥、陸榮廷，自挈家眷回籍。臨行時有留別父老書，說得纏綿愷切，小子也無暇詳述。廣西獨立，較江蘇尤舉動文明，沈秉坤功成即退，尤為難得。

只廣東尚無獨立消息，王芝祥因唇齒相依，意圖聯繫，遂發電勸粵督張鳴岐，兩三日未接覆音。又過了好幾天，始探得廣東也獨立了。原來廣東自鳳山炸斃後，早有人提倡獨立，因粵督張鳴岐，模稜兩可，忽願獨立，忽又不願獨立，弄得軍民各界，無從捉摸。遷延一日，聞粵西趕先起義，大眾始忍無可忍，各到諮議局開會，決議用和平手段，要求獨立。仍推張鳴岐為都督，提督龍濟光為副手。當下辦就印信公文，送到督署。不意署中已空無一人，張鳴岐不知去向，轉送與龍濟光。濟光因張督不到，亦不願就任，於是改推革命黨人胡漢民為都督。時胡漢民甫離湖北尚未到粵，由協統蔣尊簋暫代。胡到後，乃將都督印信交出。廣東獨立的音信，尚未北達，安徽獨立的音信，先已南來。安徽居長江下游，巡撫叫做朱家寶。朱是幕府出身，人品素來圓滑。他起初還首鼠兩端，嗣為軍民所迫，不得已任為都督。後來安慶稍有變亂，朱縋城出走，大眾請九江分府馬毓寶蒞任，人心乃安。

此時東南一帶，只有南京及福建兩處，尚未反正。南京由各省聯軍進討，福建恰乘機響應，新軍統制孫道仁，與諮議局副議長劉崇佑，聯繫興師，先照會總督松壽，另立新政府，所有閩省政務，應歸新政府施行。再照會將軍樸壽，迫駐防兵繳出軍械火藥。兩壽統是滿人，松壽猶豫未決，樸壽偏決意主戰。民軍聞他不允，遂出占各署，松壽仰藥自盡，樸壽飭滿兵對仗，恃于山為根據，開炮轟擊民軍。民軍偏冒險登山，前仆後繼，竟將滿兵殺退。樸壽還不肯罷手，親率滿兵來攻漢界，螳斧當車，不自量力，戰到結果，弄得一命嗚呼。兩壽不壽，唯滿人殉主，不謂無名，後人作史，書法應在陸鍾琦上。滿兵既無統帥，只可繳械投誠，當下推孫道仁為都督，受印懸旗，與各省大致相似，不必細說。

只這位攝政王載灃，迭接警耗，正似啞子吃黃連，有說不盡的苦楚。老慶也不勝著急，默唸東南半壁，盡付烏有，所恃山東、河南，尚無變動，京畿總還保得住。不意來了一個急電，係山東巡撫孫寶琦奏請獨立，不覺魂魄飛揚，幾致暈倒。「獨立」二字，形諸奏牘，更屬聞所未聞。看官！你道是何故？因孫撫乃慶王兒女親家，老慶總道靠得住，陡接此奏，正是事出意外。哪裡曉得孫撫恰也有苦心，他受軍民脅迫，不好力拒，又不便贊成，無策中想了一策，陽允軍民設臨時政府，暗中把苦情奏達清廷。老慶未曾詳閱，險些兒幾被嚇煞。嗣經覆電細問，方曉得孫撫意思，倒也少慰。

無如警報又逐漸到來，山東煙臺商埠，真個獨立，這還是一隅小事。至接到海軍各艦歸附民軍的消息，又是不勝駭愕。原來清軍艦退出鄂境，懸著白旗，擬順流行至九江，偷過青山炮臺，迨抵田家鎮，該鎮開空炮示警，清軍艦無都督護照，不敢停泊待驗，乃重複折回。唯鏡清、保民、楚觀、江元、江亨、建威、通濟、楚同、楚泰、飛鷹、楚謙、虎威、江平及張字號魚雷艇，共十四艘，竟沿江而下，直達鎮江。看官！你道十四艘兵艦如何能暢行無阻呢？相傳是鏡清船上，有幫管帶陳復，與同志劉楲、劉勳名、楊砥中、常光球等三十餘人，響應民軍，暗中聯繫，是以途中無阻，竟一律開往鎮江。鎮江是時，亦已與蘇州相應，推林述慶為都督，聞陳復已至，派員接收，至此清軍艦十失六七，只海容、海琛、海籌、湖鶚及魚雷艇等，孤立江心，不復成軍。提督薩鎮冰，見大勢已去，另乘大通輪船，避往上海。那時海容、海琦、海籌三艦長，除效順民軍外，無他良法，遂向九江馬都督處投誠。馬都督毓寶，自然歡迎。接見後，置酒款待，彼此盡歡。唯海容艦長喜昌，海琛長榮續均，係滿人，辭職回里，馬都督各給洋五六百元，派人送滬去訖。

只老慶急上加急，每日電促袁世凱到京。袁大臣在途，請足疾假、咳嗽假，逗留又逗留，至緩無可緩，方率兵兩大隊，冠冕堂皇地到了京都。這也是步步為營之計。京中官民，聞袁大臣到來，相見恨晚，就是攝政王載灃，亦蠲除宿怨，極誠迎迓。兩下相見，立開軍事會議，袁大臣先將議和不成的情形，說了一遍。攝政王皺著眉道：「鄂軍既不肯議和，看來只好主戰。」袁大臣道：「主戰亦是，但沒有軍餉，如何是好？」此時慶王在座，百忙中想出一法，乃是孝欽太后留有遺積，現在隆裕太后手中，要攝政王入宮支取。袁大臣竭力贊成，當由攝政王入見隆裕太后。隆裕太后方寵幸太監小德張，又是一個李蓮英，安排水晶宮裝設，想步孝欽后後塵，不幸福氣淡薄，革命黨舉事武昌，竟致四方響應，不可收拾。攝政王屢次進陳，已是愁悶得很，忽又要支取內帑，弄得無詞可答，只有珠淚雙垂。攝政王也相對而泣，哭了一場，總是無法可施，勉強取出若干萬，交付攝政王，由攝政王交給袁大臣。袁大臣遂組織內閣，選了幾個有名的人才，請旨頒布道：

梁敦彥為內務大臣，趙秉鈞為民政大臣，嚴修為度支大臣，唐景崇為學務大臣，王士珍為陸軍大臣，薩鎮冰為海軍大臣，沈家本為司法大臣，張謇為農工商大臣，楊士琦為郵傳大臣，達壽為理藩大臣。

這道旨意，頒發下來，滿擬人才畢集，挽救時艱。誰知有一半不肯出山，有一半供職清廷，也上表力辭，不願擔任危局。升官發財，人之所欲，何圖此時，反相枘鑿？袁大臣再請任各省宣慰使，選出幾位耆碩，去當此任，偏偏又無人應命。且聞吉林、黑龍江，各設保全會，奉天也雜入革命軍，舉黨人藍天尉為都督，消息日惡一日。江南第九鎮統制徐紹楨，又召集浙滬蘇寧各軍，攻打南京。江督張人駿、將軍鐵良，及提督張勳，雖尚服從清室，與徐紹楨等相抗，究竟城孤兵少，四面楚歌，免不得向清廷乞救。袁大臣至此，亦憤悶得了不得，他想民軍氣焰逼人，總不肯就我羈勒，能戰然後能和，射人必先射馬，欲想處處兼顧，勢有未能，不如力攻武漢，殺他一個下馬威，令他見我手段，方才逞志。洞見肺腑。遂將內帑運至鄂中，令馮、段兩統領，奮擊漢陽。

馮、段二人，接此命令，果然特別效力，親率全軍赴漢陽，鄂軍方面，由黃興督師，兩下連戰兩晝夜，清軍先挫。梅子山一帶，為鄂軍所占。嗣清軍潛渡漢江，改服鄂軍衣裝，各持白旗，來襲美娘山。鄂軍不及預防，還道是武昌遣來援軍，至清軍前隊登山，見人輒斫，方曉得係清軍偽充，連忙對仗，已是不及。惡鬥了半日，清軍越來越眾，炮火越猛，鄂軍死傷千餘人，只好把美娘山棄去，退至龜山。清軍乘勝追至，被鄂軍一陣殺退，不意龜山方幸保全，雨淋山又聞失守。惱了這班敢死隊，糾眾進攻，冒死上登，竟將雨淋山奪回，並乘間渡江，擬占劉家廟。才至漢口，清軍突來，戰了一仗，不分勝負。清軍退至歆生路，兩下收軍。越宿，清軍又拔營齊出，群往雨淋山，用全力爭漢陽。那時兩軍已連戰五晝夜，雨淋山的鄂軍，只道清軍已退，令招來新兵把守。新兵未經戰陣，驟見清兵如蟻而來，譁然四散。清軍遂據雨淋山，突聞山下槍炮齊發，由清軍俯視，只見來勢勇猛，正是鄂軍裡的敢死隊。清軍也怕他驍悍，膽已先怯，勉強下迎，畢竟敢死隊以少勝多，又將雨淋山奪去，並奪得清軍機關槍兩尊。翌日黎明，兩軍統帥，都親自督陣，大戰於十里鋪。自辰至午，清軍炮火甚烈，鄂軍不能取勝，方收隊休息。忽後面大起炮聲，回頭一望，乃是清軍全隊，猛力撲來。民軍前後受攻，任你什麼敢死團也是不濟，只好退歸漢陽。這支清軍，如何在鄂軍後面？看官聽著！待小子敘明。原來漢陽城外有扁擔山，係全城保障，山上有一員炮隊管帶，姓張名振臣，係張彪的兒子，張彪遁去，振臣尚在，黃興未曾察破，被他勾通清軍，竟將這山奉送。復囑黑山、龜山、四平山、梅子山的炮弁，把炮門除去，並將地雷火線絕斷。霎時間，清軍四路分攻，守山的將士，放炮炮不響，爇線線無靈，徒靠著血肉之軀，與槍彈相搏，哪有不敗之理？眼見得四座峻嶺，被清軍陸續占去。為一張振臣，幾致全軍皆沒，可見用人不可不慎。

這時候的漢陽總司令黃興，早回城中，敗兵入城，猶待總司令宣布軍號，以便防守。誰知待了許久，杳無音響，到總司令府謁問，只剩了一間空屋，室邇人遠，弄得大眾面面相覷，城外又鼓聲大震，清軍齊來薄城。城中已無主帥，不由得軍心大亂，紛紛出城。等到武昌聞警，發兵來援，全城已為清軍占領，還有什麼效力？但見漢陽城外的人民，奪路奔逃，渡船如蟻，飛向武昌駛去。潰軍也雜民中，爭船而走。軍械輜重，漂流江面，不計其數。這皆由黃司令之力。黎都督聞漢陽已失，不禁嘆惜道：「我道這位黃司令，總有些能耐，不料懦弱如此。」忙出城撫慰兵民，並言：「黃司令已往上海，去集援軍，計日可至。漢陽雖失，盡可無慮，武昌有我作主，總要拚命保守」等語。兵民聞言，方覺心安。於是續派軍隊，沿江分駐，上自金口，下至青山，皆立柵置炮，日夜嚴防，武昌才算穩固。

馮、段兩統領，既得漢陽，即向清廷告捷，且擬指日攻復武昌，清廷王大臣，又相慶賀，獨這袁總理心中，恰另有一番計畫。此公渾身是計。正躊躇間，又來了三道警電：第一道是第六鎮統制吳祿貞，奉清命去攻山西，被麾下周符麟、吳鴻昌等刺死，袁見了尚不以為意，因吳祿貞是革命黨人，命攻山西，乃由軍諮使良弼發議，明是以毒攻毒，此次見刺，安知非從良弼授意，當即將電文擱過一旁。第二道是四川獨立，端方在資州被殺，其弟端競，亦遭慘戮，不由的太息道：「端老四何苦費了數萬金，賣個身首異處，真不值得。」不如公固遠甚。亦將此電擱起。第三道是南京危急萬分，火速求援。這電文映入袁總理眼簾，恰瞧了又瞧，默想片時，竟取出兩籤，各書數字，交左右至電報處拍發。一電係寄往南京，說急切無兵可援。明明是叫他棄城。一電係寄往漢陽，說是暫且停戰。明明是有意講和。

馮、段兩統領，向來尊信袁公，自然停兵勿進。獨南京張人駿等，接到袁電，未免有些怨恨。

張勳更暴躁得很，還要與民軍爭個雌雄。那時攻打南京的徐紹楨，因出戰不利，退回鎮江，改推蘇督程德全為海陸軍總司令，出駐高資。程遂召集各軍司令官，帶兵前進。寧軍總司令，仍是徐紹楨，鎮軍總司令，就是林述慶，還有浙軍總司令朱瑞、蘇軍總司令劉之傑等，會集部兵三萬餘人，一齊殺去。南京清提督張勳，確是能耐，督率十八營如狼似虎的防軍，前來對壘。交綏數次，聯軍未見勝仗，反傷了無數士卒，嗣經濟軍統領黎天才，率兵六百餘人，來攻南京。黎素以勇毅聞，見各軍相率逡巡，勃然大憤，即慨請先行，請浙軍司令官朱瑞，派兵為後應。當下進攻烏龍山，下令首先登山者，賞銀千元。軍士聞令踴躍，爭先搶占。清軍不能支，立被占住，再攻幕府山。下令如前，一聲吶喊，猛力前進。清軍馬步隊，方在炮臺上瞭望，見民軍來勢洶湧，行動如飛，臺兵不慌不忙，也不開炮，竟下來歡迎，請天才登山。天才檢點將士，共四百餘員，咸請：「我輩湘人，不願與同胞為難。」天才大喜，登山遙望，正與城內獅子山相對。獅子山也有炮臺守兵，頗有整肅氣象，驀聞獅子山開炮轟來，天才頗為一驚。旋見射來的砲彈，都落山外，不覺動疑起來，問明降軍，方知獅子山的守兵，亦係湘人，彼此同心，不願轟擊，所以隨便開放。天才也令砲兵停擊，竟分兵去奪下關。下關炮弁何明煥，度勢不支，有心反正，遂懸起白旗，以示降順。天才喜出望外，把下關兩座炮臺，一律收入，復會合蘇浙聯軍，往攻孝陵衛。張勳親率部將三員，分四路出城迎敵，聯軍奮力齊進，擊斃張軍千餘名。張勳知不可勝，退入朝陽門，負嵎死守。

只張勳有個愛妾，芳名小毛子，生得嫵媚動人，秦淮河畔，無此麗姝，白下城中，群推絕色。佳人配悍帥，尚嫌非耦。那張大帥好勇性成，生死恰付諸度外，唯瞧著這蔽月羞花的篋室，未免生愁。小毛子以張勳威望素著，起初倒也不怕，只教張勳固守；尋聞險要已失，孤城坐困，也覺得憂慮起來。美人顏色，易致憔悴，怎禁得起連日警耗，漸漸腰圍瘦損，華色枯凋，張勳見她形容，也無心戀戰。張人駿、鐵良等，毫無成見，凡事都由張勳作主，張勳要戰，不得不戰，張勳要逃，不得不逃。張勳一面求救清廷，一面令小毛子收拾細軟，派得力兵隊，潛護出城。過了兩日，接袁總理覆電，無兵可援，不禁懊悔道：「大家坐視，獨我奮力，我也無此耐煩。」會聯軍又奪天保城，張勳遂與張人駿、鐵良密商，不如帶兵北上，徐圖後舉，此時且與聯軍議和。張、鐵無計可施，遂允勳議。

當下擬定四大綱，令部將胡令宣，出城請和。蘇軍司令劉之傑，接閱和款：一是不得傷人民生命，二是不得殺旗人，三是准張勳率兵北上，四是准令張人駿、鐵良北上。劉之傑瞧畢，對胡令宣道：「這事我不能作主，須稟報總司令處，方可定議，你且回城候覆！」胡令宣唯唯去訖。次日由總司令答覆，允他三條，獨張勳北上條不許。張勳怒吼上馬，再擬背城借一，經張人駿、鐵良勸阻，勉過一天。翌晨正擬出發，忽報四城火起，聯軍已進攻南門、神策門、太平門、儀鳳門，及獅子山炮臺。張人駿、鐵良兩人，避至日本領事館，乞他保護出城。張勳令部兵白旗出迎，自己恰括盡庫款，從旁門走脫。等到聯軍入城，早已虛若無人了。張大帥有人有財，毫不吃苦。南京光復，因程督不能離蘇，公舉鎮軍都督林述慶，為南京臨時大都督。適值黃興到滬，擬集聯軍援鄂，在上海開會，由各省代表推他為大元帥，黎元洪為副元帥，正是：

鬱之益久，發之益光。
師直為壯，我武孔揚。

小子著書至此，已九十九回了，下文只有一回，便要完卷。看官且再拭目！閱那結末的第一百回。

「將軍欲以巧勝人，盤馬彎弓故不發。」這兩語正可移贈袁公。遲遲出山，又遲遲入京，處危疑交集之秋，尚屬從容不迫，其才具已可概見。漢陽一役，明以示威，得漢陽而失南京，正袁公之所以巧為處置也。從字句間體察之，可以覘袁大臣之心，可以見到書人之識。

# 舉總統孫文就職　遜帝位清祚告終

卻說黃興既受了大元帥的職任，正擬派兵援鄂，忽聞清廷降旨，命袁世凱為議和全權大臣，料知停戰在即，因此從緩。這袁大臣恰委任尚書唐紹儀，作為代表，南下議和。唐奉命至漢口，先由駐漢英領事，轉告黎都督，黎不便力拒，允與熟商，當由雙方暫時停戰。唐紹儀進見黎都督，交換意見，議了兩天，黎以黃興在滬，已任為大元帥，一切取決，當就上海開議。於是唐紹儀又從漢口乘輪到上海來，是時上海各代表，已公推博士伍廷芳為外交總長，議和事亦委他主持。會議地點，就在上海英租界的市政廳。兩下列座，除兩大代表外，尚有參贊數員。晤談後，各取委任書交閱，互驗屬實，然後討論和議。議至四點多鐘，伍代表提出四事：一，清帝退位。二，改行民主政體。三，給清帝年金。四，量恤旗民。唐代表瞧這四條，不便承認，只答稱須電達內閣，方可定奪，當下散會。看官！你想「清帝退位」四字，簡直是要將清室河山，歸還民國，清廷王大臣，焉肯即日允從？袁大臣自然不能代允，但欲峻詞拒卻，必致決裂，弄得戰禍綿延，終非良策。恰是兩難。想了又想，只好把君主、民主兩問題，熟詳利害，覆電唐代表，令他再行辯駁。唐紹儀乃續約伍廷芳，申議兩次，伍廷芳決立民主政體，方可休兵，彼此幾至決裂。當由德領事出為調停，德領事名婆黎，係上海各領事的領袖，他奉駐京德使命，有意排解。遇開領事團會議，招集英美法日俄五領事，詳述意旨，五領事自然樂從。那時德領事即將意見書交與伍、唐兩代表，其文云：

駐紮北京德國公使館，曾奉本國政府訓令，向各議和使陳述私見。德國政府，以為中國如果繼續戰爭，不特有危於本國，並有危於外人之利益安寧。現德國政府，依舊嚴守中立，但不得不盡義，為私交上之忠告。願兩議和使設法將戰事早日消滅，從兩造之所自願者，辦理一切事宜，有厚望焉。

伍、唐兩代表接書後，只得共表同情，再事磋商。會聞山東都督孫寶琦取消獨立，山西省城太原府，又由清軍占領。清廷一方面，似乎有些生色。嗣由革命黨大首領孫文，航海歸來，滬上各民軍代表，個個歡迎，一片舞蹈聲、喧呼聲，與吳淞江水聲相應，熱鬧得了不得。過了兩三天，各代表遂開選舉大總統會，投票選舉。啟箱後，孫文票數最多，應任為大總統。續舉副總統，是黎元洪當選。大眾遂歡呼「中華共和萬歲」三聲，隨由各代表通電各處，於辛亥年十一月十三日，即西曆一千九百十二年一月一號，組織中華臨時政府於上海，建號中華民國，即以此日為民國元年元月元日。是民國一大紀念，故大書特書。孫文赴南京受任，火車上面，遍插國旗，站旁軍隊林立，專送孫總統上車。由滬至寧，每到一站，兩旁皆列隊呼萬歲。午後抵南京，國旗招展，軍樂悠揚，政學軍商各界，統來站相迎。駐寧各國領事，亦到來迎接。各炮臺、各軍艦、各鳴炮二十一門，表示歡忱。別開生面。孫總統下車後，改坐馬車至臨時總統府，早有黃興、徐紹楨等，站著左右，迎迓入內。是晚即在公堂行接任禮，各省代表，與海陸軍代表，齊呼「中華民國萬歲」，聲振屋瓦。代表團報告選舉情形，請臨時大總統宣讀誓詞。孫文即朗聲宣誦道：

顛覆滿清專制政府，鞏固中華民國，圖謀民生幸福，此國民之公意，文實遵之。以忠於國，為眾服務，至專制政府既倒，國內無變亂，民國卓立於世界，為列邦公認，斯時文當解臨時大總統之職，謹以此誓於國民！

讀畢，由代表團推舉景帝召，捧呈大總統印信，由孫總統接受如儀。各代表又推徐紹楨讀頌詞，讀後，孫總統答稱：「誓竭心力，勉副國民公意。」大眾更歡呼而散。孫總統遂立中央政府，為行政總機關，中央設參議院，各省設省議會，為立法機關。並提議改用陽曆，交參議院公決。參議院議員，暫以各省代表充選，即日透過改曆議案，以十月十三日為正月一日，並為中華民國紀元，通電各省公布。又議定政府制度，暫仿美國成制，不設總理，但設各部總次長如下：

陸軍總長黃興、次長蔣作賓，海軍總長黃鍾瑛、次長湯薌銘，司法總長伍廷芳、次長呂志伊，財政總長陳錦濤、次長王鴻猷，外交總長王寵惠、次長魏宸組，內務總長程德全、次長居正，教育總長蔡元培、次長景耀月，實業總長張謇、次長馬和，通總長湯壽潛、次長于右任。

南京政府成立，民軍聲焰愈張，遂創議北伐，傳檄遠邇。各省踴躍起應，連一班女學生，也想大出風頭，組織北伐隊。這也可以不必。上海名優闊妓，都藉著色藝，募捐助餉，似乎直搗黃龍，指顧間事。各洋商見時勢危急，恐礙商務，遂聯名發電，直致清廷，要求早日改建國體，妥定大局。先是攝政王載灃，因袁大臣已任內閣總理，自己無權無勇，正好藉此下臺，辭退監國重任。經隆裕太后允准，令他仍醇王爵號，退歸藩邸，不再預政。此後一切政務，都責成總理大臣。至保護幼帝的責任，歸太保世續、徐世昌。此旨頒後，全副重擔，都肩在袁總理身上。袁總理倒也不怕。唯南北和戰事宜，所關重大，且迭接南方各電，不得不與清皇族會商，遂奏請隆裕太后，開御前會議，把民軍提出各條，令皇族自行酌奪。皇族多半反對，袁總理再電唐紹儀，徵求意見。紹儀復稱應速開臨時國會，解決政體。袁總理復轉達皇族，皇族仍是不從。唐遂辭職，議和事由袁總理自行直接。

會四川省殺了總督趙爾豐，新疆省殺了將軍志銳，甘肅省殺了總督長庚，蒙古、西藏，也居然獨立起來。袁總理未免著急，仍奏請隆裕太后，如前代表唐紹儀議。太后躊躇未決，袁總理也奏請辭職，願退居間地。急得太后束手無策，只好溫詞慰留。袁總理仍是固辭，太后復封他一等侯爵。清已不臘，還有什體虛名虛位，可以籠絡袁總理。袁復懇切上表，不願就封。做作耶？真心耶？太后只得再與老慶商議，要他至袁總理邸第，竭力挽留。袁乃辭封就職，再與伍廷芳往返電商。奈民軍得步進步，先爭論國會地點，兩方辯駁的電文，差不多有數十通。至南方政府成立，竟將國會一說擱起，定要清帝退位，才肯干休。山窮水盡，奈何奈何？

斯時清廷已無兵無餉，勢難再戰，只得由隆裕太后出場，再開御前會議。皇族等統已垂頭喪氣，隆裕太后也垂著兩行酸淚，毫無主見。獨軍諮使良弼抗聲道：「太后萬不能俯允民軍，愚見決計主戰。」只你一人主戰，如何成事？

太后道：「兵不效力，餉無從出，奈何？」良弼道：「寧可一戰而亡，免受漢人荼毒。」皇族見良弼非常決裂，恰也膽大起來，隨聲附和。會議仍然無效，過了兩三日，袁大臣出東華門，遇著炸彈，未被擊中，恰拿著刺客三名，偏偏這良弼從外歸家，突被炸彈擊斃。拿住刺客，據供是民黨彭家珍，也不知是真是假。家珍當時受戮，無從細詢。自是清皇族個個驚慌，逃的逃，躲的躲，哪個還敢來反對遜位？在鄂統領段祺瑞，復聯合北方將弁四十二人，電請遜位。隆裕太后不得已，授總理大臣袁世凱特權，電告民國代表伍廷芳，商議優待清室條件。彼此又辯論數日，適值汪兆銘等，釋放回南，參贊和議，於優待清室事，恰主張從厚，才得磋商定局。袁總理稟明隆裕太后，且再請皇族議定。隆裕太后含淚道：「他們都已擁資走避了，剩我母子兩人，還有何說？你去擬旨便是。」言畢，痛哭一場。還是袁總理勸慰數語，才行退出。隨即擬定三道諭旨，入呈太后瞧閱。太后只得鈐印御寶，鈐寶時，兩手亂顫，一行一行的淚珠兒，流個不休，隨把諭旨交與袁總理。袁總理也即署名，於宣統三年十二月二十五日，即中華民國元年二月十二日，頒布天下。第一道諭旨云：

朕欽奉隆裕皇太后懿旨：前因民軍起事，各省響應，九夏沸騰，生靈塗炭，特命袁世凱遣員與民軍代表，討論大局，議開國會，公決政體。兩月以來，尚無確當辦法。南北睽隔，彼此相持，商輟於途，士露於野，徒以國體一日不決，故民生一日不安。今全國人民心理，多傾向共和，南中各省，既倡議於前，北方各將，亦主張於後，人心所向，天命可知。予亦何忍以一姓之尊榮，拂兆民之好惡。是用外觀大勢，內審輿情，特率皇帝將統治權公諸全國，定為共和立憲國體，近慰海內厭亂望治之心，遠協古聖天下為公之義。袁世凱前經資政院選舉為總理大臣，當茲新舊代謝之際，宜有南北統一之方，即由袁世凱組織臨時共和政府，與民軍協商統一辦法。總期人民安堵，海內又安，仍合漢滿蒙回藏五族完全領土，為一大中華民國，予與皇帝得以退處寬閒，優遊歲月，長受國民之優禮，親見郅治之告成，豈不懿歟？欽此。

第二道諭旨云：

朕欽奉隆裕皇太后懿旨：前以大局阽危，兆民困苦，特飭內閣與民軍，商酌優待皇室各條件，以期和平解決。茲據復奏，民軍所開優待條件，於宗廟陵寢，永遠奉祀，先皇陵制，如舊妥修各節，均已一律擔承。皇帝但卸政權，不廢尊號，並議定優待皇室八條，待遇滿蒙回藏七條，覽奏尚屬周到。特行宣示皇族，暨滿蒙回藏人等，此後務當化除畛域，共保治安，重睹世界之昇平，胥享共和之幸福，予實有厚望焉！

欽此。

**(甲)關於大清皇帝辭位之後，優待之條件：**

今因大清皇帝，宣布贊成共和政體，中華民國於大清皇帝辭退之後，優待條件如下：

第一款大清皇帝辭位之後，尊號仍存不廢。中華民國以待各外國君主之禮相待。

第二款大清皇帝辭位之後，歲用四百萬兩，俟改鑄新幣後，改為四百萬圓，此款由中華民國撥用。

第三款大清皇帝辭位之後，暫居宮禁，日後移居頤和園，侍衛人等，照常留用。

第四款大清皇帝辭位之後，宗廟陵寢，永遠奉祀，由中華民國酌設衛兵，妥慎保護。

第五款德宗陵寢未完工程，如制妥修，其奉安典禮，仍如舊制。所有實用經費，並由中華民國支出。

第六款以前宮內所用各項執事人員，可照常留用，唯以後不得再招閹人。

第七款大清皇帝辭位之後，其原有之私產，由中華民國特別保護。

第八款原有之禁衛軍，歸中華民國陸軍部編制，額數俸餉，仍如其舊。

**(乙)關於清皇族待遇之條件：**

(一)清王公世爵，概如其舊。(二)清皇族對於中華民國國家之私權及公權，與國民同等。(三)清皇族私產，一體保護。(四)清皇族免當兵之義務。

**(丙)關於滿蒙回藏各族待遇之條件：**

(一)與漢人平等。(二)保護其原有之私產。(三)王公世爵，概仍其舊。(四)王公中有生計過艱者，設法代籌生計。(五)先籌八旗生計，於未籌定之前，八旗兵弁俸餉，仍舊支放。(六)從前營業居住等限制，一律蠲除，各州縣聽其自由入籍。(七)滿蒙回藏原有之宗教，聽其自由信仰。

第三道諭旨云：

朕欽奉隆裕皇太后懿旨：古之君天下者，重在保全民命，不忍以養人者害人。現在新定國體，無非欲先弭大亂，期保乂安。若拂逆多數之民心，重啟無窮之戰禍，則大局決裂，殘殺相尋，勢必演至種族之慘痛，將至九廟震驚，兆民荼毒，後禍何忍復言？兩害相形，唯取其輕者，正朝廷審時觀變，痌瘝吾民之苦衷。爾京外臣民，務當善體此意，為全局熟權利害，勿得挾虛憍之意氣，逞偏激之空言，致國與民兩受其禍。著民政部步軍統領姜桂題、馮國璋等，嚴密防範，剴切開導，俾皆曉然於朝廷應天順人，大公無私之意！至國家設官分職，以為民極，內列閣府部院，外建督府司道，所以康保群黎，非為一人一家而設。爾京外大小各官，均宜慨念時艱，慎供職守，應即責成各長官，敦切勸誡，毋曠職守，用副夙昔愛撫庶民之至意！欽此。

清帝退位，南北統一，臨時大總統孫文，因袁世凱推翻清室，有功民國，特把大總統位置，完全讓與。大眾亦多半贊成。於是內閣總理袁大臣，遂任民國第二次臨時大總統。至若副總統位置，當南京會議時，曾推黎都督元洪，不復再選。從此「帝德皇恩」的字樣，一概刪除。回應首回起筆。這位隆裕太后，自宣布共和後，寂居宮禁，憂鬱寡歡，至次年冬間，積成脹疾，奄奄而逝。上諡為「孝定景皇后」，清室事從此了結。全部《清史通俗演義》，亦就此告終。

統計清自天命建號，至宣統退位，共二百九十六年，自順治入關，至宣統退位，共二百六十八年。小子於此書告成後，擬再從各省光復起，至袁總統謝世止，把民國歷年大事，演成小說，陸續出版，以供諸君續閱。但現在筆禿墨乾，腦枯力敝，只好休息數天，與諸君期諸他日。諸君少待，還有幾句俚詞，作為全部小說的尾聲：

清自攝政始，復以攝政終。
順治推早慧，宣統亦幼聰。
孝莊與孝定，權位毋乃同。
得國由吳力，遜位本袁功。
一往又一復，天道如張弓。
寄語後起者，為國應效忠！

努力懲覆轍，毋以私害公！
皇帝不足貴，何苦效乃翁？

此詩歸結全書宗旨。

民國成立，自南京組織臨時政府始。孫中山以二十載之苦心，始得躬逢其盛，不可謂非有志竟成之舉。唯推倒清室，則實自袁項城成之。袁之才具智術，實出民黨諸人上。而慶王弈劻、攝政王載灃，以及滿廷諸皇族，更無一足與袁比。袁固亂世之雄哉！若隆裕太后之決計主和，下詔遜位，雖出於中外之逼迫，不得已而使然，然較諸固執成見，貽害生靈者，殆有間焉。著書人或詳或略，若抑若揚，皆斟酌有當，非漫以鋪敘見長，成名為小說，實侔良史。錄一代之興亡，作後人之借鑑，是固可與列代史策，並傳不朽云。

# 清史演義——從捻軍流竄到清祚告終

作　　者：蔡東藩
發 行 人：黃振庭
出 版 者：複刻文化事業有限公司
發 行 者：複刻文化事業有限公司
E-mail：sonbookservice@gmail.com
粉 絲 頁：https://www.facebook.com/sonbookss/
網　　址：https://sonbook.net/
地　　址：台北市中正區重慶南路一段 61 號 8 樓
8F., No.61, Sec. 1, Chongqing S. Rd., Zhongzheng Dist., Taipei City 100, Taiwan

電　　話：(02)2370-3310
傳　　真：(02)2388-1990
印　　刷：京峯數位服務有限公司
律師顧問：廣華律師事務所 張珮琦律師
定　　價：375 元
發行日期：2024 年 06 月第一版
◎本書以 POD 印製

**國家圖書館出版品預行編目資料**

清史演義——從捻軍流竄到清祚告終 / 蔡東藩 著 . -- 第一版 . -- 臺北市：複刻文化事業有限公司 , 2024.06
面；　公分
ISBN 978-626-7426-93-7(平裝)
857.457　　113008121

電子書購買

爽讀 APP

臉書